포르투갈
황제

포르투갈 황제

지은이 셀마 라겔뢰프
옮긴이 안종현

발행일 2025년 10월 25일 초판 1쇄

발행처 다반
발행인 노승현
출판등록 제2011-08호(2011년 1월 20일)
주소 서울특별시 마포구 양화로81 320호
전화 02-868-4979 팩스 : 02-868-4978

이메일 davanbook@naver.com
인스타그램 @davanbook
ISBN 979-11-94267-47-8 03890

포르투갈 황제

Kejsarn av Portugallien

셀마 라겔뢰프 소설 — 안종현 옮김

단반

타인에게 약간의 사랑을 주면,
그보다 훨씬 큰 사랑으로 돌려받게 된다.

1860년대 스웨덴

❖ 차례

1부 • 11

1 고동치는 심장
2 클라라 피나 굴레보리
3 세례
4 예방접종
5 첫 생일
6 크리스마스의 아침
7 성홍열
8 방문
9 참관
10 경진대회
11 낚시
12 시계 수리공 아그리파
13 금단의 열매

2부 •93

14 라스 군날손
15 붉은 드레스
16 새로운 농장주
17 스톨스니파
18 작별의 날
19 선착장
20 편지
21 오구스트 델놀
22 약속의 10월 1일
23 꿈의 시작
24 에릭의 유산
25 실크 드레스
26 별
27 기다림
28 여황
29 황제

3부 •187

30 황제의 노래
31 8월 17일
32 얀과 카트리나

33 장례식
34 꺼져 가는 심장
35 퇴위식
36 신앙문답
37 늙은 트롤 요정
38 미드썸머 후의 일요일
39 여름밤
40 황제의 아내

4부 · 289

41 환영식
42 도주
43 남겨진 사람
44 작별의 언어
45 카트리나의 죽음
46 황제의 마지막 여정

옮긴이의 말 · 344

1부

1. 고동치는 심장

스크롤리카라는 외딴 시골 마을에 얀 안델손이 살고 있었다. 그는 자신의 작은 딸아이가 이 세상 밖으로 태어나던 순간에 대해 이야기하고 또 이야기했다. 늘 같은 말의 반복이었지만, 그의 얼굴은 항상 처음 들려주는 사람의 얼굴처럼 기쁨으로 가득했다.

어느 이른 아침이었다. 얀은 조산사와 다른 도우미들을 집으로 데려왔다. 그 후론 오전과 오후 내내 나무 헛간에 놓인 장작 받침대에 앉아 기다리는 것 외에는 아무것도 할 수 있는 일이 없었다. 밖에는 비가 억수같이 쏟아지고 있었다. 지붕 아래에 앉아 있었지만, 얀의 옷은 조금씩 비에 젖어 가고 있었다. 허술하기 짝이 없는 헛간 벽은 습기로 가득했으며, 낡은 지붕에서는 물방울이 쉼 없이 떨어지고 있었다. 그 순간, 문이 없는 나무 헛간 입구로 거센 바람이 불어닥쳤고, 피할 틈도 없이 얀은 물세례를 온몸으로 받아내야 했다.

"사람들은 내가 이 아이를 기쁜 마음으로 맞이할 거라고 생각하겠지?" 얀이 중얼거렸다. 그러곤 앉은 자리에서 작은 나뭇조각을 발로 찼다. 나뭇조각은 비가 내리는 허공을 가로질러 마당 끝으로 날아갔다. "그렇지만 이건 내 인생 최고의 불행일 뿐이야!"

얀이 카트리나와 결혼을 결심했던 건 에릭의 농장에서 머슴살이로 일하는 데 질렸기 때문이었다. 그는 자신만의 식탁을 가지고 싶었고, 누구 눈치 보지 않고 그 아래로 편하게 발을 뻗을 수 있기를 원했을 뿐이었다. 그러나 아이가 생길 거란 사실은 꿈에도 생각하지 못했고, 계획에도 없던 일이었다.

얀은 두 손에 얼굴을 묻고 깊은 한숨을 내쉬었다. 추위와 습기, 그리고 길고 지루한 기다림이 그의 기분을 어느 정도는 나쁘게 만든 게 분명해 보였다. 그렇지만 그것이 전부는 아니었다. 지금 오두막에서 벌어지고 있는 일은 그에게 아주 심각한 불행이었다.

'일이야 늘 하는 거지.' 얀은 생각했다. '아침부터 저녁까지 매일 일하는 건 어쩔 수 없어. 그렇지만 지금까지는 적어도 밤에는 마음 편히 쉴 수는 있었잖아. 이젠 이 사소한 삶의 낙도 곧 사라지겠군. 아기는 시도 때도 없이 울어 댈 거고, 그럼 제대로 쉴 수도 없을 거야.'

시간이 흐를수록 얀은 더욱 깊은 절망에 빠지기만 했다. 그는 얼굴에서 손을 내려 손가락 관절에서 우두둑 소리가 날 정도로 두 손을 비틀었다.

'지금까지는 카트리나와 별문제 없이 잘 살았지. 아내도 나처럼 밖에 나가서 일을 할 수 있었으니까. 하지만 이제는 집 안에 틀어박혀서 아이나 돌볼 수밖에 없는 처지가 되고 말았어.'

얀은 자신 앞에 놓인 시커먼 어둠을 뚫어져라 응시했다. 마치 어떤 형체를 알 수 없는 배고픈 기운이 스멀스멀 마당을 지나쳐 가더니 자신의 오두막으로 기어들어 가는 것처럼 느껴졌다.

"그래." 얀이 말했다. 그리고 양 주먹으로 판자를 세게 내리쳤다. 마치 자신의 말을 증명하려는 듯이… "지금이야 하는 말이지만, 만약 이럴 줄 알았더라면, 그때 에릭의 조언을 단칼에 거절했을 거야… 왜 에릭이 자신의 자투리땅에다 오두막이나 지어서 살라고 쓰다 남은 목재를 나눠 줬던 바로 그때 거절하지 못했을까? 오늘의 일이 벌어질 걸 왜 생각지도 못했지? 이 모든 걸 미리 알았더라면, 그의 제안을 모두 거절했을 텐데… 차라리 평생을 팔라 농장의 마구간에서 사는 행복한 삶을 택했을 거야!'

조금 과한 생각이었지만, 얀은 생각을 주워 담고 싶은 마음은 전혀 없었다.

"만약에, 만에 하나라도 무슨 일이…" 얀은 상상에 빠지며 중얼거렸다. 어쩌면 저 아이가 세상에 나오기 전에 어떤 사고라도 당하는 게 나쁘지 않을지도 모른다는 생각에 이르렀다. 하지만 미처 이 끔찍한 생각을 말로 내뱉지는 못했다. 그때 벽을 건너 숨소리가 들렸기 때문이었다.

얀이 기다리고 있던 헛간은 오두막 옆에 벽 하나를 두고 바로 붙어 있었다. 그렇기에 조금만 귀를 기울여도 건너편에서 가쁘게 몰아쉬는 숨소리가 뚜렷이 들렸다. 그리고 이것이 무엇을 의미하는지 바로 이해할 수 있었다. 그의 얼굴에는 어떠한 슬픔도 기쁨도 없었다. 다만 조용히 자신이 앉아 있던 허름한 공간으로 돌아갈 뿐이었다. 잠시 시간이 흐른 후 그는 어깨를 으쓱하며 말했다.

"이제야 나오는구나. 적어도 이제는 집 안으로 들어가 추운 몸은 달랠 수가 있겠군…"

그런데 예상은 빗나갔고, 다시 오랜 기다림이 지속되었다. 여전히 비는 그칠 줄을 몰랐고, 바람은 더욱 강하게 불었다. 아직 8월 말이었지만, 11월의 음산한 날씨처럼 느껴졌다. 거기에 더해, 점점 자신이 무시당하고 소외되고 있다는 기분까지 들기 시작하자, 얀은 더욱 절망스러워졌다.

"오두막 안에는 산파 외에도 사람이 세 명이나 더 있는데…" 얀은 작은 목소리로 말했다. "그중 누군가 조금 번거롭더라도 내게 와서 새로 태어난 아이가 아들인지 딸인지 정도는 알려 줄 수 있는 거 아냐?"

오두막 안에서 난로에 불을 지피는 소리가 들렸다. 그리고 누군가 밖으로 나와 우물로 물을 길으러 가는 모습도 보였다. 그렇지만 헛간에서 하염없이 기다리고 있는 얀에 대해 신경 쓰는 사람은 없었다.

갑자기 얀은 두 손으로 얼굴을 감싸 쥐더니, 앞뒤로 몸을 흔들기 시작했다. "이 빌어먹을 얀 안델손아." 그가 중얼거렸다. "너에게 무슨 문제라도 있는 거 아냐? 왜 모든 일이 너에게만 오면 그렇게 꼬이니? 왜 항상 절망적인 일들만 생기는 거냐고? 그리고 왜 젊고 아름다운 여자와는 결혼도 못 하고, 에릭네 농장에서 일하는 다 늙은 카트리나와 결혼한 거야?"

깊은 슬픔에 빠진 얀의 눈에서 두 개의 눈물방울이 손가락 사이로 떨어졌다.

"왜 너는 이렇게 형편없는 대우나 받는 거니? 이 빌어먹을 얀 안델손아? 왜 항상 다른 사람보다 순위에서 밀려난 대우나 받냐 이거야? 너도 잘 알고 있잖아. 너와 똑같이 가난한 일꾼들이 이 마을엔 넘쳐나지만, 그들 중 어느 누구도 너처럼 무시당하지는 않잖아. 도대체 너의 문제가 뭐니? 이 친애하는 빌어먹을 얀 안델손아?"

이런 질문들은 얀이 이전에도 스스로에게 여러 번 물었던 적이 있었다. 그러나 늘 제대로 된 답을 얻진 못했다. 이번에도 역시 답을 얻을 가망은 없어 보였다. 어쩌면 그에게는 아무런 문제가 없었을지도 모를 일이었다. 아니면 올바른 답변은 이런 것이 아니었을까?

'하나님도 사람들도 유독 얀에게만 불공평했을 뿐이다.'

이런 생각에 이르자, 얀은 얼굴에서 손을 떼고 씩씩한 표정을 지으려 애쓰며 혼자서 속삭였다.

"만약 네가 다시 오두막 안으로 들어간다면, 넌 아기에게는 눈길조차 주지 말고, 그냥 난로로 곧장 가는 거야. 그리고 아무 말 없이 몸이나 따뜻하게 데우기만 하는 거야. 알겠어?"

"아니면 이렇게 생각해 봐, 그냥 모두 버리고 떠나 버리는 건 어때? 이제 모든 일이 끝났다는 걸 알게 되었으니, 더 이상 여기에 앉아서 기다릴 필요도 없잖아. 카트리나와 다른 여자들에게 네가 진짜 사나이라는 걸 보여 주는 건 어때?"

얀이 막 자리에서 일어나서 떠나려던 순간이었다. 그때 팔라에서 온 한 부인이 오두막에서 나와 헛간으로 다가왔다. 그녀는 우아하게 인사하며, 얀에게 이제 오두막으로 들어가 새로 태어난 아이를 만나 보라고 권했다.

만약 팔라댁의 제안이 없었더라면, 화가 치밀어 오른 얀은 신생아를 보러 오두막에 들어갈 생각도 하지 않았을 수도 있었다. 그러나 얀은 그녀의 안내를 따랐다. 다만 서두르지 않고 천천히 따라가며, 최선을 다해 마음을 냉정하게 다잡으려 노력했다. 얀의 표정은 마치 마을회관에서 에릭이 투표함에 자신의 투표용지를 넣으러 갈 때처럼 엄숙해 보였다. 그리고 얀은 진지한 표정을 만드는 데 꽤 성공했다고 생각했다.

"어서 들어가게! 얀." 팔라댁이 말했다. 얀은 오두막의 문을 열었다. 팔라댁은 그가 지나갈 수 있도록 한쪽 구석으로 비켜났다.

오두막 내부는 매우 깔끔하게 정돈되어 있었다. 커피 주전자는 너무 뜨겁지 않도록 난로 가장자리 위에 놓여 있었고, 창가 옆 식탁 위에는 팔라댁이 특별히 준비해 온 커피잔이 하얀 식탁보 위에 정갈하게 놓여 있었다. 카트리나는 침대에 누워 있었다. 그녀의 옆에는 도움을 주러 온 부인들이 양쪽 벽에 기대어 서 있었는데, 이는 얀이 출산이 끝난 모습을 잘 볼 수 있도록 배려한 행동이었다.

커피 테이블 바로 앞에는 산파가 서 있었는데, 그녀는 부드러운 숄로 감싼 아이를 소중하게 안고 있었다.

얀은 이번에는 자신이 세상에서 가장 중요한 사람인 양 느껴졌다. 카트리나의 부드러운 시선은 그가 만족스러운지 묻고 싶은 듯 보였다. 다른 사람들도 모두 그를 바라보고 있었다. 마치 오늘 벌어진 이 모든 일들은 오로지 얀을 위해 준비된 노고였으니, 그에 대한 응당한 칭찬을 기다리고 있는 사람처럼 보였다.

하지만 쉽사리 기분을 바꾸긴 어려웠다. 하루 종일 화가 난 상태에서 오랜 시간 추위에 시달렸기 때문이다. 얀은 에릭의 엄숙한 표정을 머릿속에서 지울 수 없었고, 아무 말 없이 그 자리에 서 있었다.

그때 산파가 한 걸음 그의 앞으로 다가왔다. 오두막이 너무 작았기에 그 작은 한 걸음만으로도 두 사람은 아주 가까이 마주하게 되었다. 그녀는 조심스레 아이를 얀의 팔에 안겨 주며 말했다.

"여기 이 귀엽고 사랑스러운 자네 딸을 만나 보게나."

얀의 손 위에는 커다란 숄에 둘러싸인 무언가가 놓여 있었다. 그것은 따뜻했고 부드러웠다. 살짝 열린 틈 사이로 딸아이의 주름진 작은 얼굴과 손이 보였다. 그는 산파가 자신의 품에 안겨 준 이 존재가 무엇인지 의아해했다. 그리고 주위를 둘러보자, 방 안의 여자들은 마치 자신에게 무언가를 기대하고 있는 듯한 모습이었다.

바로 그 순간이었다. 얀은 자신과 이 아이가 함께 흔들리는 듯한 큰 충격을 느꼈다. 이 떨림은 다른 누군가에게서 온 것이 아님이 분명했다. 그렇지만 그것이 이 작은 아이에게서 흘러나오는 것인지, 아니면 자신에게서 딸아이에게 전해지는 것인지는 분간하기 어려웠다. 곧 얀의 가슴에서 심장이 뜨겁게 뛰기 시작했다. 생애 한 번도 느껴 본 적이 없었던 경험이었다. 이상한 일이었다. 더 이상 추위도 느껴지지 않았다. 슬프지도, 걱정스럽지도, 화가 나지도 않았다. 그저 모든 것이 순식간에 봄날의 따뜻한 기운이 스며들듯 사그라졌다.

얀은 혼란스러웠다. 춤을 추지도 않았고, 달리지도 않았으며, 가파른 산을 오르지도 않았는데 왜 심장이 이렇게도 강하게 고동치는지 그 이유를 알 수 없었다.

"저… 저기요." 얀은 산파에게 말했다. "여기 손을 좀 대보세요! 제 심장이 좀 이상하게 뛰는 것 같아요."

"자네 심장이 꽤 강하게 두근거리네." 강렬하게 뛰는 얀의 심장을 느낀 산파가 말했다. "가끔 이런 적이 있지 않아?"

"아뇨. 한 번도 이런 적이 없었어요." 그는 고개를 절레절레 흔들었다. "내 생에 한 번도 이런 적이 없었어요."

"그럼, 어디 아픈 건 아니고? 통증이 있다거나 그런 건 아닌가?"

아니었다. 그런 건 결단코 아니었다.

산파는 얀이 무엇 때문에 이러는지 이해하지 못했다. 그녀는 걱정스러운 표정을 지으며 말했다. "몸이 정 불편하다면, 아이는 내가 다시 데려가겠네."

하지만 얀은 아기를 산파에게 넘겨줄 마음이 없었다.

"아뇨. 조금만 더 이 작은 아이를 보듬어 볼 수 있게 해 주세요." 그가 말했다.

방 안에 있던 여자들은 그의 눈빛에서 무언가를 읽었거나, 그의 목소리에서 무언가를 들은 듯 기뻐했다. 산파는 조용히 미소를 지었고, 다른 아낙들은 크게 웃음을 터뜨렸다.

"얀 씨, 누군가를 이렇게 좋아한 적이 한 번도 없어서 가슴이 두근거리는 게 아닐까?" 산파가 물었다.

"그건… 아닌데…" 얀이 머뭇거리며 대답했다.

그러나 그 순간, 무엇이 그의 심장을 이렇게 요란스럽게 뛰게 만들었는지를 이해할 수 있었다. 그뿐만이 아니었다. 얀은 지금까지 살아온 자신의 삶을 뒤돌아보았다. 이제야 어떤 문제가 있었는지 알게 되었다. 슬픈 일이 일어나도, 기쁜 일이 생기는 순간에도 자신의 뛰는 심장을 느껴 본 적이 있었던가? 그건 진정한 삶을 사는 사람의 모습이 아니었다.

2. 클라라 피나 굴레보리

다음 날, 얀은 딸아이를 팔에 안고 오두막 문 앞에서 몇 시간째 기다리고 있었다. 이번에도 긴 기다림이었다. 그러나 어찌 된 일인지 어제와는 모든 것이 다르게 느껴졌다. 그의 품에 잠든 딸아이는 훌륭한 동반자였다. 오랜 시간 기다리며 서 있었지만, 딸아이와 함께라면 지치지도 속상하지도 않았다.

그 작고 따뜻한 몸을 자신에게 바짝 끌어안고 있는 순간이 얼마나 경이로운지 말로 다 표현할 수 없을 정도였다. 여태까지 얀은 자신의 인생이 꽤나 쓴맛으로 가득했다고 생각했었다. 그러나 그런 불행의 자리는 이제 행복과 달콤함으로 채워지고 있었다. 이전에는 결코 깨닫지 못했다. 누군가를 진심으로 좋아한다는 일이 한 인간을 이렇게까지 황홀하게 만들 수도 있다는 사실을 말이다.

얀은 특별히 누군가를 기다리고 있는 건 아니었다. 그보다는 이곳에 서서 해결해야 할 중요한 일이 있었다. 그와 카트리나는 아침 내내 아이의 이름을 정하려고 고민했지만 마땅한 이름이 떠오르지 않았다. 그러자 카트리나가 기다리다 못해 얀에게 이렇게 제안했다.

"내가 보기엔 다른 방법이 없어 보여요. 그러니 당신이 이 아이를 데리고 집 앞에 서서 기다리다 첫 번째로 지나가는 여자에게 이름이 무엇인지 물어봐요. 그녀가 이름을 말하면, 그냥 우리 딸아이 이름도 그대로 똑같이 지읍시다. 그게 투박하든 우아하든 상관치 말고요…"

하지만 얀의 오두막은 외딴곳에 있었기에, 그들 집 앞을 지나가는 사람을 만나는 일이란 쉽지 않았다. 문간에서 꽤 오랜 시간 서 있었지만, 어느 누구도 지나쳐 가는 사람이 없었다. 날씨가 나쁜 날도 아니었다. 약간 흐렸지만 비가 내리진 않았고, 바람이 불거나 춥지도 않았다. 오히려 조금 후덥지근한 날씨였다. 만약 이 작은 딸아이를 품에 안고 있지 않았다면, 얀은 이 모든 일에 낙담했을 게 분명했다. 그러다 늘 그렇듯 습관처럼 혼잣말을 중얼거리기 시작했다.

"이봐! 얀 안델손, 친애해 마지않는 이놈아! 도대체 생각이란 게 있긴 하니? 네가 아훼달라나 마을에서도 아주 외진 곳에 살고 있다는 걸 잊은 거야? 이곳엔 제대로 된 농장이란 하나밖에 없고, 나머진 죄다 언덕 위 작은 오두막과 어부가 쓰는 헛간밖에 없잖아. 도대체 누가 이런 곳에 우리 딸에게 줄 만큼 멋진 이름을 가진 사람이 지나쳐 가겠어?"

하지만 딸과 관련된 일이었기에, 그는 모든 일이 잘 풀릴 거라 의심치 않았다. 그는 듀브 호수를 내려다보았다. 그러나 이곳이 얼마나 고립되어 있는지를 보고 싶지는 않았다. 호수의 남쪽 끝에는 가끔 배를 타고 오는 이가 있긴 했다. 그중 누군가가 멋진 이름을 가지고 있을 가능성이 없진 않았다. 그렇게 자신의 작은 딸아이를 위한 일이니, 모든 일은 순조로이 풀릴 것이라고 확신했다.

아이는 온종일 잠을 자고 있었기에, 원한다면 얼마든지 문밖에서 기다릴 수 있었다. 그러나 문제는 카트리나였다. 궁금함을 이기지 못하는 그녀는 혹시 지금 지나가는 사람이 없냐고 쉬지 않고 물었다.

얀은 작은 초원과 농장 사이에 솟아 있는 스톨스니파 쪽으로 시선을 돌렸다. 그 언덕은 멀리서 다가오는 외부인을 감시하는 요새처럼 보였다. 그는 이런 생각에 들었다. '아마도 몇 명의 우아한 여성들이 저 언덕 위에서 아름다운 경치를 구경하고 내려오다, 그만 길을 잘못 들어 이곳까지 흘러 들어올 수도 있지 않을까?'

그는 카트리나를 안심시키기 위해, 자신과 아이 모두 무탈하다고 알렸다. 어차피 이렇게 오래 기다렸으니, 조금 더 기다려 보는 것도 나빠 보이지 않았다.

그렇지만 아무도 보이지 않았다. 그럼에도 그는 조금 더 기다리면 도움을 받을 수 있다고 확신했다. 그 외에 할 수 있는 다른 뾰족한 수도 없었다. 만약 아리따운 여왕이 황금마차를 타고 이 험한 산과 덤불을 가로질러 와, 자신의 딸에게 이름을 지어 주는 일이 일어난다고 해도 얀은 결코 놀라지 않을 터였다.

그러나 시간은 흘러갔고, 이제 곧 저녁 시간이 다가오고 있었다. 더 이상 이곳에 서서 마냥 기다리고만 있을 수는 없었다. 오두막 안에서 기다리던 카트리나는 이제 그만 안으로 들어오라고 말했다.

"조금만 더 기다려 봐!" 얀이 말했다. "저기 서쪽에서 무언가 어렴풋이 보이는 것 같아."

그날은 하루 종일 날씨가 흐렸다. 그러나 바로 그 순간, 태양이 구름 사이로 모습을 드러내며 딸아이에게 밝은 빛 한 줄기를 내려 주었다.

"네가 땅 밑으로 내려가기 전에 잠깐만이라도 이 아이가 보고 싶은 것도 당연하지." 얀이 태양을 올려다보며 말했다. "이 아이는 그럴만한 가치가 있거든. 암, 그렇고말고!"

그의 말에 응답이라도 하듯, 태양이 점점 더 강렬한 빛을 드러내며 아이와 오두막 위를 붉게 물들였다.

"그래, 너도 이 아이의 대모가 되고 싶은 거구나?" 얀이 흐

못한 미소를 지으며 말했다.

태양은 아무 말 없이 한 번 더 붉은빛을 발했지만, 이내 구름 장막 사이로 모습을 감추어 버렸다. 그 순간 카트리나의 목소리가 다시 들려왔다.

"거기 밖에 누가 있는 거예요? 당신이 어떤 사람하고 이야기하고 있는 것만 같은데… 그러지 말고, 이제 안으로 들어와요."

"그래, 이제 들어갈게." 얀이 대답하곤 집 안으로 들어갔다. "운이 좋게도 근처를 지나가는 귀족 같은 멋진 사람을 만났지 뭐야. 그런데 너무 급했나 봐, 인사도 미처 하기 전에 이미 사라지고 없더라니까."

"아이고! 이를 어째요. 이렇게 오랫동안 기다렸는데, 정말 안타깝네요. 그나저나 딸내미 이름을 물어볼 틈은 있었던 거예요?" 카트리나가 물었다.

"그럼, 그 바쁜 와중에도 이름은 말해 주고 가더라고. '클라라 피나 굴레보리*'라고 했어. 그것만큼은 알아냈지. 천만다행이야."

"클라라 피나 굴레보리! 무슨 왕족 이름 같네요. 딸아이 이름치곤 너무 거창한데요." 카트리나가 말했지만, 더 이상 반

---

* 클라라(Klara)는 스웨덴어로 '밝고 선명한 빛'이란 뜻이고, 피나(Fina)는 '아름다운, 훌륭한'이라는 뜻이다. 얀이 태양을 대모로 삼아 딸의 이름을 지어, '밝게 빛나는 아름다운 존재'라는 뜻이 이름에 담겨 있다.

대하고 싶은 마음은 없었다.

얀은 밝게 빛나던 태양을 딸아이의 대모로 삼겠다는 결심은 정말 멋진 발상이었다고 스스로를 칭찬했다. 그렇다, 이 작은 아기가 그의 품으로 들어왔던 그 순간부터 얀은 이미 다른 사람이 되어 있었다.

3. 세례

스크롤리카에 사는 클라라가 세례를 받기 위해 교회에 갔을 때의 일이다. 그날 얀은 너무 어리석은 행동을 하는 바람에 카트리나를 비롯해 대모와 대부에게 꾸중을 들을 뻔한 일이 있었다.

세례 장소로 아이를 데려가는 일은 에릭의 아내가 맡기로 결정되었다. 그녀는 교회로 가는 길 내내 작은 아이를 품에 소중히 안고 마차에 타고 있었고, 남편인 에릭은 마차 옆을 걸으며 길을 안내했다. 교회가 위치한 듀브네스로 가는 유일한 길은 사실 길이라고 부르기조차 어려울 정도로 엉망이었다. 에릭은 세례도 받지 않은 어린 아기를 태우고 가는 길인 만큼 최선을 다해 조심하려 노력했다.

얀은 딸아이를 직접 안고 오두막 밖으로 나와, 아기를 에릭의 아내에게 건넸다. 그리고 세례를 받기 위한 여정의 시작을 지켜보았다. 그는 아기를 교회로 직접 데리고 갈 에릭 내외가 얼마나 믿음직한 사람인지 그 누구보다 잘 알고 있었다. 에릭은 능숙하게 마차를 몰 줄 알았고, 모든 면에서 그만큼 신뢰할 수 있는 사람도 드물었다. 에릭의 아내 또한 마찬가지였다. 그녀는 일곱 명의 아이를 낳아 기른 경험이 있었다. 그런 그들에게 딸아이를 맡기는 걸 걱정할 필요가 전혀 없었다.

하지만 그들이 길을 떠나고 에릭의 농장에서 배수로를 파기 시작했을 때, 얀은 끔찍한 불안감에 휩싸이기 시작했다. 만약 말이 갑자기 날뛴다면 어떻게 하나, 목사님이 대모에게서 아이를 건네받다 떨어뜨리면 어떻게 하나, 에릭의 아내가 이 작은 아기에게 숄을 너무 꽁꽁 둘러서 숨을 못 쉴 정도가 되면 어떻게 하나⋯ 이런 오만가지 걱정들이 그를 괴롭혔고, 당연히 일이 손에 잡힐 리가 없었다.

이런 쓸데없는 걱정이나 하는 건 옳지 않다고 얀은 스스로를 타일렀다. 에릭 내외와 같이 마음씨 좋은 사람들이 대부모가 되겠다고 나서 준 건 분명 고마운 일이었다. 그렇지만 그렇다고 걱정이 사라지진 않았다. 그는 삽을 내려놓고 일하던 모습 그대로 교회로 향했다. 마음이 급했기에 산등성이를 가로지르는 지름길을 택해 바삐 달렸다. 그 덕에 에릭의 마차가 교회 마당으로 이제 막 들어서는 순간에 맞춰서 도착할 수 있었다.

그 당시 팔라 마을에는 아이 세례식에 친부모가 참석하지 않는 것이 관례였다. 그렇기에 얀이 교회까지 뛰어온 모습을 본 마을 사람들은 꽤나 불쾌한 표정을 감추지 않았다. 에릭도 마찬가지였다. 얀에게 어떠한 도움도 요청하지 않았고, 마치 그를 보지도 못한 척했다. 에릭은 혼자서 말을 마차에서 풀었으며, 그의 부인은 아이를 높이 안아 올린 채 얀에게는 한마디의 말도 건네지 않았다. 그녀는 언덕길을 지나 곧장 교회 별관으로 들어갔다.

 그를 본 척도 하지 않는 대부모에게 다가갈 용기가 얀에겐 없었다. 그러나 이웃의 한 부인이 지나갈 때 보따리에서 들리는 작은 울음소리를 들을 수 있었고, 적어도 딸아이가 길에서 숨이 막히는 불상사가 발생하지는 않았다는 사실에 크게 안도했다.

 얀은 이제는 집으로 돌아가지 않으면 사람 꼴이 우습게 되겠다고 생각했지만, 또 다른 걱정이 그를 가로막았다. 바로 목사가 아이를 떨어뜨릴지도 모른다는 걱정이었다. 한번 들기 시작한 걱정은 자꾸만 커져 갔기에 어쩔 수 없이 교회에 머무를 수밖에 없었다. 그는 잠시 마당에서 기다리다 교회 본관을 향해 올라가 현관으로 들어갔다.

 친아버지가 자식의 세례식에 직접 참석하는 건 대단히 부적절한 행동이었다. 특히 에릭 부부와 같은 훌륭한 대부모가 그의 아이를 잘 돌보고 있는 상황에서는 더더욱 부적절해 보였다. 그렇지만 때는 이미 늦었다. 얀이 낡아 빠진 작업복을 입은 채 천천히 교회 안으로 들어왔을 때, 목사님은 이미 성경 구절을 읽으며 세례식을 시작한 후였다. 이런 와중에 들어온 사람을 내쫓을 수도 없었다. 이를 온전히 지켜보던 에릭네 부부는 집에 돌아가는 즉시 얀이 얼마나 예의에 어긋나는 행동을 했는지 크게 다그쳐야겠다고 마음속으로 다짐했다.

세례식은 순조롭게 진행되었고, 어떠한 불미스러운 일도 일어나지 않았다. 얀이 관례를 어기고 무리하게 행사에 참석했지만, 모두 헛수고가 된 셈이었다. 식이 미처 끝나기도 전에, 그는 조심스럽게 교회 문을 열고 다시 밖으로 나갔다. 그제야 모든 일이 자신의 도움 없이도 잘 마무리되었음을 깨달았다.

잠시 후 에릭과 그의 아내도 교회 밖으로 나왔다. 그들은 별관 건물에 딸린 부엌으로 향하면서, 아이를 감쌌던 숄을 느슨하게 풀어 주었다. 앞장서서 걷던 에릭이 아내를 위해 부엌문을 여는 바로 그 순간이었다. 갑자기 새끼 고양이 두 마리가 문틈 사이에서 달려 나왔다. 서로 엉키며 소동을 치던 두 고양이는 에릭네 부인의 발 바로 앞에서 넘어지고 말았다. 생각지도 못한 돌발 상황에 당황한 나머지 그녀의 발걸음이 꼬여 넘어지려던 찰나였다.

'아이고… 이렇게 아이와 함께 꼬꾸라지고 마는구나. 세상에나, 이 아가가 크게 다치기라도 한다면 나는 평생 불행하게 살게 될 거야.' 에릭네 아내가 생각했다.

그때 어떤 강력한 힘이 그녀를 붙잡아 세웠다. 그녀는 뒤를 돌아 자신을 도와준 사람을 바라보았다. 그는 바로 얀 안델손이었다. 마치 자신의 도움이 필요할 것을 미리 알고 이곳에 남아 있었던 것 같았다.

그녀가 정신을 차리고 얀에게 무언가를 말하기도 전에, 그는 이미 자리를 떠나고 없었다. 집으로 돌아오는 길에 에릭네 부부는 자신들의 논밭에서 배수 작업을 하고 있는 얀을 볼 수 있었다. 교회에서 모든 일이 무사히 해결되었다고 안심한 얀은 일터로 다시 돌아갈 수 있었다.

에릭이나 그의 부인은 얀에게 오늘 교회에서 있었던 부적절한 행동에 대해선 어떤 말도 꺼내지 않았다. 대신, 에릭의 아내는 일을 끝낸 얀을 집으로 초대해 커피를 대접했다. 그가 가을의 축축한 날씨에 들판에서 일하느라 흙투성이가 된 작업복을 그대로 입고 있었지만, 그녀는 전혀 개의치 않았다.

4. 예방접종

클라라가 첫 예방접종을 받던 날의 일이었다. 이런 일에 아이의 아버지가 원한다면 함께 가는 건 당연했다. 예방접종은 8월 말의 어느 저녁 시간으로 잡혀 있었기에, 카트리나가 집을 나설 때는 이미 어두워질 시간이었다. 그래서 남편이 이 번거로운 일에 동행을 원한다는 사실을 알자 기뻐했다.

팔라에서 농장을 운영하는 에릭네 집이 가장 컸기에 그 집 거실을 빌려 예방접종을 하기로 결정되었다. 에릭의 아내는 벽난로에 큰 장작을 피워 놓았고, 더 이상의 조명은 필요치 않다고 확신했다. 대신 교회에서 온 종지기가 일할 탁자 위에는 작은 양초 하나를 더 두어, 일할 때 시야가 확보될 수 있도록 배려했다.

스크롤리카 마을 사람들도 에릭네 거실이 유난히 밝다고 생각했다. 그렇다고 모든 공간의 구석구석까지 밝진 않았다. 장작불이 미치지 못하는 곳, 특히 구석진 벽을 따라 어둠이 검은 잿빛의 장막처럼 드리워진 곳도 있었다. 그렇기에 집 내부는 실제보다 비좁아 보였다. 그 어둠 속에는 한 살도 채 되지 않은 어린 아기들을 팔에 안고 있는 젊은 엄마들로 가득했다. 모유를 먹이는 엄마부터 아기를 달래기 위해 팔에 안고 흔들고 있는 엄마도 있었다. 그들 나름대로 최선을 다해 자신의 아이를 돌보고 있었다.

엄마들은 곧 있을 예방접종을 위해 아기를 감싸고 있던 숄과 덮개를 미리 열어 놓았다. 그런 다음, 아기들이 입고 있던 옷의 끈을 풀어 상반신이 쉽게 드러날 수 있도록 준비해 두었다. 이 모든 건 종지기가 아이들을 테이블 앞으로 부를 때를 위함이었다.

한 장소에 아기와 부모들이 그렇게 많이 모였음에도 불구하고 방 안은 놀랍도록 조용했다. 조그만 아기들은 서로를 바라보는 재미에 푹 빠져서 평소처럼 떠드는 행동을 깜빡 잊어버린 듯했다. 한편, 종지기는 일하는 내내 아주 작은 목소리로 말했기에, 엄마들은 그의 말을 잘 알아듣기 위해서 귀를 기울여야만 했다.

 종지기가 말했다. "예방접종하러 다니면서 이렇게 귀여운 아가들을 만나 보는 것보다 더 재미있는 일이 세상에 또 있을까요? 자 이제, 여러분의 사랑스럽고 자랑스러운 한 살배기 아기들을 어디 한번 만나 봅시다."

 종지기는 단순히 교회 종만 치는 사람이 아니었다. 학교 교사이기도 했으며, 마을 사람들을 보살피는 보건과 후생도 담당했다. 예방접종도 그의 여러 가지 과업 중 하나였던 셈이다. 그는 한평생을 이 교구에서 살면서 일했기에 이곳에 모인 모든 아기 엄마의 예방접종도 그의 손을 거쳤다. 이뿐만이 아니라 그들의 어린 시절을 함께 한 스승이기도 했으며, 견진성사*를 받는 모습도, 결혼식을 올리는 모습도 지켜본 사람이었다. 이렇게 이 교구에 사는 엄마들의 성장 과정을 고스란히 지켜봐 온 사람이 바로 종지기였다. 그리고 이제는 자신들이 낳은 아기들을 데리고 와 종지기에게 접종을

---

* 일곱 성사 중 하나, 세례성사를 받고 난 후 신앙을 견고히 했음을 확인하고, 성체성사에 충만하게 참여하도록 인도하는 성사이다.

부탁하려는 순간이었다. 그렇기에 이 자리는 단순히 예방주사를 맞는 날이 아니라, 새로 태어난 아이들이 종지기와 처음으로 대면하고 인사하는 특별한 날이기도 했다. 그는 앞으로 아이들의 삶에서 중요한 역할을 할 사람이었다.

시작은 좋았다. 아기 엄마들은 자신의 차례가 되면 한 명씩 테이블 앞으로 나와 앉았고, 양초 빛이 잘 비추는 곳에서 아이의 왼팔 옷깃을 걷어 자세를 잡았다. 종지기는 말을 계속 걸어 아이의 관심이 딴 곳으로 향하게 했다. 그가 아이의 하얗고 부드러운 피부에 작은 절개 세 개를 만들어도 아기들은 아무 소리도 내지 않았다.

접종을 마친 한 젊은 엄마는 아기를 안고 벽난로 쪽으로 가서 앉았다. 그곳에서 예방접종 자국이 마를 때까지 불을 쬐며 기다렸다. 그녀는 종지기가 자신의 아이에게 해준 말을 떠올렸다. 이 아이는 장차 아름다운 딸로 장성해 집안의 명예를 세우고, 아버지와 할아버지처럼 훌륭하게 성장할 것이며, 아니 어쩌면 부모보다 더 훌륭하게 클 수도 있다는 덕담이었다.

모든 일은 평온한 질서 속에서 순조로이 진행되었다. 그러나 카트리나의 딸 클라라의 차례가 되었을 때, 모든 상황이 변하기 시작했다. 이 아기는 예방접종을 완강히 거부했다. 비명을 지르고, 엄마를 때리고, 발길질하며 온몸을 다해 저항했다. 카트리나가 조용히 달래 보기도 하고, 종지기가 부드럽고 상냥한 말투로 다독여도 보았지만, 어찌 된 일인지 전혀 통하지 않았다.

별다른 방법이 없었던 카트리나는 아이를 품에 안고 밖으로 나가서 진정시키려고 애썼다. 그 뒤로 몸집이 큰 남자아이가 예방접종을 받았는데, 이 아이는 단 한 번도 울음을 터뜨리지 않았다. 조금 뒤 카트리나가 딸아이를 데리고 탁자로 다시 돌아오자, 클라라는 다시 울며 저항하길 반복했다. 딸아이를 얌전하게 진정시킬 수 없었기에, 종지기도 주사를 놓을 수 없었다.

얼마 후, 모든 아이가 예방접종을 받았고, 이젠 클라라만 남은 처지가 되었다. 카트리나는 딸아이의 이런 행동에 무척이나 당황하며 어찌할 바를 몰랐다. 그녀가 이 난감한 상황을 어떻게 헤쳐 나가야 할지 고민하던 순간, 얀이 갑자기 어둠을 뚫고 문 앞으로 나타났다. 그는 딸아이를 품에 안았다. 카트리나는 자리에서 일어나 의자를 그에게 내주었다.

"그래, 어디 한번 해봐요, 당신이 더 잘할 수 있다면 말이에요!"

그녀의 말에서 비꼬는 어투가 느껴졌다. 에릭의 농장에서 일하던 허름한 머슴인 그와 결혼은 했지만, 얀이 자신보다 나은 점이 있다고 생각한 적은 단 한 번도 없었다.

얀은 아무 말 없이 의자에 앉았다. 어두운 곳에 있을 땐 보이지 않았지만, 밝은 탁자 앞에서 보니 그는 이미 왼팔의 셔츠 소매를 걷어 올려놓고 준비를 마친 상태였다. 그는 기꺼이 예방접종을 받겠다고 말했다. 평생 동안 단 한 번만 예방주사를 받은 적이 있었고, 천연두를 이 세상에서 무엇보다도 두려워했던 그였다.

딸아이는 아버지의 팔을 보자마자 조용해졌다. 그리고 크고 지혜로운 눈으로 그를 응시했다. 아이는 종지기가 아빠의 팔에 세 개의 붉은 선을 긋는 과정을 매우 주의 깊게 관찰했다. 그리고 아버지의 얼굴에는 아무런 고통도 보이지 않는다는 걸 잘 알아차렸다. 예방접종이 끝나자 얀은 종지기에게 말했다.

"이제 딸아이가 차분해졌으니, 다시 한번 시도해도 될 것 같네요."

그의 말대로 종지기가 예방접종을 시도했고, 이번에는 별다른 어려움 없이 일이 잘 풀렸다. 아이는 처음부터 끝까지 진지한 표정을 유지하며 단 한 번도 울음소리를 내지 않았다.

조용한 가운데 접종을 마친 종지기가 말했다.

"이게 단지 아이를 진정시키려 그랬다면, 그냥 흉내만 내는 것으로도 충분했을 텐데요…"

"그렇지가 않아요, 종지기 선생님. 그런 얼렁뚱땅 식으로는 절대 통하지 않아요. 이 아이는 조금 특별하거든요. 진실되지 않은 모습으로 딸아이를 믿게 만든다는 건 상상조차 할 수 없는 일이죠."

5. 첫 생일

 클라라의 첫 번째 생일날, 얀은 에릭네 밭에서 배수로 작업을 하고 있었다. 그는 지난 과거를 떠올렸다. 예전의 그는 누군가를 생각할 필요가 전혀 없었고, 들판에서 일할 때에도 무언가에 가슴이 두근거릴 일도 전혀 없었던 사람이었다. 어떠한 걱정도 없었지만, 그와 동시에 어떠한 그리움도 없었던 시절이었다.
 "인간으로서 어떻게 그런 삶을 살 수 있었단 말인가…" 얀은 스스로를 경멸하듯 중얼거렸다. "그래, 이 세상에서 가장 중요한 건 뜨거운 심장을 가지는 거야. 생각해 보라고. 에릭처럼 부유하게 사는 것도 좋고, 보리에처럼 힘이 센 장사라면 물론 좋은 일이지. 그렇지만 뜨겁게 고동치는 심장을 갖는 것과는 비교할 바가 아냐."
 얀은 자신의 동료 보리에를 바라보았다. 그는 덩치가 크고 힘이 굉장히 센 장사였다. 평소 얀보다 두 배는 더 많은 일을 하곤 했는데, 오늘따라 이상하게도 일의 속도가 느렸다. 농장에서 일하는 머슴들은 작업량에 상응한 임금을 받았는데, 평소 보리에는 얀보다 더 많은 일을 맡아도 대체로 같은 시간에 마치곤 했다. 하지만 오늘은 이상하게도 그의 작업 속도가 많이 느렸다. 오히려 얀의 작업 속도도 따라가지 못할 정도로 많이 뒤처져 있었다.

사실 얀은 딸아이를 보러 집으로 빨리 돌아가기 위해 온 힘을 다하고 있었다. 오늘이 클라라의 첫 생일이었기 때문이었다. 그래서인지 평소보다 더 딸아이가 그리웠다. 아이는 저녁 무렵이 되면 늘 졸음에 못 이겨 했기에, 서두르지 않으면 집에 도착하기 전에 잠자리에 들어 버릴지도 모를 일이었다.

얀은 자신에게 할당된 모든 일을 정해진 시간보다 조금 더 빨리 마무리 지을 수 있었다. 그때 보리에의 작업량은 겨우 절반도 채 끝나지 않아 있었다. 오랜 세월을 같이 일해 왔지만 이런 경우를 본 적은 단 한 번도 없었다. 그는 너무 놀란 나머지 보리에에게 다가갔다.

보리에는 구덩이 아래로 들어가 뭉친 흙덩이를 파내느라 안간힘을 쓰고 있었다. 그는 날카로운 유리 조각을 모르고 밟는 바람에 발바닥에 깊은 상처를 입었다. 얼마나 아팠는지 부츠를 신는 것도 견딜 수 없었던 모양이었다. 그런 발을 가지고 딱딱한 땅에 삽질을 하고 있었으니, 얼마나 고통스러울지 어렵지 않게 상상이 되었다.

"그런 발로 일하는 건 무리야. 오늘은 그만두는 게 좋지 않겠나?" 얀이 물었다.

"오늘 반드시 끝내야 돼!" 보리에가 말했다. "끝내지 않으면, 에릭에게 곡물로 수당을 받을 수가 없거든. 우리 집 호밀가루가 다 떨어졌지 뭐야."

"그렇담, 어쩔 수 없지. 나는 이만 집에 가네." 얀이 인사를 하고 돌아섰다.

보리에는 아무런 대답이 없었다. 너무 피곤하고 기진맥진한 나머지 평소처럼 저녁 인사조차 할 힘도 없었기 때문이었다.

얀은 들판을 가로질러 가장자리 길로 걸어가다 발걸음을 멈췄다. '딸아이도 딸아이지만…'이라는 생각이 들었기 때문이었다. '내가 딸아이의 생일에 집에 일찍 간다고 해도, 그 작은 아이가 뭘 느낄 나이는 아니잖아. 클라라는 나 없이도 엄마랑 잘 있을 텐데… 그렇지만 보리에를 보라고… 집에 아이가 일곱이나 있는데, 먹을 음식이 다 떨어졌다니. 내가 아이와 놀려고 집에 가는 동안 그들을 굶주리게 만들 수는 없지 않아?'

이런 생각에 미치자 얀은 보리에를 도와 옆에서 일하기 시작했다. 그러나 그들 모두 이미 상당히 지친 상태였기 때문에 작업 속도가 빨라지진 않았다. 모든 작업이 끝났을 때, 날은 상당히 어두워져 있었다.

'딸은 이미 오래전에 잠자리에 들었겠군.' 얀은 마지막 삽질을 하며 생각했다.

"그럼, 오늘 수고가 많았네!" 얀은 보리에에게 두 번째로 인사했다.

"얀 씨, 편안한 밤 보내!" 보리에가 말했다. "그리고 오늘 도와줘서 너무 고마웠어! 난 이제 곡물을 받으러 에릭네로 가야겠어. 오늘 내가 자네에게 받은 도움은 다음에 반드시 꼭 되갚을게! 내 약속한다고!"

"에이… 거참, 그런 말 말게나. 보상이나 받으려고 한 일이 아니니… 그럼 자네도 좋은 밤 보내고!"

"아니 이렇게 힘든 일을 애써 도와주고 아무것도 원하지 않는다고?"

"사실… 오늘이 우리 딸아이의 생일이기 때문이야."

"그런 이유로 나를 도운 거야?"

"그럼, 그리고 또 다른 이유도 있긴 해. 여하튼, 좋은 밤 되게나!"

얀은 급히 자리를 떠나 집으로 향했다. 보리에에게 또 다른 이유란 게 도대체 무엇인지 설명해야 할 곤혹스러운 상황을 피하고 싶었기 때문이었다. 그는 말을 내뱉고 싶을 정도로 혀끝이 타오르는 유혹을 강하게 받았지만, 꾹 참았다.

'오늘은 클라라의 생일일 뿐만 아니라, 내 가슴도 새로 태어난 날이기도 하니까…'

그러나 그 말을 하지 않은 건 분명 잘한 일이었다. 그의 대답을 들었다면, 아마도 제정신이 아닐 거라고 생각했을 게 분명했다.

6. 크리스마스의 아침

딸아이가 한 살하고 넉 달이 되었을 때, 얀은 아이를 데리고 크리스마스 아침에 교회로 향했다.

그런 얀을 카트리나는 만류했다. 아내는 딸아이가 교회에 가기엔 아직 너무 어리다고 생각했다. 예방주사를 맞던 그날처럼 또 울며 소리칠까 걱정이 되기도 했다. 그러나 남편은 자신의 뜻을 굽히지 않았다. 부모들이 어린아이들을 데리고 크리스마스 아침 예배에 함께 가는 건 관례였다.

그렇게 얀의 가족은 새벽 5시쯤에 길을 나섰다. 구름이 잔뜩 낀 하늘은 깊은 마대자루 속처럼 어두웠다. 그렇다고 추운 날씨는 또 아니었다. 오히려 따스한 기운이 약간 감도는 고요한 새벽이었다. 자주는 아니지만 12월 말에 종종 경험하게 되는 그런 날씨였다.

여정의 시작은 아훼달라나의 논밭과 초원 사이로 난 좁은 길에서 시작되었다. 그리고 스니파오센의 가파른 겨울길을 넘고 나서야, 비로소 길다운 길로 접어들 수 있었다.

팔라의 에릭네 2층짜리 큰 집 창문에 환하게 켜진 불빛이 마치 등대처럼 주변 길을 밝혀 주고 있었다. 덕분에 얀의 가족은 보리에의 오두막을 어렵지 않게 찾아갈 수 있었다. 그곳에서 미리 준비해 둔 햇불을 들고 기다리고 있던 이웃들을 만났다. 그렇게 햇불을 든 사람이 앞장을 서고 작은 무리가 그 뒤를 따랐다. 대부분 말없이 조용하게 걸었지만, 기쁜 마음을 감출 수는 없었다. 마치 밤하늘에 밝게 빛나는 별들의 안내를 받으며 새로 태어난 아기 예수를 알현하러 길을 나선 세 명의 동방박사와 크게 다르지 않다고 그들은 생각했다.

숲 언덕 위에 올랐을 때, 그들은 거대한 바위 하나를 지나쳤다. 오랜 시간 세대를 건너 전해 온 구전 동화에 따르면, 한 거인이 크리스마스 아침에 스바트훼 호수 근처에 있는 교회를 공격하기 위해 돌을 힘껏 던졌다고 한다. 그러나 다행히도 돌은 교회를 맞추진 못하고 첨탑 위로 멀리 날아가더니 스니파오센에 떨어졌다. 거인이 던진 작은 돌이 바로 그들이 지금 지나치는 곳에 떨어진 큰 바위였다.

바위는 평소처럼 땅에 꼼짝하지 않고 놓여 있었다. 그러나 밤이 되면 12개의 황금 기둥이 솟구쳐 바위를 공중으로 떠올린다는 이야기를 마을 사람들은 잘 알고 있었다. 그리고 말썽꾸러기 요정 트롤들이 바위 아래로 모여서 밤새 먹고 마시며 춤을 추는 성대한 축제가 벌어진다는 이야기도 당연히 알고 있었다.

크리스마스 아침에 하필 그런 으스스한 바위를 지나가야만 했던 얀의 표정은 그다지 밝아 보이지 않았다. 그는 카트리나가 딸아이를 품에 잘 안고 있는지 바라보았다. 그의 아내는 평소와 별다르지 않게 평온하게 걸으며 이웃 한 명과 소소한 이야기를 나누고 있었다. 그녀는 이곳이 얼마나 위험한 장소인지 전혀 의식하지 못하는 듯했다.

언덕 위에는 나이 많은 전나무들이 거칠게 자라고 있었다. 횃불에 비친 나뭇가지에는 큰 눈덩이가 뭉쳐 달려 있었다. 이게 그저 나무라고 생각할 수도 있겠지만, 이 나이 든 나무 중 몇몇은 사실 예전에는 트롤이었다는 사실을 어렵지 않게 눈치챌 수 있었다. 자세히 살펴보면 하얀 눈 모자 아래 매서운 눈을 가지고 있으며, 두꺼운 눈 장갑 아래로 길고 날카로운 발톱이 튀어나와 있기 때문이었다.

트롤이 가만히 있다면야 상관없지만, 만약 그들 중 하나가 팔을 뻗어 지나가는 누군가를 낚아챈다면 어떡하란 말인가! 다 큰 어른이야 큰 위협이 안 되겠지만, 어린아이는 어쩌란 말인가! 트롤은 특히나 작고 귀여운 아기들을 더 탐냈다. 얀은 스멀스멀 올라오는 공포에 휩싸이기 시작했다.

얀은 카트리나가 딸아이를 너무 안이하게 안고 있다고 생각했다. 큰 발톱이 달린 트롤의 손이 그런 아내로부터 아이를 낚아채는 건 식은 죽 먹기보다 쉬웠다. 그렇다고 이 위험하기 짝이 없는 장소의 한복판에서 딸아이를 데려올 엄두를 낼 수도 없었다. 아이를 넘겨받는 사이에 발생하는 틈을 트롤이 놓칠 리가 없었다. 이미 한 트롤 나무에서 다른 트롤 나무로 속삭임과 윙윙거림이 퍼져 나가고 있었다. 높은 곳에 있는 가지들은 삐걱거렸다. 눈에 띄지 않게 그들은 행동을 개시하고 있었다.

얀은 다른 사람들에게 지금 자신이 보고 들은 것을 그들도 보았는지 물어볼 용기가 차마 나지 않았다. 그런 행동은 트롤 무리를 자극할 게 분명했다. 이런 걱정과 두려움 속에서 그가 할 수 있는 유일한 방법이 문득 그의 머릿속을 스쳐 갔다. 얀은 숲속 한복판에서 찬송가를 부르기 시작했다. 그의 노래 실력은 아주 형편없었다. 사실 남들 앞에서 노래를 부른 적이 한 번도 없었기에, 지금까지 얀이 노래를 부르는 모습을 본 사람은 없었다. 박자도 음정도 엉망이라 교회에서도 성가를 부르지 않는 그였지만, 어떡하겠는가? 달리 다른 방법이 없었다.

사람들은 전혀 예상치 못한 얀의 돌발행동에 약간 놀라 움찔하는 모습을 보였다. 앞서 걷던 사람들은 서로의 어깨를 툭툭 치며 얀이 있는 곳을 향해 뒤돌아보았다. 하지만 이런 어색한 상황도 그를 멈추게 할 수는 없었다. 그는 민망함 속에서도 계속 노래를 불렀다.

그때였다. 한 여성이 다가와 그에게 속삭였다. "저기 얀 아저씨, 잠깐만요! 제가 도와 드릴게요!"

그리고 그녀는 올바른 멜로디와 정확한 음으로 크리스마스 노래를 부르기 시작했다. 한밤의 아름다운 찬송가가 나무들 사이로 깊숙이 퍼져 나갔다. 이제는 마을 사람들도 참지 못하고 하나둘씩 따라 부르기 시작했다.

"안녕하라, 아름다운 아침의 시간이여! 선지자들의 거룩한 입을 통해 우리에게 전해진 시간이여!"

그러자 나무 트롤들 사이로 두려움에 떠는 속삭임이 번져 나가기 시작했다. 화가 난 트롤의 눈은 눈 덮인 모자를 내려서 감추었고, 펼쳐 놓았던 발톱도 솔잎과 눈 아래로 모습을 거두어들였다. 찬송가의 일 절이 끝나갈 무렵에는 숲속의 위험한 존재는 모두 사라지고 없었다. 곧 평소처럼 전나무들로 가득한 평범한 숲의 모습을 되찾았다.

(✢)

숲을 건너오는 동안 길을 밝혀 주었던 횃불의 수명이 다하여 점점 약해지더니, 큰길에 도달했을 때는 이미 다 타버리고 꺼져 버렸다. 하지만 근처 농가에서 흘러오는 빛줄기로 길을 찾아가는 데 큰 무리는 없었다. 한 집이 시야에서 사라지면, 곧 조금 떨어진 다른 집에서 빛나는 불빛이 길을 밝혀 주었다. 이곳 마을 사람들은 가난한 순례자들이 어둠 속에서 길을 찾을 수 있도록, 모든 창문에 등불을 밝혀 놓았다.

마침내 언덕 위에 도달했을 때, 교회가 시야에 들어왔다. 모든 창문에 밝혀진 불빛 때문에 교회는 마치 거대한 등불처럼 환하게 빛났다. 거룩한 교회가 모습을 드러내자, 순례자들은 가던 길을 멈춰 서서 차오른 숨을 가다듬었다. 교회에서 뿜어져 나오는 빛은 웅장했다. 작은 오두막집들의 허름한 창문에서 흘러나오던 빛과는 비교할 바가 아니었다.

얀은 교회를 바라보며, 문득 팔레스타인의 소외되고 가난한 사람들이 떠올랐다. 그들에겐 유일한 위안이자 기쁨인 아기 예수를 안고 밤길을 나서는 모습이 눈에 그려졌다. 베들레헴을 떠나 할례를 받기 위해 예루살렘 성전으로 향한 그들은 아기 예수의 생명을 노리는 자들이 너무 많아 숨어 다니듯 어두운 밤에만 몰래 이동하지 않았던가?

새벽 일찍부터 먼 거리를 걸어온 순례자들은 교회 근처에 다다르자, 마차를 타고 지나가는 사람들에게 뒤처지기 시작했다. 거친 숨을 몰아쉬는 말들과 짤랑거리는 방울 소리를 내는 마차가 순식간에 예고도 없이 나타나 빠르게 지나쳐 가는 바람에, 이 불쌍하고 가난한 사람들은 높게 쌓인 눈 더미 쪽으로 밀려날 수밖에 없었다.

아이를 품에 안고 가던 얀은 마차가 지나갈 때마다 충돌을 피하고자 이곳저곳을 정신없이 뛰어다녀야 했다. 어두운 길의 여정은 쉽지 않았지만, 멀지 않은 곳에 찬란히 빛나는 성전이 있었다. 조금만 더 참고 교회에 도착하기만 한다면, 그들은 평온과 구원을 받을 터였다.

그때 뒤에서 아주 소란스러운 방울 소리와 말발굽 소리가 들려왔다. 몸집이 큰 말 두 마리가 끄는 썰매가 다가오고 있었다. 검은색 모피 코트와 모자를 쓴 젊은 신사가 썰매를 직접 몰고 있었고, 그의 옆에는 젊은 아내가 앉아 있었다. 그들

뒤에 선 마부는 활활 타오르는 횃불을 손에 들고 있었는데, 불꽃과 연기의 긴 꼬리를 허공으로 남기며 빠르게 지나가고 있었다.

"아기를 우리에게 주세요. 제가 썰매에 태우고 교회로 데려갈게요." 신사가 달리던 썰매의 속도를 늦추며 친절한 목소리로 얀에게 말했다. "이렇게 마차가 많이 다니는 길에서 아이를 안고 가는 건 위험합니다."

"감사합니다만, 괜찮습니다." 얀이 정중히 거절하며 대답했다.

"아기는 우리 사이에 조심히 앉혀서 갈 테니, 저희에게 주세요. 얀 아저씨." 젊은 부인도 남편을 거들며 말했다.

"감사합니다! 그렇지만 정말로 괜찮습니다." 얀이 이번에도 거절하며 대답했다.

"그래요? 아기와 잠시라도 떨어지는 게 싫은가 보네요!" 신사는 미소를 지으며 썰매를 몰고 멀리 사라졌다.

순례자들은 가던 길을 계속 걸었다. 길은 점점 더 험하게 변했고, 썰매와 마차는 쉼 없이 줄지어 지나갔다. 크리스마스 아침이라 근교에 있는 모든 말들이 동원되어 주인 가족을 교회에 실어 나르고 있는 모양이었다.

"조금 전 신사 부부에게 애를 맡길 걸 그랬어요." 카트리나가 말했다. "아이를 안고 가다가 넘어질까 봐 걱정돼서 죽겠어요."

"지금 무슨 말을 하는 거야? 내가 어떻게 그런 사람들에게 우리 아기를 맡겨? 그 사람이 누군지나 알고 하는 말이야?"

"듀브네스의 영주님이셨는데, 뭐가 위험하단 말이에요. 당신도 참, 답답하네요."

얀은 가던 발걸음을 멈추며 물었다. "그분들이 듀브네스의 영주님이셨어?" 그는 마치 꿈에서 깨어난 듯한 표정을 지었다.

"그럼요! 당신은 도대체 누구라고 생각했던 거예요?"

도대체 얀은 무슨 생각에 잠겨 있었던 걸까? 그의 품에 안긴 아이는 도대체 누구일까? 그가 향하던 길은 어디였을까? 얀이 걸었던 나라는 어디였을까?

그는 이마를 손으로 쓸어내렸다. 그리고 약간 멋쩍게 웃으며 카트리나에게 말했다. "아니, 난 그들이 유대 땅의 헤롯* 왕과 헤로디아 왕비라고 생각했지 뭐야."

7. 성홍열

세 살이 되었을 무렵, 클라라는 병에 걸리고 말았다. 성홍

---

* 기원전 37년부터 기원전 4년까지 유대 지역을 다스린 로마의 왕이다. 마태복음 2장에는 헤롯 왕이 동방 박사로부터 아기 예수의 탄생 소식을 듣고 베들레헴과 그 주변의 두 살 이하의 사내아이들을 학살하라고 명령한 이야기가 기록되어 있다.

열*로 추정되었는데, 온몸이 붉게 물들고 불에 타는 것처럼 열이 높았다. 아이는 아무것도 먹으려 하지 않았고, 너무 아픈 나머지 잠도 제대로 잘 수 없을 정도였다. 얀은 아픈 딸아이의 곁을 떠날 수 없어, 하루 종일 오두막에 머무르며 곁을 지켰다. 이 때문에 에릭네 농장은 올해 수확된 곡식을 탈곡할 사람을 구하지 못해 곤란한 지경이었다.

아픈 딸을 보살피는 건 카트리나의 일이었다. 아이가 이불을 걷어찰 때마다 다시 덮어 주었고, 친정어머니에게 받은 블루베리 주스를 물에 타서 조금씩 먹였다. 평소에는 아이를 잘 돌보던 남편이었다. 그러나 이상하게도 딸아이가 아프자 가까이 다가가길 주저했다. 자신의 서툰 손길이 아픈 아이를 더 아프게 하진 않을까 걱정이 되었기 때문이었다.

얀은 아이를 돌보진 않았지만, 그렇다고 오두막 밖으로 나가지도 않았다. 그저 벽난로 옆 구석진 곳에 앉아서 병약해진 작은 딸아이를 바라만 보고 있을 뿐이었다.

클라라는 침대에 누워 있었다. 가난한 집안에 태어난 아기에게 주어진 침대는 짚으로 만든 베개가 몇 개 있을 뿐 시트도 없이 초라했다. 아이의 연약한 피부는 붓고 발진이 나서 민감해질 대로 민감해진 상태였다. 그런 아이에게 거친 마로 만들어진 이불은 상당히 불편해 보였다. 얀은 딸이 침대에서

---

* 주로 아동에 발생하며 목의 통증, 고열, 전신 발진이 생기는 전염병.

몸부림치는 모습을 볼 때마다, 그가 세상에서 가장 아끼는 셔츠를 떠올렸다. 얀이 가진 옷 중에서 가장 좋은 천으로 만들어진 셔츠로, 일요일 교회에 갈 때만 입는 특별한 옷이었다.

딱 한 벌의 새하얀 리넨 셔츠는 정갈하게 다림질하여 옷장에 고이 보관되어 있었다. 듀브네스 영주님이 입어도 손상이 없을 만큼 기품이 느껴지는 옷이었다. 그런 만큼 얀은 이 리넨 셔츠를 아주 아꼈다. 평소 그가 입는 옷이란 딸아이가 지금 누워 있는 짚베개만큼이나 거칠고 투박하기 짝이 없었다.

클라라를 위해, 지금 그 셔츠를 내줄 생각을 한다는 건 터무니없는 일이었다. 카트리나가 용납할 리가 없었는데, 단순히 좋은 옷 이상의 가치가 있었기 때문이었다. 그건 아내가 결혼할 때 남편에게 준 선물이었다. 그렇기에 이 셔츠가 망가지는 걸 그냥 지켜만 보고 있을 리가 만무했다.

카트리나는 그녀가 할 수 있는 모든 힘을 다해 노력했다. 에릭에게 말을 빌려서 숄과 담요로 감싼 딸아이를 의사에게 데려갔다. 그녀의 노력은 가상했지만, 얀은 그 어떤 노력도 헛되어 보였다. 약국에서 받아 온 커다란 갈색 병에 담긴 물약도 소용이 없었고, 의사가 처방해 준 다른 약도 아무런 도움이 되지 못했다.

어느 날 특별한 선물처럼 부부에게 온 딸아이를 지키려면, 가장 소중한 것도 기꺼이 희생해야 하는 건 아닐까? 그렇지만 카트리나와 같은 사람이 이런 생각을 이해할 리가 없었다.

딸아기가 아파서 누워 있던 어느 날, 카린 할머니가 오두막을 찾았다. 그녀는 병든 가축을 치료하는 데 뛰어난 능력이 있었다. 간혹 사람의 통증, 종기, 독에 물린 상처를 치료하기도 했다. 그러나 마을 사람들은 이외의 질병을 그녀에게 고쳐 달라고 요청하진 않았다. 사소한 병치레 정도야 괜찮겠지만, 이 늙은 마녀에게 너무 큰 도움을 요청하는 건 왠지 꺼려졌기 때문이었다.

오두막에 들어서자마자, 그녀는 클라라의 상태가 많이 좋지 않음을 곧 알아챘다. 카트리나는 카린 할머니에게 딸아이가 성홍열에 걸렸다고 말했지만, 도와 달라는 말은 따로 하진 않았다.

할머니는 부부의 불안과 걱정을 충분히 표정으로 읽을 수 있었다. 카트리나로부터 커피를, 그리고 얀으로부터 잘 말려진 담뱃잎 한 개비를 대접받자 조심스럽게 말을 꺼냈다.

"딸아이가 지금 앓고 있는 병은 아쉽게도 내 능력 밖의 일이네. 하지만 생사의 방향을 알아내는 방법은 내가 알려 줄 수 있네. 오늘 밤 자정이 되면 왼손 엄지와 새끼손가락으로 원을 만들어서 그 사이로 딸아이를 보게나. 그때 조심스럽게 아이의 옆에 누가 누워 있는지 잘 살펴보게. 그러면 아이의 운명을 알 수 있을 거야."

카트리나는 진심을 담아 감사를 표했지만, 실은 마녀라는 소문이 무성한 늙은이의 신경을 건드리고 싶지 않았을 뿐이었다. 그렇기에 그녀가 알려 준 미신 따위를 따를 생각은 추호도 없었다.

얀도 노인의 말에 그다지 큰 신경을 쓰지 않았다. 그의 마음속에는 그저 셔츠 생각밖에 없었다. 그렇지만 카트리나에게 말을 꺼낼 용기를 차마 내진 못했다. 결혼 선물인 셔츠를 찢게 해달라고 부탁하는 건 불가능한 일이었다. 게다가 그렇게 한들 딸아이의 병을 고칠 수 있는 것도 아니었다. 어차피 다할 운명이라면, 헛된 낭비일 뿐이었다.

저녁이 되자 카트리나는 평소 시간에 잠자리에 들었다. 그러나 잠에 들 수 없었던 얀은 오두막 구석에 무심히 앉아서 딸아이가 고통 속에 누워 있는 모습을 바라보았다. 아이의 연약한 피부가 거칠고 딱딱한 침대에 그대로 닿아 있는 것이 안쓰러웠다. 딸아이에게 시원하고 부드러운 침대를 마련해 주지 못한 자신이 원망스럽기만 했다.

옷장에는 깔끔하고 새하얀 셔츠가 보관되어 있었다. 그 셔츠가 그저 별 쓸모도 없이 옷장에 누워 있다는 사실이 그의 마음을 또 아프게 했다. 그렇지만 아이를 위해 결혼 선물을 시트로 사용할 수는 없었다.

어찌 되었든, 시간은 계속 흘러 자정에 가까워졌고, 카트리나는 깊은 잠에 빠져 있었다. 끝내 얀은 옷장으로 가서 셔츠를 꺼냈다. 딱딱한 앞부분은 뜯어서 버리고, 나머지 부드러운 부분은 두 조각으로 찢었다. 한 조각은 아이의 몸 아래에 살며시 깔아 주었고, 다른 한 조각으로 아이가 덮고 있던 두꺼운 담요가 맨피부에 닿지 않도록 아이의 몸을 감쌌다.

얀은 다시 벽난로 옆 구석으로 가서 몸을 웅크리고 앉아 딸아이를 지켜보았다. 얼마 지나지 않아 자정을 알리는 시계가 울렸다. 그와 동시에 거의 무의식적으로 왼손 손가락으로 고리를 만들었다. 그리고 그 사이로 침대를 바라보았다.

세상에, 놀랄 일이 벌어졌다. 주님의 작은 천사가 침대 가장자리에 앉아 있는 것이 아닌가! 천사의 벌거벗은 몸은 거친 침구에 긁히고 찔려서 상처투성이였다. 그는 몹시 지쳐 보였고 이제 막 모든 일을 포기하고 떠나려던 참이었다. 그러나 바로 그때 천사는 부드러운 하얀 셔츠를 발견하고는 몸을 돌려 다시 아이에게로 향했다. 그리고 두 손으로 그 부드러운 리넨 천을 쓰다듬었다. 그러더니 갑자기 침대 안으로 다시 들어가더니 누워 있는 딸아이를 돌보기 시작했다.

그와 동시에 검고 무시무시한 형체가 침대 다리를 따라 슬금슬금 기어 올라오는 모습이 보였다. 천사가 떠나려 등을 돌린 바로 그 순간, 악의 기운은 침대 머리맡 위로 사악한 머리를 빠끔히 내밀며 천사의 빈 자리를 넘보고 있었다. 침대 위로 점점 영역을 확장하고 있던 검은 형체가 사악한 승리의 웃음을 지으려던 찰나였다. 그러나 주님의 천사가 마음을 바꾸고 다시 딸아이 곁을 지키자, 악의 존재는 날카로운 고통으로 팔다리가 비틀어지기 시작했다. 그러고는 천천히 바닥

밑으로 그 모습을 감추었다.

다음 날, 클라라는 천천히 건강을 되찾았다. 카트리나는 아이의 병이 호전되는 모습에 너무나 기쁜 나머지, 망가진 셔츠에 대해서는 아무런 말도 꺼내지 않았다. 그렇지만 그녀가 어리석기 짝이 없는 남편을 두고 있다는 생각은 분명히 했을 터였다.

8. 방문

클라라가 다섯 살이 된 어느 일요일 오후였다. 얀은 딸아이의 손을 잡고 함께 숲속을 걷고 있었다.

자작나무 숲에는 그늘진 곳이 많았는데, 평소 부녀가 자주 찾아와 앉아서 쉬던 장소였다. 그렇지만 그날은 달랐다. 부녀는 언덕을 넘어갔고, 구불구불 흐르는 개울도 멈추지 않고 지나쳐 갔다. 마치 어떤 엄숙한 일이 그들을 기다리고 있음을 암시하듯, 조용히 손을 잡고 걸어가는 그들의 모습은 진지했다.

동쪽에 있는 울창한 숲속으로 모습을 감추었던 그들은 로빈 마을 산등성에서 다시 모습을 드러냈다. 그곳에서 큰길과 마을로 빠지는 작은 길이 교차하는 갈림길로 내려갔다. 이제야 이들이 어디로 향하고 있는지 분명해지는 듯 보였으나,

예상과 다르게 그들은 넥스타 마을도 지나쳤고, 뉘스타 마을도 지나쳤다.

손을 잡은 부녀는 계속 걷기만 했다. 설마 로빈에 살고 있는 비욘 힌드릭손의 집으로 향하는 걸까? 비욘 가족은 이 지역에서 가장 부유한 가문 중 하나였다. 그런 그가 얀과 도대체 무슨 상관이 있단 말인가? 두 사람의 관계가 전혀 어울려 보이진 않았지만, 사실 얀과 비욘은 친인척 관계였다. 비욘의 아내는 얀의 어머니와 이복자매였다. 즉, 비욘의 아내가 얀의 이모인 셈이다.

그러나 여태까지 얀은 이런 사실을 인정하고 싶지 않았다. 자신과 달리 부유한 친척이 있다는 사실을 아내에게도 말한 적이 없었다. 그는 항상 최선을 다해 비욘 가족을 애써 피했다. 예배를 마치고 교회를 나올 때 간혹 마주칠 경우가 있어도 다가가 손을 내밀며 안부를 묻는 일도 없었다.

그러나 이제는 상황이 변했다. 소중한 딸 클라라가 태어난 이후로, 얀은 하루 벌어서 먹고사는 가난뱅이 머슴에 불과한 사람이 더는 아니었다. 이젠 남들에게 보여 주고 자랑할 보물이 생겼다. 마치 자신을 아름답게 꾸며 줄 꽃 같은 존재가 얀에게 생겼기 때문이다. 그는 부자처럼 부유하다고 느꼈고, 권력가처럼 막강한 힘을 가진 사람이 되었다고 느꼈다. 그렇게 얀은 생애 처음으로 비욘이 사는 대저택을 방문하려고 마음을 먹었다.

(✢)

　그러나 그의 방문은 그리 오래 걸리지 않았다. 한 시간도 채 안 돼서 얀은 딸아이를 데리고 다시 집 앞마당으로 나왔다. 그가 마당을 가로질러 출입문에 도달할 때쯤, 다음에도 비욘의 집을 방문하고 싶다는 마음이 생겼다.
　얀은 이런 갑작스러운 방문을 후회하진 않았다. 오히려 부녀는 모든 면에서 따뜻한 환영을 받았다. 얀의 이모는 클라라를 반가이 맞이하며 방 한쪽 벽 중앙에 있는 찬장으로 데려갔다. 파란색으로 칠해진 찬장에서 비스킷 한 조각과 설탕 한 조각을 꺼내서 딸아이 손에 쥐여 주었다. 이뿐만이 아니라, 비욘은 아이가 몇 살인지, 이름이 무엇인지를 상냥하게 물었다. 그러고 나서는 바지 주머니에서 큰 가죽 지갑을 꺼냈고, 그 속에서 반짝이는 은동전 한 닢을 꺼내 클라라에게 건넸다.
　얀의 이모가 커피를 대접하면서 카트리나의 안부를 물었다. 또한 소나 돼지를 키우는지, 오두막에서 겨울을 나는데 춥지는 않은지, 그리고 에릭의 농장에서 일해 받는 일당으로 생계를 유지하는 데 어려움은 없는지, 또한 빚은 지지 않고 잘 살고 있는지에 대해서도 물었다.
　이번 방문에서 불편한 일은 전혀 없었다. 다만 비욘은 짧은 대화를 끝으로 오후에 다른 연회에 초대를 받아서 30분

후에는 집을 나서야 한다고 말했다. 그는 이모 내외가 외출을 준비할 시간이 필요하다는 것을 눈치챘고, 작별 인사를 하고 자리에서 일어났다.

얀의 이모는 서둘러 찬장으로 가서 버터와 돼지고기를 꺼냈다. 그리고 작은 자루에 곡물을 담고 다른 자루에는 밀가루를 담았다. 이 모든 것을 꾸러미에 잘 싸서 작별 인사를 할 때 얀의 손에 쥐여 주며, 카트리나를 위한 작은 선물이라고 말했다. 집을 지키고 있을 그녀도 뭔가 보상을 받을 자격이 있다는 말도 잊지 않았다.

얀은 지금 자신의 손에 들린 그 꾸러미를 바라보며 생각에 잠겼다. 물론 그 안에 든 식료품은 얀의 가족이 매 끼니때마다 갈망하던 훌륭한 식자재가 맞았다. 그렇지만 자신의 어린 딸을 위해서라도 이런 선물을 받는 건 옳지 않다는 생각에 미쳤다. 고작 구걸이나 하자고 이곳에 온 것이 아니라, 친척에게 딸을 인사시키려 온 게 이번 방문의 주된 목적이었다. 이 점을 이모 부부가 오해하지 않기를 바랐다.

물론 얀도 처음부터 이런 우려를 하지 않은 건 아니었다. 다만 선심으로 건네는 선물을 그 자리에서 단칼에 거절하는 게 무례하거나 무정하게 보이진 않을까 망설였을 뿐이었다. 그는 결국 발걸음을 돌려 다시 비욘의 집 앞으로 갔다. 그리고 꾸러미를 외양간의 한쪽 귀퉁이에 내려놓았다. 그곳은 집 안사람들이 항상 지나가는 곳이라 눈에 잘 띄는 장소였다.

평소 구해 먹기 힘든 식재료가 든 꾸러미를 두고 가는 얀의 마음이 쓰리지 않을 수가 없었다. 그러나 딸아이는 구걸이나 하는 아이가 아니었다. 세상 사람 그 누구도 얀과 클라라가 여기저기 돌아다니며 구걸한다는 오해를 한다면, 그건 참을 수 없는 일이었다.

9. 참관

클라라가 여섯 살이 되던 어느 봄날이었다. 얀은 딸아이의 시험을 참관하기 위해 외스탄뷔 학교를 방문했다.

외스탄뷔 학교는 얀이 사는 마을 근처에 세워진 첫 학교로, 마을 사람 모두가 제대로 된 학교가 지어져 매우 기뻐했다. 새 학교가 완공된 해는 1860년으로, 이전에는 교회에서 종지기를 겸하는 스밧틀링 교사가 어린 학생들을 데리고 이 농장에서 저 농장으로 돌아다니며 가르칠 수밖에 없었다. 그렇게 교사는 2주마다 임시 교실을 구해서 옮겨 다녔다. 사실 이름만 교실이었지, 그 공간이란 그저 가난한 학부모가 사는 허름한 오두막의 한편을 빌려 사용하는 경우가 많았다. 그랬기에 수업이 진행되는 동안 집주인 아내는 요리를 하고, 남편은 목공 일을 하는 그런 상황이 잦았다. 물론 이게 다가 아니었다. 다른 쪽 구석에는 온종일 침대에 누워서 지내는 노인이 있거나, 벤치 아래에 닭장이 있는 경우도 있었다.

물론 학교가 없어도 아이들을 가르치는 데 큰 문제는 없었다. 스밧틀링 교사는 어떠한 어려운 상황이 닥쳐도 잘 대처할 수 있는 성품을 가진 사람이었다. 그렇지만 다른 용도 없이 오롯이 교실로만 사용할 수 있는 공간이 생겼다는 건 분명 기쁜 일이었다. 이곳의 벽에서는 침대장과 식기 선반, 작업 도구들로 채워지지 않아도 되었다. 또한 햇빛이 가장 잘 드는 창문 앞에 천을 짜는 직조기가 놓여 있지도 않았다. 그리고 수업 도중에 이웃이 불쑥 찾아와 커피를 마시며 대화를 나누는 일도 더는 없을 터였다.

교실이 가지는 장점은 더 많이 있었다. 벽에는 성경 속에 나오는 그림도 걸 수 있었고, 상식을 위한 동물 그림, 그리고 스웨덴 국왕들의 초상화로 장식할 수도 있었다. 아이들은 또 어떤가? 작은 키에 맞게 만들어진 낮은 책상과 의자 덕에 더이상 큰 식탁에 불편하게 앉을 필요도 없었다. 탁자 높이에 코도 못 미치는 작은 꼬마 학생들의 모습도 이제는 추억 속으로 사라지게 되었다.

또한 선생님만을 위한 책상, 선반, 칸막이도 갖추고 있어 성적표나 큰 문서도 용이하게 보관할 수 있게 되었다. 이런 공간에서 교사는 예전보다 훨씬 더 권위 있는 모습을 가지게 될 것이다. 이전에는 선생님이 종종 따뜻한 벽난로에 등을 마주하고 앉아서 과제를 채점하곤 했었다. 그의 앞에는 작은 학생들 무리가 바닥에 웅크리고 앉아서 선생님을 기다리곤 했었다. 또한 벽에 칠판을 걸 수도 있게 되었고, 지도나 표를 걸 수 있는 걸이도 생겼다. 더 이상 찬장 문이나 소파에 기대어 무언가를 설치하지 않아도 되었다. 새로운 교실의 모습은 예전과는 비교가 되지 않았다.

선생님은 깃펜을 어디에 두었는지 찾느라 헤맬 필요도 없게 되었으며, 학생들에게 곧고 반듯한 선과 타원을 그리는 법을 가르칠 수도 있게 되었다. 스밧틀링 선생님은 온 마을 사람들이 자신만큼이나 훌륭한 필기체를 가질 수 있도록 최선을 다했다. 또한 학생들에게 한꺼번에 일어나 병사처럼 반듯한 대열을 유지하면서 행진하는 법도 가르칠 수 있게 되었다. 이처럼 학교 건물이 새로 생겨나면서, 이전에는 꿈도 꾸지 못하던 수많은 일들이 가능하게 되었다.

새로 생긴 학교에 마을 사람들 모두가 기뻐했다. 그렇지만 아이들이 새 학교로 등교하기 시작하자 부모들은 약간의 이질감을 느끼지 않을 수 없었다. 마치 아이들이 자기 세대와는 달리 뭔가 새롭고 고귀한 세계로 들어간 것처럼 느껴졌기 때문이었다. 그곳은 부모 세대가 접근할 수 없는 곳처럼 느껴졌다. 그렇지만 이렇게 생각하는 건 옳지 않았다. 비록 부모들은 미처 누리지 못했지만, 아이들이라도 더 좋은 혜택을 누릴 수만 있다면 당연히 기뻐해야 할 일이었다.

시험 참관이 있던 날, 늘 그랬듯 얀은 딸아이의 손을 잡고 학교로 향했다. 둘은 좋은 친구이자 동반자였다. 그러나 학교에 거의 다 도착했을 무렵, 밖에 모여 있던 아이들의 모습을 보자 클라라는 잡고 있던 아빠의 손을 슬그머니 놓았다. 그리고 길 건너편으로 건너가서 따로 걷기 시작하더니, 학교 정문 앞에 도착하자 얀을 따돌리고 재빨리 아이들 무리 속으로 사라졌다.

시험이 진행되는 동안 얀은 교사의 책상 바로 앞에 놓인 의자에 앉아 있었다. 그곳은 주로 신분이 높은 신사들이나 학교운영위원회의 주요 인사들이 앉는 자리였다. 그렇지만 얀은 이곳을 선택할 수밖에 없었다. 클라라는 가장 어린 학생들에게 배치된 교탁 오른쪽 첫 번째 줄에 앉았는데, 다른 곳에서는 딸아이의 뒷머리만 보였기 때문이었다. 예전 같았으면 이렇게 부담스러운 자리에 앉을 생각조차 하지 않았을 그였다. 그렇지만 지금은 상황이 달랐다. 클라라처럼 소중한 아이의 아버지라면 어느 누구에게도 열등감을 느낄 필요가 더는 없었다.

그러나 클라라는 얀에게 눈길조차 주지 않았다. 얀은 마치 자신이 같은 공간에 존재하지 않는 사람인 양 소외감을 느꼈다. 아이의 시선은 선생님을 향해 있었다. 선생님은 교탁 왼쪽 편에 자리한 상급생들의 시험을 관리하고 있었다. 주로 책을 읽거나, 지도에서 나라와 도시를 찾거나, 칠판에서 계산하는 과정이 시험에 포함되어 있었다. 시험이 바쁘게 진행되었기에 선생님은 어린 학생들에게는 관심을 돌릴 여유가 없었다. 따라서 클라라가 잠시 아버지를 힐끗 바라보아도 선생님이 눈치를 챌 상황은 전혀 아니었다. 그러나 딸아이는 고개를 돌려 아버지 쪽으로 바라보지 않았다.

작은 위안이 있다면, 모든 아이가 똑같이 행동했다는 점이다. 그들 모두 맑고 작은 눈을 선생님을 향해 고정하고 있었다. 조그만 장난꾸러기들은 교사가 농담 섞인 말을 할 때마다 마치 자기도 이해했다는 듯이, 서로의 팔꿈치를 쿡쿡 찌르며 웃음을 터트리곤 했다.

부모들은 자신의 아이가 이렇게 얌전하게 처신하는 모습을 보고 깜짝 놀라지 않을 수 없었다. 스밧틀링 교사는 그런 사람이었다. 자신이 원하는 방향대로 아이들을 이끌 수 있는 특별한 능력을 가지고 있었다.

그렇지만 얀은 점점 당황스럽고 불안해져만 갔다. 저곳에 앉아 있는 작은 소녀가 과연 자신의 딸이 맞는지, 아니면 다른 누군가의 아이인지 더 이상 확신할 수 없게 되었다. 그는 슬며시 앉은 자리에서 일어나 조심스럽게 출입문 근처로 옮겨 앉았다.

마침내 상급생의 시험이 마무리되었고, 하급생들의 차례가 되었다. 이들은 이제 막 글을 겨우 또렷하게 읽을 수 있을 정도에 불과한 어린아이들이었다. 가진 지식이 많진 않았지만, 그래도 시험은 시험인지라 몇 가지 질문이 주어졌다. 그러다

천지창조에 대한 이야기를 설명하라는 문제가 떨어졌다.

아이들은 세상을 창조한 이가 누구인지에 대한 질문에는 어렵지 않게 답했다. 그러나 교사는 조금 더 파고 들어가 신을 부르는 다른 명칭에 대해 알고 있는지 물었다. 그러자 모두의 입이 막히고 말았다. 얼굴이 붉게 달아올랐고, 이마를 잔뜩 찌푸렸지만, 답이 떠오르지는 않는 모양이었다.

상급생들이 앉은 자리에서는 손을 흔들고 속삭이며 킥킥대는 소리가 들렸다. 그러나 여덟 명의 어린 신입 학생들은 입을 꾹 다물고 단 한 마디도 내뱉지 못했다. 클라라도 별수 없었고, 다른 아이들도 마찬가지였다.

"우리가 매일 읽는 기도문 있죠?" 교사가 말했다. "그 기도문에서 우리는 신을 어떻게 부르나요?"

이 힌트에 클라라가 답을 떠올렸다. 교사가 듣고자 기다리던 답은 신을 아버지라고 부르는 것임을 깨닫자, 아이는 손을 번쩍 들었다.

"우리가 신을 무어라 칭하죠? 클라라?" 교사가 아이를 향해 물었다.

붉게 상기된 얼굴로 클라라는 자리에서 일어섰다. 땋은 머리는 목뒤로 가지런하게 놓여 있었다. 클라라는 크고 또렷한 목소리로 답했다.

"우리는 신을 얀이라고 부릅니다!"

그 순간, 교실 전체에 작은 소리로 킥킥거리는 웃음이 순식간에 퍼져 나갔다. 품격 높은 신사들, 학교운영위원회 회원들, 부모들, 그리고 학생들까지 모두 터지는 웃음을 막을 수 없었다. 심지어 스밧틀링 교사도 재밌다는 듯한 표정을 지었다.

클라라의 얼굴이 붉어졌고, 눈에는 눈물이 글썽거리기 시작했다. 그때 교사는 교탁을 손으로 탁 치며, "모두 조용히!"라고 외쳤다. 그런 다음 몇 마디 말을 덧붙여 이 상황을 설명했다.

"클라라가 말하려던 건 '아버지'였을 거예요." 교사가 말했다. "그러나 클라라는 그만 얀이라고 말했지요. 왜인 줄 아세요? 클라라의 아버지 이름이 얀이기 때문입니다. 하지만 우리는 이 학생을 이상하게 생각할 필요가 전혀 없습니다. 저는 학교에서 이처럼 훌륭한 아버지를 가진 아이를 본 적이 없으니까요. 비바람이 몰아치는 날에도 학교 밖에서 자신의 딸을 기다리는 모습을 보았고, 폭설로 모든 길이 눈으로 덮였을 때에도 딸을 안고 학교로 오는 그의 모습을 보았습니다. 그러니 이 작은 소녀가 가장 소중하게 여기는 사람의 이름을 답으로 말한 게 놀랄 일은 아닙니다."

교사는 클라라의 머리를 가볍게 쓰다듬었고, 교실에 앉아 있던 사람들은 감동의 미소를 지었다.

클라라는 고개를 숙인 채 어떤 반응을 보여야 할지 모르는 듯한 모습이었다. 그러나 얀은 마치 자신이 왕이라도 된 듯이 기뻤다. 그리고 문득 깨달았다. 이 작은 소녀는 여전히 자신의 딸이며, 세상 어느 누구의 아이도 아니라는 사실을 말이다.

10. 경진대회

얀과 클라라의 관계는 특별했다. 마치 한몸에서 떨어져 나온 두 사람인 양 서로의 생각을 읽을 수 있는 것처럼 보였다.

근처 스바트훼 마을에는 퇴역한 군인 출신의 나이 많은 티베리 교사가 있었는데, 그는 마을에서 멀리 떨어진 외진 곳에 사는 아이들을 주로 가르쳤다. 종지기 스밧틀링 교사처럼 학교 건물에서 가르치진 않았지만, 모든 아이의 사랑을 한몸에 받는 선생님이었다. 어린아이들은 그에게 배움을 받고 있다는 사실조차 자각하지 못했는데, 그들은 단지 다 같이 모여서 놀고 있다고 굳게 믿고 있었기 때문이었다.

두 교사 사이의 우정은 깊었다. 그러나 가끔씩 젊은 종지기 교사가 늙은 교사에게 이제는 새로운 시대에 맞게 교육하는 방식에도 변화가 필요한 때라고 말하곤 했다. 예를 들어, 음성 학습법을 비롯한 새롭게 개발된 교수법을 익히도록 권했다. 그런 말을 들을 때마다 티베리 교사는 대부분 조용히 듣고만 있었지만, 결국 어느 날은 화를 참지 못했다.

"너는 새로운 학교 건물을 가졌다고 우쭐하는 모양이구

나!" 티베리 교사가 말했다. "하지만 내 아이들도 네 아이들만큼이나 글 잘 읽고 잘 쓸 수 있어. 비록 우리가 공부하는 곳이 허름한 농가일지라도 말이야."

"물론 그렇죠." 종지기 교사가 말했다. "그건 저도 잘 알고 있습니다. 그렇지만 언제나 말해 왔듯이, 저는 단지 아이들이 덜 어려운 방식으로 무언가를 배우길 바랄 뿐입니다."

"그래?" 늙은 교사가 대답했다.

그의 못마땅한 말투에서 상처가 느껴졌기에 종지기 교사는 한발 물러서지 않을 수 없었다.

"물론 선생님께서 아주 쉬운 방법으로 가르치고 있다는 건 저도 잘 알고 있습니다. 그래서 과제에 대한 학생들 불평도 전혀 없다고 들었고요."

"어쩌면 너무 쉽게 쉽게만 가르치고 있는 건 아닐까 싶기도 하고… 설마! 내 아이들이 아무것도 배우고 있지 않은 건 아닐까?" 늙은 교사가 탁자를 세게 내리치며 소리쳤다.

"티베리 선생님, 오늘 무슨 일이라도 있으신 거예요?" 종지기 교사가 말했다. "제가 어떤 말을 하든 화만 내고 계시잖아요."

"그렇게 들렸어? 너의 말에는 항상 가시가 있으니까 그렇지."

사람들이 모여들기 시작하면서 두 교사는 말다툼을 멈추었다. 그리고 평소처럼 좋은 친구에게 인사하듯 헤어졌다. 그러나 티베리 교사는 집으로 돌아가는 길에 종지기 교사의 말이 다시 떠올랐다. 그리고 더 화가 나기 시작했다.

'왜 저런 어린 녀석이 선생으로 와서 나보고 이래라저래라 훈시야? 시대에 맞는 교육법을 따라갔더라면 더 많은 것들을 가르칠 수 있다고? 자기가 뭐라도 되는 줄 알고 건방 떨긴…' 티베리 교사는 생각했다. '직접 말로 하진 않았지만, 이젠 내가 너무 늙었다고 생각하고 있는 게 분명해!'

한번 든 불쾌한 기분은 쉽사리 가시지 않았다. 그는 집에 도착하자마자 아내에게 오늘 있었던 모든 일들에 대해서 말해 주었다.

"종지기 선생님이 하는 말에 너무 신경 쓰지 마세요." 아내가 말했다. "젊은 사람이 뭐든 더 쉽게 배우지만, 연륜이라는 걸 무시할 수 있나요? 나이가 있으면 경험도 많아지게 되고, 그럼 더 올바르게 가르치는 법도 알게 되는 거죠. 저는 그렇게 생각해요. 당신도 종지기 선생도 그렇고 두 분 다 훌륭한 교사예요."

그러나 티베리 교사는 답했다. "당신이 그렇게 생각한다고 해서 무슨 소용이 있겠어? 어차피 사람들은 자신들이 믿고 싶은 대로만 믿을 텐데…"

그의 표정은 그렇게 며칠 동안 어두웠고, 남편을 옆에서 지켜보던 아내의 마음이 아프지 않을 수 없었다.

"그들의 생각이 틀렸다는 걸 보여 줄 수는 없을까요?" 아내가 말했다.

"뭘 보여 준다고? 무슨 말을 하는 거야?"

"제 말은, 당신네 제자들이 종지기 교사의 학생들만큼 똑똑하다고 생각한다면…"

"그야 당연한 말이지."

"그렇다면 종지기 교사네 학생들하고 당신네 학생들 모두 다 같이 동일한 시험을 보자고 제안해 보면 어떨까요?"

늙은 교사는 아내의 말에 크게 신경을 쓰지 않는 척했다. 그러나 사실 꽤 매력적인 생각이었다. 그렇게 아내의 말이 그의 머릿속에서 계속 맴돌았다. 결국 며칠이 지나자, 종지기 교사에게 편지 한 통이 전달되었다. 편지에는 티베리 교사의 제안이 담겨 있었는데, 두 학교 중 어느 곳이 더 뛰어난지 한번 겨뤄 보자는 내용이었다.

종지기 교사가 이런 제안을 거절할 이유가 없었다. 다만 겨울 방학 동안에 경진대회를 진행하길 원했다. 그렇게 된다면 학생들에게 작지만 즐거운 경험이 될 것이고, 번거롭게 학교운영위원회로부터 따로 허락을 받을 필요도 없었기 때문이었다

'이건 정말 생각지도 못한 멋진 아이디어야!' 종지기 교사가 생각했다. '게다가 이번 학기엔 보조 과제를 내지 않아도 되겠어.'

그의 생각대로 추가 과제는 필요하지 않았다. 두 학교 사이의 경쟁이 치열하게 생겨, 학생들은 열의를 다해 공부하기

시작했기 때문이었다.

경진대회는 크리스마스 다음 날 저녁으로 일정이 잡혔다. 교실은 전나무 가지로 장식되었고, 성탄절 새벽예배에 사용하다 남은 양초를 가져다 아늑한 분위기로 밝혔다. 간식으로 학생에게 줄 사과도 충분해, 인당 두 개씩 나눠 줄 수 있을 정도로 넉넉히 준비했다. 게다가 경진대회를 참관하러 오는 부모님들에게는 커피까지 제공될지도 모른다는 소문까지 돌았다.

그러나 무엇보다 중요한 건 바로 경진대회였다. 교실 한쪽에는 티베리 교사의 학생들이 앉아 있었고, 반대쪽에는 종지기 교사의 학생들이 자리하고 있었다. 담임교사의 명예를 지켜야 할 중요한 임무를 부여받은 학생들의 표정은 진지하고 긴장되어 보였다. 두 교사는 각기 다른 학교의 학생들을 심사했다. 한 학교가 답하지 못한 질문은 상대편 학교로 넘어가는 규칙이 정해졌다. 그리고 그 질문들이 기록으로 남으면서, 어느 학교가 우승인지 판단하는 기준이 되었다.

종지기 교사가 먼저 질문을 시작했다. 처음에는 조심스럽게 접근하는 듯했지만, 곧 자신이 심사하는 상대가 얼마나 뛰어난지를 깨닫고는 점점 더 까다로운 질문을 던졌다. 티베리 교사가 가르치는 학생들의 대답을 듣는 건 아주 인상적이었다. 자신감으로 가득 찬 그들의 대답은 아주 명확했으며, 단 하나의 질문도 놓치는 법이 없었다.

이제 티베리 교사가 심사할 차례가 되었다. 자신의 학생들이 훌륭하게 질문들을 해결해 나가는 모습에 조금 의기가 양양해진 그였다. 처음에는 종지기 교사의 학생들에게 몇 가지 진지한 질문을 던졌다. 그렇지만 그의 근엄함 태도는 오래가지 못했고, 약간의 장난기가 발동을 걸기 시작했다. 결국 자신의 원래 성격대로 장난기가 가득한 사람으로 되돌아갔다.

"종지기 선생님의 학생이 우리 반 학생보다 훨씬 더 많이 배우고 있다는 걸 잘 알고 있습니다. 우리 학교는 촌 동네에서도 외딴 지역에 있으니까요." 티베리 교사가 말했다. "자연과학도 배웠을 것이고, 다른 과목들도 배우고 있는 걸로 알고 있어요. 자, 그럼 질문하겠습니다. 모탈라 강에서 발견되는 돌의 특징에 대해서 말해 줄 수 있을까요?"

종지기 교사의 학생 중 어느 누구도 손을 들지 않았다. 그러나 반대편에 앉은 티베리 교사의 학생 무리에선 연달아 손이 올라갔다.

종지기 교사의 학생 중에는 올로프 올손이 앉아 있었는데, 마을에서 가장 뛰어난 머리를 가진 학생으로 소문이 자자했다. 훌륭한 농부 집안 출신인 오구스트 델놀도 옆자리에 앉아 있었다. 그러나 그들 중 누구도 답을 내놓지는 못했다. 군인 출신 집안에서 자란 카린 스벤스는 또 어떤가? 하루도 빠지지 않고 학교에 오는 씩씩한 여학생 역시 다른 아이들과 마찬가지로 그저 아리송한 표정만 짓고 있을 뿐이었다. 어째서 종지기 스밧틀링 선생은 모탈라 강의 돌이 왜 특별한지 가르쳐 주지 않았을까?

그리고 그 반에는 클라라 피나 굴레보리도 앉아 있었다. 태양처럼 밝게 빛난다고 이름이 붙여진 아이였지만, 머릿속은 다른 아이들과 다를 게 없이 칠흑처럼 깜깜하기만 했다.

티베리 교사가 심각해진 얼굴로 서 있는 동안, 종지기 교사는 깊은 근심에 빠져 바닥만 응시하고 있었다.

"이 질문은 그럼 다른 학교에 넘겨야겠군요." 티베리 교사가 말했다. "이렇게 영리한 학생들이 많은데, 이런 쉬운 질문에도 답하지 못하다니요."

마지막 순간, 클라라가 몸을 돌려 얀을 바라보았다. 무엇을 할지 모를 때마다 아이는 아버지에게 도움을 구하곤 했다. 그러나 얀은 너무 멀리 떨어져 있어 답을 속삭여 줄 수 없었다. 그렇지만 딸아이는 아버지의 눈빛을 마주한 순간, 무엇을 말해야 할지 깨달았다.

클라라는 단순히 손을 드는 것에 그치지 않고, 온몸을 일으켜 세우며 적극적으로 반응했다. 조금이라도 늦어지면 질문이 상대편으로 넘어갈 위기의 순간, 모든 학생의 시선이 그녀에게 향했다. 종지기 교사도 클라라가 답을 맞힌다면 이 질문을 상대편으로 넘기지 않아도 된다는 기대감에 찬 표정으로 클라라를 바라보았다.

"돌은 물에 젖어 있어요!" 클라라는 답변을 해도 된다는 허락이 떨어지기도 전에 크게 외쳤다.

대답이 입에서 떨어지자마자, 클라라는 자신이 멍청한 대답을 했음을 깨달았다. 그리고 자신이 이 절박한 상황에서 주어진 소중한 기회를 망쳤다고 생각했다. 너무 부끄러운 나머지, 아이는 아무도 자신을 보지 못하도록 책상 아래로 몸을 최대한 웅크려 앉았다.

 그러나 티베리 교사는 웃음으로 답했다. "그렇지! 그게 바로 정답입니다! 여러분 중 한 명이 답을 맞혀서, 정말 다행입니다. 자칫하면 패할 수도 있었던 고비를 잘도 넘겼네요."

 교실 여기저기서 웃음소리가 터져 나왔다. 양쪽에 앉은 학생들뿐만 아니라 참관하러 온 어른들도 웃음을 터트렸다. 어떤 아이들은 제대로 웃기 위해 자리에서 일어서야만 했고, 다른 아이들은 얼굴을 책상에 파묻은 채 웃음을 참지 못했다. 그 순간, 교실은 완전히 아수라장이 되어 버렸다.

 "좋아요, 이제 의자와 책상을 모두 치우고 크리스마스트리를 돌며 파티를 즐겨 봅시다!" 티베리 교사가 말했다.

 그렇게 학교의 즐거운 파티가 시작되었다. 이렇게 흥겨운 경험은 이전에도 없었고, 이후에도 다시는 없었다.

11. 낚시

 당연한 말이지만, 이 세상 어디에도 이 작은 소녀 클라라를 자신의 아버지만큼 깊이 사랑하는 존재는 없었다. 하지만 소녀에게도 진정한 친구는 있었다. 그 이름은 올뱅차였다.

둘 사이의 우정은 어느 봄날에 시작되었다. 그날 클라라는 작은 송어를 잡기 위해 빨래터에서 낚싯바늘을 던졌다. 일은 생각보다 훨씬 잘 풀렸고, 첫날부터 물고기 두 마리를 잡아서 집으로 가져올 수 있었다. 겨우 여덟 살에 불과했지만 능숙하게 낚시하고, 집에 먹을거리까지 가져온 딸아이가 기특해 카트리나는 칭찬을 아끼지 않았다. 그녀는 딸을 격려하기 위해 송어 손질과 요리까지 할 수 있도록 특별히 허락해 주었다.

딸이 잡아 온 송어를 맛본 얀이 말했다. "음… 이런 맛은 정말 생전 처음인걸…"

그의 말은 사실 그대로였다. 생선은 뼈가 너무 많았고, 훈제를 너무 심하게 하는 바람에 말라비틀어진 생선요리가 되어 버렸기 때문이었다. 자신이 잡아서 요리까지 직접 했지만, 클라라조차 한 입 넘기기가 쉽지 않은 맛이었다.

그 후로 클라라는 낚시에 흥미를 느꼈다. 얀이 아침에 일어나는 이른 시간에 소녀도 같이 잠에서 깨었다. 그리고 물고기를 담아 올 바구니를 팔에 걸치고, 닳고 낡은 낚싯바늘에 끼울 지렁이는 작은 양철 상자에 담았다. 그렇게 준비를 마치면 빨래터로 곧장 향했다. 빨래터 근처에는 지형이 높은 곳에서 떨어지면서 마치 춤추듯 흘러내리는 급류도 있었고,

어둡고 고요한 웅덩이에서 천천히 흐르는 물이 모래와 매끄러운 바위를 잔잔히 지나는 곳도 있었다.

그러나 놀랍게도, 첫 주가 지나자 더 이상 물고기가 잡히지 않았다. 낚싯바늘에 달린 대부분의 미끼는 사라지고 없었지만, 그 빈자리에는 물고기가 걸려 있지 않았다. 클라라는 낚싯대를 거센 급류에서 고요한 물웅덩이로, 다시 가파른 폭포 근처로도 옮겨 보았다. 그리고 낚싯바늘을 바꿔 보기도 했지만 모두 헛수고였다.

클라라는 보리에 아저씨의 아들에게도, 에릭 농장의 아이들에게도 물어보았다. 혹시 그들이 새벽 일찍 일어나 빨래터에 있는 물고기를 모두 훔쳐 간 게 아닌지 의심스러웠다. 그러나 남자아이들은 그런 질문에 상대조차 하고 싶지 않았다. 빨래터 근처에서 하는 낚시는 자신들과 어울리지 않는다고 생각했기 때문이었다. 남자아이들은 드넓은 듀브 호수에서 낚시를 즐기는 게 자신들과 더 어울린다고 생각했다. 크고 멋진 호수가 있는데 왜 굳이 숲속에 흐르는 작은 물줄기 따위나 돌아다니며 물고기를 잡는 일에 흥미를 가진단 말인가? 그건 큰 호숫가에 갈 수 없는 어린 소녀나 흥미를 가질 일이라고 치부했다.

사내아이들의 완강한 답을 들었지만, 클라라는 그들을 완전히 믿지는 못했다. 세상에 어떻게 이런 일이 일어날 수 있단 말인가? 누군가 분명히 그녀의 낚싯바늘에서 물고기를 채어 간 게 분명했다. 소녀가 던진 찌는 단순히 구부러진 옷핀 따위가 아니라, 진짜 낚싯바늘이었기 때문이었다.

진실을 밝혀내기 위해, 클라라는 어느 날 아침 부모보다 먼저 일어나 냇가로 달려갔다. 빨래터에 가까워지자 걸음걸이를 조심스럽게 줄이고, 작은 발걸음으로 살금살금 걸었다. 미끄러운 돌은 피해서 걸었고, 덤불이 흔들리지 않도록 조심했다.

냇가에 도착한 순간, 클라라는 온몸이 얼어붙는 듯한 느낌을 받았다. 그곳에서 믿기지 않는 광경이 펼쳐지고 있었다. 그녀의 생각이 맞았다. 소녀가 어제 아침에 낚싯대를 세워 두었던 바로 그 자리에서, 한 도둑이 자신의 낚싯바늘에서 무언가를 훔치고 있는 게 아닌가.

그러나 물고기 도둑은 클라라가 의심했던 동네 소년들이 아니었다. 다 큰 성인 남성이 물 위로 몸을 숙이고 막 물고기를 낚아 올리고 있었다. 그가 낚싯바늘에서 반짝이는 물고기를 떼어 내는 모습을 똑똑히 두 눈으로 목격했다. 클라라는 겨우 여덟 살이었지만, 결코 겁을 먹지 않았다. 그 순간, 주저함 없이 현장 앞으로 돌격해 도둑을 붙잡는 데 성공했다.

"바로 당신이 내 물고기를 훔쳐 가는 범인이었군요!" 소녀가 외쳤다. "다행히도 범행 현장에서 붙잡았으니, 이제 이 도둑질도 끝이에요."

그 순간, 클라라는 고개를 든 남성의 얼굴을 바라보았다.

그는 바로 이웃집에 사는 올뱅차 노인이었다.

"이 낚시 도구가 네 것인 걸 잘 알고 있단다." 노인은 아주 침착하게 말했다. 그의 얼굴에선 잘못을 저지른 사람이 흔히 보이는 화난 반응이나 흥분한 기색은 전혀 찾아볼 수 없었다.

"하지만, 어떻게 할아버지 물고기도 아닌 걸 가져가실 수 있죠?" 어린 소녀가 물었다.

그러자 노인은 소녀를 바라보았다. 그 눈빛을 클라라는 결코 잊을 수 없었다. 노인의 두 눈동자는 마치 바닥이 보이지 않는 텅 빈 심연처럼 보였다. 반쯤 꺼져 생기를 잃어가는 눈이 자리한 곳에는 슬픔도 기쁨도 담겨 있지 않았다.

"그래, 아가야. 나는 네가 부모님께 필요한 것을 부족함 없이 받고 있다는 사실을 잘 알고 있단다. 이 낚시도 그냥 단순한 재미 정도로 생각하는 것도 잘 알고 있어. 하지만 우리 집 상황은 달라. 모두가 굶어 죽어 가고 있거든."

작은 소녀의 얼굴이 붉어졌다. 클라라는 왜 이런 감정이 드는지 정확히 이해할 수 없었다. 이제 부끄러움을 느끼는 쪽은 노인이 아니라 소녀였다.

이웃집 노인은 더 이상 아무 말도 하지 않았다. 다만 낚싯바늘을 살피느라 몸을 숙이는 바람에 떨어진 모자를 다시 주워서 들고는 조용히 그 자리를 떠났다. 클라라도 아무런 말을 하지 않았다. 땅바닥에는 몇 마리의 물고기가 꿈틀대고 있었지만, 그것을 집어 들 생각은 없었다. 그저 잠시 가만히 바라보다가, 발끝으로 살짝 차서 다시 물속으로 돌려보냈다.

그날 하루 종일, 소녀는 자기 스스로에게 드는 불만 가득한 감정을 피할 수 없었다. 왜 이런 이상한 기분이 드는지 이해할 수도 없었다. 잘못을 저지른 쪽은 클라라가 아니지 않은가?

올뱅차 노인의 모습이 머릿속에서 지워지지 않았다. 동네 사람들은 그가 한때 아주 부자였다고 말했다. 그가 소유했던 일곱 개의 농장은 현재 에릭이 가진 농장과 비슷한 값어치가 있었다고도 말했다. 그러나 무슨 일이라도 생겼던 것인지, 노인은 모든 재산을 잃고 이제는 완전한 가난뱅이가 되어 있었다.

다음 날 아침, 소녀는 다시 빨래터로 향했다. 이번에는 아무도 소녀의 낚싯바늘을 건드리지 않았다. 그리고 모든 바늘에는 물고기가 걸려 있었다. 클라라는 조심스럽게 물고기를 바늘에서 떼어 내어 바구니에 담았다. 그러나 평소처럼 곧장 집으로 돌아가지 않고, 대신 올뱅차 노인의 집으로 향했다.

클라라가 바구니를 들고 노인의 집 근처로 다가갔을 때, 노인은 마당에서 장작을 패고 있었다. 소녀는 울타리 앞에서 잠시 멈춰 서서 노인을 바라본 뒤 조심스럽게 집 마당으로 들어갔다. 노인의 옷은 너무 낡아서 너덜너덜해진 상태였다. 그가 사는 모습은 매우 궁핍해 보였다. 소녀의 아버지 얀도 가난하긴 마찬가지였지만, 이렇게까지 초라한 모습은 아니었다.

동네에 떠도는 소문에 의하면, 올뱅차가 눈을 감을 때까지 편히 머물 수 있도록 돕겠다고 나선 부유한 지인들도 몇 있었다고 한다. 그러나 노인은 그들의 도움을 만류하고, 며느리를 돕고자 이곳으로 이사했다. 오래전에 집을 나간 노인의 아들은 지금은 아마도 어디선가 죽었을 거라는 소문이 돌았다. 때문에 며느리는 혼자서 여러 명의 어린아이를 힘겹게 돌보고 있었다.

"오늘은 낚싯바늘에 물고기가 가득히 걸렸어요!" 클라라가 말했다.

"그래, 그렇구나." 노인이 대답했다. "거참, 좋은 소식이구나, 아가야."

"오늘부터 제가 잡은 물고기 모두를 할아버지께 드리고 싶어요. 단, 조건이 있어요. 낚시는 그래도 제가 직접 해야겠어요." 클라라가 말했다.

그리고 노인에게 다가가 바구니를 기울여서 땅에 물고기를 쏟았다. 소녀는 노인의 칭찬을 기다리고 있었다. 자신의 모든 말과 행동에 기뻐하는 아버지에게 익숙해진 그녀였다. 그런 아버지를 보고 자랐기에 이번에도 당연히 칭찬이 따라올 것이라 기대했다.

그러나 노인은 평소처럼 가라앉은 목소리로 말했다. "네 것이니 그대로 가지고 가거라. 우리야 굶는 일에 이제 익숙해져서, 작은 물고기 몇 마리쯤은 없어도 괜찮단다."

이 가난한 노인에게서 무언가 특별한 점이라도 발견했던 것일까? 클라라는 노인이 자신을 좋아해 주길 바라는 마음이 생겼다.

"그렇다면, 낚싯바늘에서 물고기를 떼어 내서 가져가시고, 미끼를 끼워 놓으세요. 제 낚시 도구도 다 가져가셔도 돼요." 소녀가 말했다.

"아니다, 아가야. 난 너의 즐거움을 뺏고 싶지 않구나." 노인이 작은 목소리로 말했다.

클라라는 노인의 집 마당에 그대로 서 있었다. 그가 만족할 만한 방법을 찾기 전까지는 이곳을 떠날 마음이 없었다.

"그럼, 매일 아침에 제가 여기로 올게요. 우리 함께 낚싯바늘을 걷어 올린 다음, 물고기를 반씩 나누어 가지는 건 어떠세요?" 소녀가 제안했다.

그제야 노인은 장작을 패던 손을 멈추었다. 궁금함이 담긴 그의 흐릿한 눈빛이 소녀에게 향했다. 그리고 노인의 얼굴 위로 희미한 미소가 스쳐 지나갔다.

"그래, 결국 네가 좋은 방법을 생각해 냈구나." 그가 말했다. "그 제안이라면 나도 거절할 이유가 없지."

12. 시계 수리공 아그리파

 어린 클라라는 아주 특별한 아이였다. 이제 겨우 열 살밖에 되지 않았지만, 아그리파 프레스트베리와도 별문제 없이 잘 지내는 타고난 능력이 있었다.

 아그리파는 덥수룩한 눈썹 아래로 누렇고 붉은 눈동자를 가졌고, 굴곡이 심해 무시무시해 보이는 코, 입 주변에는 언제 다듬었는지 알 수 없을 정도로 자란 덥수룩한 수염, 주름이 깊은 이마, 큰 키에 삐쩍 마른 몸을 가지고 있었다. 거기에다 낡아 빠진 군모까지 쓴 그의 기괴한 모습에 마을 사람 어느 누구도 그와 엮이고 싶어 하지 않았다.

 어느 날, 클라라는 오두막 현관문 앞에 있는 평평한 돌 위에 홀로 앉아서 저녁으로 샌드위치를 먹고 있었다. 그때 길을 따라 걸어오는 키가 큰 노인이 보였다. 그리고 곧 그가 아그리파임을 알아차렸다.

 그렇지만 소녀는 전혀 두려워하거나 당황하지 않았다. 우선 샌드위치를 조심스럽게 반으로 접어서 속 내용물이 엉망이 되지 않도록 한 다음, 앞치마 속에 집어넣었다.

 클라라는 도망치지도 않았고, 오두막 안으로 달려가 문을 잠그려 하지도 않았다. 이런 험악한 성인 남자를 상대로 그런 허술한 방법이 통하지 않는다는 걸 잘 알고 있었기 때문이었다. 소녀는 그냥 있던 그 자리에 그대로 앉아 있었다. 대신 클라라는 돌판 위에 올려져 있던 양말 뜨개질을 시작했다. 카트리나가 안에게 저녁을 가져다주러 나가면서 남겨 놓은 것이었다. 뜨개바늘들이 서로 부딪치며 작은 소음을 만들었다.

 소녀의 얼굴은 아주 평온하고 만족스러워 보였다. 그렇지만 몰래 출입문 쪽을 흘끗흘끗 쳐다보는 것을 잊지 않았다. 그렇다, 예상이 틀리지 않았다. 그가 오두막 안쪽으로 들어오려 하고 있었다. 아그리파는 울타리 출입문의 고리를 들어 올리고 있었다. 클라라는 앉아 있던 돌 위에서 조금 더 위로 몸을 옮겼다. 이제 자신이 집을 지켜야 하는 상황이 다가오고 있음을 눈치챘다.

 소녀는 아그리파에 대해 어느 정도는 알고 있었다. 그가 도둑질이나 하는 사람이 아니라는 것도, 싸움을 먼저 걸어오는 불량배도 아니라는 걸 알고 있었다. 단, 그를 '그레파'라고 부르거나 샌드위치를 권하지 않는다면 말썽을 일으키진 않았다. 그는 어느 곳에서도 오래 머무르는 법이 없었지만, 집에 시계가 있다면 이야기는 완전히 달라졌다.

 그는 시계를 고치러 이 마을 저 마을을 돌아다녔다. 만약 오래되고 아주 큰 달칼스 시계를 가진 오두막을 발견하면, 반드시 시계 내부를 열어서 무슨 문제가 없는지 확인해야만 했다. 모든 오래된 물건이 그렇듯 오래된 시계 또한 아무 문제가 없는 경우는 드물었다. 작은 문제라도 발견되면, 결국 시계는 완전히 분해되는 과정으로 들어갔다. 그렇게 시계를 고치고 다시 조립하는 데는 며칠이 걸렸다. 이런 식으로 상황이 흘러가게 되면, 집주인은 어쩔 수 없이 그에게 숙식을 제공할 수밖에 없었다.

가장 골치가 아픈 건, 일단 한 번이라도 아그리파의 손을 거쳐 간 시계는 결코 예전처럼 잘 돌아가지 않는다는 점이었다. 적어도 일 년에 한 번은 아그리파에게 다시 점검을 맡겨야 했다. 그렇지 않으면 시계가 멈추기 때문이다. 아그리파 노인이야 양심적이고 정직하게 수리하려 노력했지만, 시계가 망가지는 건 어쩔 도리가 없었다.

그러므로 애초부터 시계가 아그리파의 손에 닿지 않게 막는 게 최선이었다. 이를 클라라도 잘 알고 있었다. 그러나 집 안에서 들려오는 시계의 똑딱거리는 소리를 감출 방법이 도저히 생각나지 않았다. 사실 오두막 안에 시계가 있다는 걸 잘 알고 있었던 아그리파는 오랫동안 적당한 시점을 노리고 있었다. 그러나 그가 시계를 살펴보려 오두막을 찾아올 때마다, 집에 있던 카트리나가 잘 막아 냈었다.

노인이 오두막 앞에 도착해 소녀 앞에 멈춰 섰다. 그리고 땅에다 지팡이를 단호하게 내려찍으며 빠르게 말했다.

"에헴, 여기 요한 우터 아그리파 프레스트베리가 왔도다. 나는 국왕 폐하 왕실의 북치기이자, 전쟁터에서 날아드는 총알과 화약도 피해 살아서 돌아왔으며, 천사도 악마도 두려워하지 않는다. 엣헴, 거기 누구 집에 없느냐?"

그는 클라라의 대답을 기다리지도 않고, 곧장 집 안으로 들어갔다. 그리고 커다란 달칼스 시계로 향했다.

소녀는 시계가 아무런 문제도 없이 얼마나 정확히 잘 작동하는지 설명하기 위해 즉시 그의 뒤를 쫓아서 들어갔다.

"시계는 너무 빨리 가지도, 너무 느리게 가지도 않아요. 아주 정확한 시계라 고칠 필요가 전혀 없어요." 황급히 클라라가 설명했다.

"요한 우터 아그리파 프레스트베리가 손보지 않은 시계가 제대로 작동한다는 건 말도 안 되는 헛소리다!" 아그리파가 말했다.

그는 키가 워낙 커서 의자에 올라설 필요도 없이 시계 케이스를 열 수 있었다. 눈 깜짝할 사이에 시계의 문자판과 내부가 분리되었고, 부속 장치들이 식탁 위로 펼쳐졌다. 앞치마 속에서 주먹을 꼭 쥔 클라라의 눈에는 눈물이 고였다. 그렇지만 그를 막을 힘이 없었다.

아그리파 노인은 서둘렀다. 얀과 카트리나가 집으로 돌아와 시계는 아무런 문제가 없다고 말하기 전에, 시계가 가진 약간의 문제라도 알아내야 했다. 그는 작은 꾸러미에 든 도구와 기름통을 가져왔다. 그런데 꾸러미를 황급히 푸는 바람에, 안에 있던 물건 몇 개를 바닥에 떨어뜨리고 말았다.

노인은 클라라에게 바닥에 떨어진 물건을 모두 주우라고 말했다. 그 험악한 외모를 한 번이라도 본 적이 있는 사람이라면, 그의 말에 따를 수밖에 없는 이 불쌍한 소녀를 이해할 수 있었을 것이다. 클라라는 몸을 숙여 바닥에 떨어져 있던 작은 톱과 끌을 집어서 그에게 건넸다.

"바닥에 떨어진 거 다 주운 거 맞아?" 노인이 호통치듯 말했다. "너는 황실의 북치기를 시중들 수 있는 이 순간을 감사해야 한다. 이 저주받은 머슴의 아이야."

"이게 바닥에 떨어진 전부예요." 소녀의 목소리에서 깊은 절망과 슬픔이 느껴졌다. 부모님을 위해 오두막을 지켜야 했지만, 결국 이렇게 모든 것을 망치고 말았다.

"그럴 리가? 거기에 안경 못 봤어?" 노인이 물었다. "그것도 같이 떨어져 있을 텐데…"

"아니요." 소녀가 말했다. "다시 잘 찾아봤는데 안경은 없어요."

그 순간, 클라라의 마음속에 작은 희망이 피어올랐다. 안경이 없다면 시계를 제대로 볼 수 없다는 말인가? 만약 안경이 사라져 버렸다면?

바로 그때, 탁자 다리 뒤에 놓여 있던 안경집이 소녀의 눈에 들어왔다.

노인은 직접 꾸러미 속을 뒤지기 시작했다. 오래된 톱니바퀴와 스프링들 사이를 샅샅이 살피는 동안 달그락거리는 소리가 요란스럽게 들렸다. 혹시 운이 좋게도 그가 안경을 찾지 못하는 일이 벌어지지는 않을까?

"거참 이상하네. 결국 내가 직접 바닥에 엎드려서 찾아봐야겠군." 그가 말했다. "얼른 일어나서 저쪽으로 가거라, 이 가난뱅이 머슴의 아이야!"

그의 말이 떨어지기 무섭게, 클라라의 손이 번개처럼 빨리 움직였다. 잽싸게 안경집을 움켜쥐고 앞치마 속에다 감췄다.

"일어나라는 말 안 들려? 너를 믿을 생각은 추호도 없다. 그렇지, 네 앞치마 아래에 숨긴 건 뭐지? 당장 내놓거라!" 노인이 으르렁거렸다. "어허, 내 말 안 들려?"

소녀는 재빨리 한쪽 손을 꺼내어 앞으로 내밀었다. 그러나 다른 손은 계속 앞치마 아래에 숨기고 있었다. 이제 곧 나머지 손도 꺼내야만 하는 순간이었다. 그때 소녀가 감춰 두었던 샌드위치가 아그리파의 눈에 띄었다.

"우웩! 이거 샌드위치 아냐?" 그는 클라라가 마치 무시무시한 독사라도 품에 안고 있는 것처럼 화들짝 놀라며 뒤로 물러섰다.

"제가 이걸 먹고 있던 참에, 아저씨가 들어오셔서 얼른 숨긴 거예요. 아저씨는 버터를 싫어하시니까요."

노인은 마치 못 볼 것이라도 본 것인 양 꺼림칙한 표정을 지었다. 그리고 바닥에 직접 엎드려 이곳저곳을 살펴보았지만 헛수고였다. 그는 아무것도 찾을 수 없었다.

"혹시 마지막으로 계셨던 곳에다 안경을 두고 오신 게 아닐까요?" 클라라가 물었다.

그럴지도 모른다는 생각을 아그리파도 잠시 했지만, 사실로 인정하고 싶지 않았다. 그러나 안경 없이는 시계를 고칠 도리가 없었다. 잠시 한숨을 내쉰 그는 꾸러미에 물건들을 다시 담아서 묶었다. 그리고 뜯어낸 시계 내부장치를 케이스 속에 되돌려 놓았다.

노인이 잠시 등을 돌린 순간, 클라라는 조심스럽게 다가가 안경을 꾸러미 속에 다시 집어넣었다.

그렇게 아그리파 노인은 클라라네 집을 떠났다. 그리고 가장 마지막으로 시계를 수리했던 뢰브달라 저택으로 달려갔다. 그곳에 도착하자 안경을 찾고 있다고 주인장에게 말하며, 꾸러미를 풀었다. 안경이 사라졌다는 걸 보여 주려고 풀어헤친 꾸러미 속에서, 그가 가장 먼저 본 것은 바로 안경집이었다.

다음 주말, 아그리파는 교회 근처를 지나가는 얀과 카트리나를 보았다. 그는 부부에게 다가가서 말했다.

"당신네 부부는 작고 재치로 가득한 소녀를 두었더군요. 그 똑똑한 딸아이는 커서 큰 기쁨이자 자랑이 될 것이란 걸 믿어 의심치 않소."

13. 금단의 열매

마을 사람들 다수가 장담했다. 얀이 딸아이로 인해 큰 기쁨을 얻을 날이 머지않았다고 말이다. 그러나 그들이 간과한 점이 하나 있었는데, 사실 얀은 이미 하루의 매 순간이 클라라 덕분에 무척이나 행복했다. 그렇지만 그런 그도 딸아이가 자라는 동안 딱 한 번은 화가 나는 수치심을 느낀 적이 있었다.

클라라가 열한 살이 되던 그해 여름, 두 부녀는 언덕을 넘어 뢰브달라로 향하고 있었다. 그날은 8월 17일로, 뢰브달라 농장 소유주인 릴리에크로나 중위의 생일이었다. 이 근처에 사는 사람들은 일 년 내내 이날이 오기를 손꼽아 기다리는 축제가 있었다. 그날이 바로 오늘로 신분의 높낮이, 성별, 나이를 떠나서 모두가 기다리는 축제였다. 이날은 화려한 옷을 차려입은 사람들도 구경하고, 흥겨운 춤과 노래도 들을 수 있어서 수많은 인파가 이곳으로 몰려들었다.

당연히 동네 아이들에게도 이 축제는 놓칠 수 없는 기회였다. 그건 계절에 맞춰 풍성해진 과수원 때문이기도 했다. 평소에는 엄격한 도덕 교육을 받기에 엄두도 못 낼 일이지만, 축제가 벌어지는 날만큼은 과수원의 과일을 마음껏 따서 먹을 수 있었다. 물론, 주인에게 들키지 않아야 했다.

얀과 클라라가 과수원에 들어섰을 때, 소녀는 아름답게 자란 사과나무에서 눈을 떼지 못했다. 나무마다 탐스럽게 잘 익은 사과로 가득했다. 얀은 딸이 사과를 따서 맛보는 걸 굳이 막고 싶지는 않았지만, 마침 과수원 경비원이 근처에 있었다. 그는 몇 명의 다른 사람들과 함께 과수원을 감시하고 있었다. 그들이 지켜보고 있는 한, 사과나무에 함부로 손을 댈 수는 없었다.

사과의 탐스러운 유혹에서 멀어지기 위해 마당으로 자리를 옮겼지만, 클라라의 머릿속에는 여전히 구스베리 덤불과 사과나무 생각으로 가득하다는 것을 눈치챌 수 있었다. 소녀는 화려한 옷을 입은 부유한 집안의 자제들이나 아름답게 가꾸어진 꽃밭에는 관심을 전혀 보이지 않았다. 목사님과 보레우스 공학자가 연단에 서서 훌륭한 축사를 낭독해도 별 관심이 없었다. 심지어 종지기 스밧틀링 교사가 낭송하는 축시조차도 소녀의 관심 밖이었다.

이어서 클라리넷을 연주하는 안델스가 행사장 안으로 들어왔다. 가만히 듣고만 있어도 저절로 어깨가 들썩일 정도로 흥이 가득한 무곡이 연주되었다. 그렇지만 그 어떤 것도 소녀의 관심을 끌지는 못했다. 클라라는 그저 다시 과수원으로 되돌아갈 핑계를 찾는 데만 골몰하고 있었다.

행사가 진행되는 동안 얀은 최선을 다해 딸의 손을 꼭 잡고 있었다. 클라라가 어떤 방법을 써서라도 빠져나가려 해도, 결코 손을 느슨하게 풀지 않았다. 그렇게 모든 일이 순조롭게 흘러가는 것처럼 보였다. 어둠이 깔리기 시작하는 저녁이 되기까지는 말이다.

저녁이 되자 형형색색의 화려한 전등에 불이 들어왔다. 나무 위에도 땅에도 불빛이 빛났고, 꽃들 사이와 집 벽을 타고 오르는 넝쿨 사이에도 아름다운 빛으로 반짝였다. 그 광경은 정말 아름다웠다. 얀은 이제껏 본 적이 없는 환상적인 모습에 그만 정신을 놓고 말았다. 지금 자신이 현실에 존재하고 있다는 사실조차 믿기 어려울 정도로 황홀한 풍경이었다. 그런 와중에도 얀은 딸의 손을 꼭 잡고 있었다.

불이 밝혀지고 얼마 후, 교회 근처에서 장사하는 상인 형제들, 그리고 안델스와 그의 조카들이 모여서 노래를 부르기 시작했다. 노랫소리가 울려 퍼지는 동안, 얀은 공기 중에 흐르는 오묘한 기쁨을 맛보았다. 마치 오랫동안 마음 깊은 곳에 자리한 무거운 걱정들이 서서히 씻겨 나가는 그런 느낌이었다. 포근한 밤공기에 섞여서 흘러나오는 이 고요하고 아름다운 소리를 저항할 길이 없었다. 같은 장소에 있던 모든 사람이 비슷한 경험을 하고 있었다. 이렇게 아름다운 세상에서 숨 쉬고 있다는 사실만으로도 그저 행복함을 느꼈다.

"그래, 이제야 실감 나네, 오늘이 바로 8월 17일이야." 주변 사람들이 속삭였다.

"지상낙원에 산다는 게 바로 이런 기분이었겠지?" 경건한 표정의 한 청년이 말했다.

얀도 그들도 모두 같은 느낌이었지만, 충분히 자제력을 유지하고 있었기에 딸의 손을 놓지 않았다.

노래가 끝나자, 불꽃놀이가 시작되었다. 푸른 밤하늘 속으로 몇 개의 작은 불덩이들이 솟구쳤다. 이어서 불빛은 여러

갈래로 떨어져 나가더니, 붉고 파란 별빛 그리고 노란 별빛이 되어 사방으로 퍼졌다. 그리고 마지막에는 약한 빛줄기가 되어 다시 땅으로 돌아왔다. 얀은 경이로움과 감동에 휩싸이고 말았고, 그 순간 딸아이를 깜빡 잊어버렸다. 정신을 차렸을 때는 이미 클라라는 사라지고 없었다.

'그래, 어쩔 수 없지.' 얀은 생각했다. '뭐, 언제나 그랬듯이 별일 없을 거라고 믿어야 어쩌겠어? 과수원 지키는 사람에게 붙잡히지 않기를 바랄 수밖에…'

어두워진 시간에 넓은 과수원에서 딸아이를 찾아다니는 건 무리였다. 얀이 선택할 수 있는 가장 현명한 방법은 그냥 그 자리에 그대로 서서 딸아이가 돌아오기를 기다리는 일이었다.

그렇게 오래 기다릴 필요도 없었다. 이어진 노래가 막 끝날 즈음, 얀은 경비원이 자신의 딸을 품에 안고 다가오는 모습을 보았다.

릴리에크로나 중위는 다른 신사들과 함께 근처 연단의 가장 높은 장소에서 노래를 경청하고 있었다. 얀에게 다가온 경비원은 품에 안고 있던 클라라를 땅에 내려놓았다. 소녀는 도망치지도 소리를 지르지도 않았다. 다만, 잘 익은 사과가 가득 담긴 앞치마를 꼭 붙잡고 있을 뿐이었다. 클라라의 표정은 사과 한 알도 떨어뜨리지 않겠다는 굳은 의지로 가득 차 있었다.

"이 아이가 사과나무 위에 앉아 있더군요." 경비원이 말했다. "중위님께서 제가 만약 사과 도둑을 붙잡으면 직접 이야기하고 싶다고 하셨습니다."

곧 과수원 주인인 릴리에크로나 중위가 다가왔다. 클라라를 바라보는 그의 눈가 작은 주름들이 조금씩 움찔거리기 시작했다. 그대로 웃음을 지으려고 저러는지, 아니면 눈물을 흘릴지 알 수 없는 표정이었다.

처음에는 중위도 사과를 훔친 아이를 엄히 꾸짖을 생각이었다. 그러나 소녀가 천진난만하게 앞치마를 꽉 움켜쥐고 있는 모습을 보자 작은 연민을 느끼지 않을 수 없었다. 그는 깊은 고민에 빠졌다. 소녀에게 사과를 가져갈 수 있도록 허락하고 싶었지만, 이런 사례가 동네에 소문으로 돌기만 한다면 그의 과수원은 좀도둑으로 엉망이 될 게 뻔했다.

"그래, 네가 바로 사과나무 위에 올라갔다 온 아이로구나." 중위가 말했다. "학교에서 아담과 이브에 대해 배웠지? 그렇다면 사과를 훔치는 일이 얼마나 위험한 일인지는 알고 있겠지?"

그 순간 얀은 클라라 옆으로 다가섰다. 오랜만에 여유롭게 보내던 즐거운 시간이 딸아이로 인해 망쳐진 건 불만이었다. 그렇지만 이 조그마한 아이가 곤란한 상황에 처하도록 지켜만 보고 있을 수는 없는 노릇이었다.

"중위님, 이 아이를 벌하지 마세요! 모든 건 제 잘못입니다.

제가 딸아이에게 사과를 따러 나무에 올라가도 괜찮다고 말했거든요." 얀이 말했다.

바로 그때, 소녀는 못마땅한 표정으로 얀을 바라보았다. 그리고 마침내 침묵을 깨고 말했다.

"아뇨, 그건 사실이 아니에요!" 소녀는 단호하게 말했다. "사과를 원했던 건 바로 저예요. 아빠는 제 손을 하루 종일 붙잡아 제가 사과를 따러 가지 못하게 하셨거든요."

소녀의 말을 들은 중위는 작은 미소를 지으며 말했다.

"그렇지, 우리 아가야. 네가 옳은 말을 했구나. 아버지에게 책임을 떠넘기지 않은 건 옳은 일이다. 알다시피, 우리들의 주님께서 아담과 이브에게 화가 나신 건 그들이 사과를 훔쳤기 때문이 아니었단다. 비겁하게 서로에게 책임을 떠넘겼기 때문에 화를 내신 거였지. 이번 사과는 집으로 가져가도 좋다. 진실을 말하길 두려워하지 않는 너에게만 특별히 허락해 주는 거야."

말을 마친 중위는 자신의 아들 중 한 명을 불러 말했다.

"여기 얀에게 마실 것을 한 잔 가져다주거라. 그리고 우리 다 함께 건배합시다! 얀의 딸이 이브보다 더 현명한 대답을 했으니까요. 만약 이 작은 아이가 옛날 그 에덴동산에 있었더라면, 우리 모두를 훨씬 더 이롭게 했을 텐데… 아쉽군요!"

2부

14. 라스 군날손

 어느 추운 겨울날, 농장주 에릭과 얀이 깊은 숲속에서 나무를 베고 있었다.
 두 사람은 이제 막 거대한 나무를 톱질로 다 베어 내려던 참이었다. 그리고 곧 쓰러질 나무에 깔리지 않도록 옆으로 물러섰다.
 "어이쿠, 조심하세요! 농장주님. 나무가 그쪽으로 쓰러질 것 같아요." 얀이 소리쳤다.
 에릭이 피하려고 했다면, 그에겐 충분한 시간이 있었다. 그러나 평생 수많은 나무를 베어 온 경험을 가진 에릭은 이 분야만큼은 얀보다 더 잘 알고 있다고 자신했다. 그래서 그는 얀의 말을 무시하고 서 있던 자리를 벗어나지 않았다. 정말 눈 깜짝할 사이에 벌어진 일이었다. 거대한 전나무는 얀의 경고대로 에릭의 방향으로 떨어졌고, 그만 나무 밑에 깔리고 말았다.

나무 아래로 쓰러지면서 에릭은 아무런 소리도 내지 않았다. 두꺼운 전나무 가지들이 그의 몸을 완전히 덮어 버리는 바람에 그의 모습도 자취를 감추었다. 얀은 사방을 정신없이 둘러보며 혼란에 빠졌다. 정확히 어디에 에릭이 깔려 있는지 알 수도 없는 상황이었다.

그때였다. 얀이 평생을 일하면서 들은 익숙한 목소리가 들렸다. 그 소리는 너무나도 희미해서 정확히 무슨 말을 하는지 제대로 알아듣기가 힘들 정도였다.

"얀… 얀…? 빨리 마을로 가서 말과 사람들을 데려와… 그래야 내가 살아서… 집으로 돌아갈 수 있어!"

"제가 먼저 도와 드리는 게 낫지 않을까요? 거기 누워 계시는 게 고통스럽진 않으세요?" 얀이 물었다.

"얀, 그냥… 내가 말한 대로만 해!" 에릭의 목소리는 단호했다. 얀은 에릭의 성격을 잘 알고 있었다. 그는 무엇보다도 상하 간의 수직적인 관계를 우선시하는 사람이었기에, 더 이상의 이의를 제기하지 않았.

얀은 가능한 빨리 마을로 달려갔다. 하지만 숲에서 마을까지는 가까운 거리가 아니었다. 마을에 도착하려면 상당한 시간이 걸렸다.

마을 근처에서 처음 마주친 사람은 에릭의 장녀와 결혼한 라스 군날손이었다. 에릭이 세상을 떠나게 된다면 그가 농장을 물려받을 예정이었다.

장인어른의 사고 소식을 듣자마자, 라스는 얀에게 얼른 집으로 달려가 장모에게 상황을 먼저 알리고, 집안 일꾼들도 준비시켜 놓으라고 말했다. 그리고 라스는 마구간으로 달려가 자신의 말에 안장을 앉힐 생각이었다.

"제 생각엔 지금은 집안 여자들에게 사고를 알리는 게 그렇게 현명한 생각은 아닌 것 같네요." 얀이 말했다. "소식을 들으면 걱정이 되어서 울고불고 난리가 날 게 뻔하지 않을까요? 그러면 일이 너무 지체될 거고요. 나무 아래에 깔린 농장주의 목소리가 너무 힘없이 들렸어요. 우리가 빨리 서둘러서 에릭을 구하러 가야 합니다!"

결혼 후 에릭의 농장에서 일을 시작한 라스는 줄곧 자신의 업무 지시에 영향력과 무게감이 있기를 바랐다. 그 또한 장인어른처럼 한번 내린 말을 쉽게 바꾸는 사람이 아니었다.

"당장 장모님께 가라니까요!" 라스가 소리쳤다. "지금 침대를 준비해 놔야 한다는 걸 이해하지 못하겠어요? 우리가 돌아오면 장인어른을 눕힐 곳이 필요하잖아요!"

결국 얀은 그의 말을 따라 에릭네 집으로 달려갔다. 에릭의 아내를 만나 숲에서 무슨 일이 있었는지, 그리고 어떻게 사고가 터졌는지 설명했다. 최대한 빨리 소식을 알리려 했지만, 설명에는 적지 않은 시간이 걸렸다.

다시 농장으로 돌아온 얀은 화가 잔뜩 난 라스가 마구간에서 욕설을 지껄이는 소리를 들었다. 그는 가축을 다루는 솜씨가 썩 좋지 않았다. 근처로 다가가기만 해도 말들은 발길질하며 날뛰기 일쑤였다. 얀이 에릭의 아내와 이야기하느라 이미 많은 시간이 걸렸는데도, 라스는 말 한 마리도 마구간에서 꺼내지 못하고 있었다.

마구간에서 라스를 돕는 일은 순조롭지 않았다. 라스는 이럴 바에야 그냥 다른 심부름을 얀에게 주기로 했고, 밖에서 일하고 있는 일꾼 하나를 데려오라고 지시했다. 그러나 다소 이상한 점이 있었다. 일이 급한 만큼 마구간 근처에 있는 헛간에서 타작 일을 하고 있던 보리에를 부르면 될 일이었다. 그러나 라스는 굳이 멀리 떨어진 자작나무 숲에서 어린나무를 솎아 내는 잡일을 하고 있던 머슴 청년을 데려오라고 했다.

전나무 가지 아래에 묻혀서 들리던 에릭의 희미한 목소리가 얀의 귀에 울리는 것만 같았다. 이런 쓸데없는 일에 시간을 허비하는 동안, 에릭의 목소리는 더 이상 명령조로 들리지 않았다. 얀에게 한시라도 바삐 서둘러 달라고 애원하는 목소리로 변해 가고 있었다.

"가고 있어요. 제가 가고 있어요." 얀은 스스로에게 속삭이듯 답했다. 그렇지만 마치 악몽을 꾸는 것처럼, 아무리 몸부림쳐도 한 발짝도 앞으로 나아갈 수 없는 진흙탕에 빠져 허우적대는 느낌이었다.

　우여곡절 끝에 라스는 마구간에서 말을 꺼냈다. 그때 다시 집안 여자들이 달려와서는 짚과 담요도 챙겨 가라고 말했다. 그런 물건들이 구조할 때 요긴하게 쓰일 건 분명했다. 그러나 짐을 다시 정리하면서 시간이 또 지체되었다.

　마침내 라스와 얀, 그리고 하인 청년 한 명을 태운 마차가 출발했다. 그러나 숲 근처에 도달하기도 전에 라스가 마차를 멈추어 세웠다.

　"어이쿠, 이런 큰일이 닥치면 누구나 정신이 없기 마련이지." 라스가 말했다. "이제야 보리에가 헛간에서 일하고 있었다는 게 생각났네."

　"그렇죠." 얀이 말했다. "보리에가 함께 가면 좋았을 텐데요. 여기 있는 사람 누구보다도 두 배는 더 힘이 세니까요."

　라스는 하인 청년에게 지금 농장으로 달려가 보리에를 데려오라고 시켰다. 그렇게 또다시 시간이 지체되었다.

　얀은 마차에 앉아서 기다리는 일 외에는 아무것도 할 게 없었다. 그의 내면에는 얼음처럼 차가운 텅 빈 심연이 열리는 느낌이었다. 칠흑같이 어두운 거대한 구멍은 내려다보기도 무서울 정도로 끔찍했다. 그건 이미 너무 늦었다는 확신의 심연이었고, 이런 현실을 마주하기 두려운 얀의 마음이기도 했다.

　마침내 보리에는 청년과 함께 숨을 헐떡이며 마차로 뛰어왔다. 마차는 다시 숲을 향해 달렸다. 하지만 이번에도 뭔가 그들의 발목을 잡았다. 라스가 하필 늙어서 근육이 뻣뻣해진 말을 마차에 연결해 놓았던 것이다. 라스 스스로 정신이 없다고 했던 말은 정말 사실로 보였다.

라스가 정신이 온전하지 않다는 건 다시금 분명해졌다. 그는 갑자기 엉뚱한 방향으로 마차를 몰려고 했다.

"아니요. 그 길은 스톨스니파 언덕으로 가는 길이에요!" 얀이 말했다. "사고가 일어난 곳은 로빈 위쪽에 있는 숲이고요."

"그건 나도 알고 있어요." 라스가 말했다. "하지만 조금만 더 위로 가면 더 나은 길이 나온다니까!"

"어떤 길인데요?" 얀이 어리둥절한 표정으로 물었다.

"나도 가본 적은 없지만… 조금만 기다려 봐요, 내 곧 보여 줄 테니까!"

라스는 굳이 엉뚱한 언덕 위로 계속 올라가려 했다. 그렇지만 얀은 보리에의 지원으로 라스의 고집을 꺾는 데 성공했다. 그러나 쓸데없는 논쟁을 하는 바람에 또 많은 시간이 지나고 말았다. 얀은 겹게 타버린 공허함이 온몸으로 퍼지는 느낌이 들었다. 마치 팔과 손의 안이 텅 빈 채로 얼어붙어 움직일 수 없는 무기력도 들었다.

'어차피 이젠 상황을 바꾸긴 너무 늦었어.' 얀이 생각했다. '이제 모든 것이 늦었어. 우리가 도착했을 때, 에릭은 더 이상

우리의 도움을 필요하지도 않은 상태일 거야.'

늙은 말은 숲길을 따라 최선을 다해 앞으로 나아갔지만, 이런 험한 여정을 감당할 힘이 남아 있지 않았다. 게다가 말발굽의 상태도 좋지 않아서 계속해서 발을 헛디뎠다. 오르막길이라도 나오면 모두 내려서 걸어야 했다. 게다가 길도 없는 깊은 숲에 들어서자, 늙은 말은 도움이 되기보다는 오히려 큰 짐이 되었다.

우여곡절 끝에 그들은 사고 현장에 도착했다. 에릭의 상태는 생각보다 나쁘지 않았다. 어디가 부러지거나 심하게 다친 곳은 없었다. 한쪽 허벅지가 나뭇가지에 찢어져 깊은 상처를 입었지만, 회복이 불가능해 보이진 않았다.

그러나 다음 날 아침 얀이 일터에 도착했을 때, 에릭이 심한 열과 극심한 고통으로 병석에 누웠다는 소식을 들었다. 오랜 시간 차가운 땅에 누워 기다리는 동안 감기에 걸렸는데, 그게 결국 폐렴으로 발전해 버리고 말았다. 그렇게 에릭은 사고가 발생한 지 보름이 지나 세상을 떠났다.

15. 붉은 드레스

클라라가 열일곱 살이 되던 여름의 어느 일요일이었다. 그녀는 부모님과 함께 교회로 향하고 있었다.

클라라는 커다란 숄을 몸에 걸치고 있었는데, 교회 언덕에 도착하자 그 숄을 벗었다. 그러자 그녀가 입은 드레스가 눈에 드러났고, 마을 사람들은 이 근처에서는 한 번도 본 적이 없는 아주 특별한 옷이라는 걸 한눈에 알아챌 수 있었다.

며칠 전, 커다란 보따리를 등에 메고 다니는 상인이 얀이 사는 마을에 찾아온 적이 있었다. 상인은 클라라의 싱그럽고 아름다운 젊음을 보고 감탄했다. 그리고 자신의 보따리에서 한 조각의 옷감을 꺼냈다. 그는 얀과 카트리나에게 이 옷감을 사서 딸에게 선물로 주라고 설득했다. 천은 흡사 비단처럼 고급스럽게 보였고, 빛에 따라 오묘하게 붉은색이 변하는 아름다운 옷감이었다.

그러나 옷감은 아름다운 만큼 값이 비쌌다. 얀의 마음이 약간 동했던 건 사실이었지만, 이런 고급 원단을 딸에게 사줄 형편은 아니었다. 보따리 상인은 오랜 시간을 들여 설득해 보았지만 모두 헛수고였다. 끝내 자신의 설득이 전혀 먹히지 않자 당황하기 시작했다. 그는 이 옷감의 주인은 클라라밖에 없다고 확신했다. 그녀만큼 빨간 드레스가 아름답게 잘 어울릴 사람이 이 지역에서는 없다고 믿었다.

결국 상인은 드레스 한 벌을 만들어 입기에 충분한 옷감을 재단해 클라라에게 건넸다. 그는 어떤 대가도 요구하지 않았다. 다만 사소한 조건은 있었다. 다음에 상인이 마을을 다시 찾아왔을 때, 붉은 드레스를 입고 있는 클라라의 모습을 보고 싶다고 말했다.

옷감은 마을에서 가장 뛰어난 재봉사에게 넘겨졌다. 평소 근처 마을에 사는 귀부인을 상대로 고급 옷을 만드는 재봉사였다. 완성된 빨간 드레스는 생각대로 클라라에게 너무 잘 어울렸다. 빨간 드레스를 입은 그녀는 마치 숲 언덕 위에 핀 아름다운 들장미처럼 아름다웠다.

그리고 일요일이 되었다. 클라라가 교회에서 새로 맞춘 드레스를 사람들 앞에 처음으로 선보이려 했을 때, 얀과 카트리나 부부는 집 안에 가만히 앉아 있을 수가 없을 정도로 들떠 있었다. 예배에 참석하러 온 사람들의 반응이 어떨지 너무 궁금했다.

역시나 클라라가 입은 붉은 드레스는 사람들의 눈길을 끌고도 남았다. 처음엔 무의식적으로 한 번 슬쩍 보았다가, 드레스의 아름다움에 다시 한번 더 뒤돌아보는 사람이 많았다. 그러나 두 번째로 볼 때는 단순히 드레스만 본 게 아니라, 그 옷을 입고 있는 젊은 소녀의 모습도 함께 바라보았다.

이미 마을 사람들 중 몇 명은 그 드레스에 대한 소문을 들어서 알고 있었다. 못마땅한 눈초리로 클라라를 바라보는 사람도 꽤나 있었다. 그리고 대부분이 가난한 집안의 아이가 어디서 저렇게 화려한 옷을 구해서 입고 나타났는지 궁금해했다.

얀과 카트리나는 주변 사람들에게 보따리장수와 있었던

이야기를 반복해서 말해 주었다. 그 사연을 들은 사람들은 더 이상 언짢은 표정을 짓지 않았다. 오히려 이런 뜻밖의 행운이 가난한 이웃에게 잠시라도 찾아왔다는 사실에 함께 기뻐해 주었다.

클라라와 또래인 부유한 집안의 청년들은 속삭였다. 만약 클라라가 결혼하기에 적합한 집안 출신이었다면, 교회 밖을 나가기도 전에 구애했을 것이라고 말이다.

농장주의 딸들도 속삭였다. 빛에 반짝이는 장미처럼 아름다운 클라라의 얼굴과 젊음, 그리고 건강을 가질 수만 있다면 자신이 받을 결혼 지참금의 절반을 기꺼이 내놓겠다고 말이다.

그런데 하필 이날 예배는 주임 목사가 주관하지 않았다. 대신 브로 마을에서 온 목사가 설교를 맡았는데, 그는 보수적인 성격으로 유명했다. 엄격한 신앙생활을 강조했으며, 의복을 포함한 모든 종류의 사치를 못마땅하게 여겼다.

그런 목사가 값비싼 비단처럼 보이는 붉은 드레스를 입은 클라라의 모습을 보자 깜짝 놀라지 않을 수가 없었다. 목사는 종지기를 불러 예배가 끝나면 따로 면담을 원한다는 말을 얀과 카트리나에게 전하게 했다.

목사 역시 빨간 드레스가 클라라에게 참 잘 어울린다고 생각했다. 그렇다고 못마땅한 기분이 가시는 건 아니었다.

"얘야. 내가 너에게 한 가지 말할 게 있단다." 목사가 클라라의 어깨에 손을 올리며 말했다. "내가 원하면, 나 또한 목에 황금 십자가를 걸치고 주교처럼 화려한 옷을 입는 건 그렇게 어려운 일이 아니란다. 그렇지만 난 그럴 마음이 추호도 없단다. 나는 나 자신을 실제보다 더 대단한 사람처럼 보이게 만들고 싶지 않거든. 마찬가지로 너도 가난한 머슴의 딸일 뿐인데, 마치 고귀한 귀족 아가씨처럼 화려하게 치장해서는 안 된다."

목사의 말은 엄했다. 클라라는 너무 긴장하고 놀란 나머지 아무런 말도 할 수가 없었다. 그러자 카트리나가 서둘러 드레스는 선물로 받은 천으로 만들었다고 설명했다.

"그래, 그럴 수도 있겠지요. 이해합니다." 목사가 말했다. "그러나, 제 뜻을 부모로서 이해하기가 그렇게 어려운가요? 한두 번 이렇게 화려한 옷을 입도록 허락한다면, 나중에는 분수에 맞는 검소한 옷을 입히기가 점점 어려워지는 건 당연한 순리이지 않겠습니까?"

목사는 자신의 의견이 분명히 전달되었다고 믿고 몸을 돌렸다. 그러나 얀은 목사가 멀어지기 전에 하고 싶은 말이 있었다.

"만약 제 딸아이가 자신에게 잘 어울리는 옷을 입고 있다면, 태양처럼 눈부시게 아름다울 게 분명합니다. 우리 아이는 태어난 순간부터 우리에게 태양이자 기쁨이었기 때문입니다." 얀이 목사에게 말했다.

목사는 발길을 다시 돌렸다. 얀의 가족에게 다가가 그들을 바라보며 깊은 생각에 잠겼다. 얀과 카트리나의 얼굴은 늙고 지쳐 보였다. 그렇지만 그 주름이 가득한 얼굴 속에서도 눈동자만은 밝고 투명하게 빛나고 있었다. 그건 바로 클라라가 뿜어내는 찬란히 반짝이는 젊음의 빛이 그들의 눈을 통해 투영되고 있었기 때문이었다.

그들을 바라보던 목사는 이 노부부의 유일한 즐거움을 방해하는 건 안쓰러운 일이라고 생각했다.

"애야. 만약 네가 가난한 부모님께 빛과 기쁨이 되어 왔다면, 이 옷을 자랑스럽게 입거라." 마침내 목사가 부드러운 목소리로 말했다. "부모에게 큰 행복인 자식이야말로 인간의 눈으로 바라볼 수 있는 최고의 존재임에 틀림이 없으니까…"

16. 새로운 농장주

교회 목사가 클라라에게 아름다운 위로의 말을 해준 바로 그날의 일이었다. 얀의 가족은 교회에서 막 집으로 돌아온 참이었다. 그때 두 성인 남자가 오두막 울타리 위에 걸터앉아 있는 모습이 보였다. 그들 중 한 명은 장인인 에릭의 농장을 물려받아 이제 집안의 가장이 된 라스 군날손이었고, 다른 한 명은 카트리나가 종종 설탕과 커피를 사던 브로비 마을에 있는 한 상점의 점원이었다.

 그 둘은 무심한 표정으로 앉아 있었기에, 얀은 별다른 생각 없이 모자를 들어 올려 간단히 목례만 하고 지나쳤다. 따로 볼일이 있는 사람처럼 보이진 않았다.

 얀은 같은 곳에 장시간 앉아 있는 그들이 곧 다른 장소로 떠나길 바랐다. 별 용건도 없으면서 시간만 축내며 자기 집 울타리에 앉아 있는 모습이 눈에 거슬렸기 때문이다. 숲에서 발생한 사고로 에릭이 세상을 떠난 뒤, 라스는 자신에게 악의를 품고 있는 것처럼 보였다. 그는 얀이 이젠 너무 늙어서 하루 품삯을 온전히 쳐주는 날도 얼마 남지 않았다는 식의 지나가는 말을 툭툭 던지곤 했다.

 카트리나가 차린 저녁 식사가 끝나도록, 울타리에 앉아 있던 두 사람의 유쾌한 대화는 끝나지 않았다. 그들은 마치 급할 거 없이 느긋하게 때를 기다리는 두 마리의 사나운 매처럼 보였다. 위험을 피해 도망칠 수 있다고 믿는 조그마한 새들을 차갑게 비웃고 있는 매처럼 말이다.

 결국 그들은 울타리에서 내려와 문을 열고 오두막 안으로 들어왔다. 역시 얀에게 볼일이 있었던 것이다.

 불길한 예감이 든 얀은 마치 숨을 곳이라도 찾듯 주변을 두리번거렸다. 그러나 그의 시선이 닿은 곳은 창밖을 내다보고 있던 클라라였다. 얀은 다시 용기를 되찾을 수 있었다. 그는 생각했다. 이런 딸을 두고서 두려워할 게 대체 뭐가 있단 말인가? 지혜롭고 영리한 클라라는 어떤 일이 닥쳐도 겁먹지 않았다. 그것뿐인가? 딸이 하는 모든 일에는 행운이 절로 따라오지 않았던가? 그런 아이를 제압하는 건 아무리 매정한 라스라고 해도 쉬운 일이 아닐 거라고 믿었다.

라스와 점원은 여전히 무심하고 낯선 표정이었다. 라스는 오랫동안 울타리에 앉아 작고 아담한 오두막집을 바라보다가 한번 들어가 보고 싶은 마음이 들었다고 말했다. 그리고 오두막 안에 있는 모든 것에 대해 칭찬하기 시작했고, 자신의 장인인 에릭에게 매우 감사한 마음을 가져야 한다고 말했다. 에릭 덕분에 이런 오두막도 지을 수 있었고, 결국 결혼까지 할 수 있었던 게 아니냐고 말했다.

"그런데 한 가지 문득 떠오르는 생각이 있지 않겠어요?" 라스는 얀이나 카트리나에겐 시선도 주지 않으면서 말했다. "장인어른은 분별력 있던 사람이었으니까, 이 오두막이 세워질 당시에 당연히 이 땅이 얀 씨 아저씨의 소유가 되도록 문서를 꼼꼼히 작성해 주셨겠죠?"

얀과 카트리나는 아무런 말도 하지 않았다. 이제야 라스가 말하고 싶었던 본심이 무엇인지를 알 수 있었다. 그러나 지금은 그가 원하는 게 무엇인지 충분히 말할 수 있도록 그냥 내버려두는 게 최선이었다.

"믿기 어렵지만, 아무런 서류도 없이 오두막을 지었다는 이야기를 누군가에게서 들어서요." 라스가 말했다. "뭐, 그렇지만 아주 나쁜 상황은 아니라고 믿고 싶군요. 만약 아무런 문서가 없다면, 이 오두막의 소유권은 땅 주인에게 귀속될 가능성이 높겠네요."

얀은 여전히 아무런 말이 없었다.

그러나 너무 화가 난 카트리나는 더 이상 침묵할 수 없었다. "이 터를 우리에게 내주신 분이 바로 에릭 농장주예요. 오두막이 서 있는 바로 이 땅을요. 그러니 누구도 우리에게서 오두막을 빼앗을 권리가 없어요."

"아뇨. 이 집을 빼앗고 싶은 마음은 전혀 없어요." 농장의 새 주인이 된 라스가 마치 화해를 원하듯 부드러운 말투로 말했다. "그저 모든 게 깔끔하게 정리되길 바랄 뿐이죠. 그게 제가 원하는 바입니다. 10월에 열리는 장날까지 저에게 백 릭스달러를 지불하고, 모든 일을 깔끔하게 정리하시죠?"

"백 릭스달러!" 카트리나가 외쳤다. 그녀의 목소리는 거의 비명에 가까웠다.

라스는 별다른 말을 더하진 않았다. 단지 머리를 뒤로 젖히고 입을 꾹 다물고 있을 뿐이었다.

"아니, 당신이 뭐라고 한마디라도 좀 해보세요." 카트리나가 얀을 보며 말했다. "지금 라스가 우리에게 백 릭스달러를 빼앗으려는 걸 못 들었어요?"

"그 돈을 마련하는 게 그렇게 쉬운 일은 아니라는 건 저도 잘 압니다." 라스가 말했다. "하지만 농장의 새 주인이 된 이상, 제 소유에 대한 관리는 철저히 해야 하지 않겠어요?"

"그래서 지금 우리 집을 강제로 가져가겠단 말이에요?" 카트리나가 소리쳤다.

"아뇨. 그런 생각은 전혀 없어요. 오두막은 분명히 당신네 소유가 맞죠. 저는 단지 이 오두막이 세워진 땅만 원할 뿐이에요."

"좋아요. 그렇다면 이 집도 당신 땅에서 없어져야겠네요." 카트리나가 말했다. "하지만 어차피 가지지도 못할 이 오두막을 애써서 옮길 필요가 있나요?" 잠시 뜸을 들인 카트리나가 덧붙였다. "아이고야… 이제야 알겠네요. 결국 이 집도 손에 넣겠다는 속셈이군요?"

라스는 손을 내저으며 말했다. "아니요. 오두막을 차지하려는 게 아닙니다. 그럴 리가요." 그는 그렇지 않다고 말했다. 하지만 브로비 상점 직원을 부추겨 뭔가를 꺼내게 시켰다. 그건 얀네 가족이 상점에서 외상으로 물품을 사고 지불하지 않은 금액이 적힌 청구서였다. 카트리나는 받아 든 쪽지를 딸에게 주어 총액을 계산해 보라고 시켰다.

외상값은 무려 백 릭스달러가 약간 넘는 금액이었다. 카트리나의 얼굴이 경악을 넘어 창백해졌다.

"내가 보기엔, 결국 우리가 이 집을 떠나야 한다는 말이군요." 카트리나가 말했다.

"아니요, 절대 그렇지 않아요." 라스가 답했다. "당신들이

빚진 돈만 갚으면 문제가 될 게 전혀 없어요."

"라스 씨. 자네도 부모님이 있을 거 아니요? 당신 부모님을 생각해 봐요." 카트리나가 말했다. "당신도 농장주 집안의 사위가 되기 전까지, 그분들도 넉넉하지 못한 삶을 살았어요."

이 대화를 줄곧 이끌어 가는 건 카트리나였다. 그러는 동안에도 얀은 아무 말 없이 그저 딸의 얼굴만 바라보며 기다리길 반복했다. 이런 어려운 상황이 벌어진 건 모두 클라라를 시험에 들게 하기 위해서라고 그는 생각했다. 이제 딸이 나서서 자신의 능력을 증명할 기회가 온 것이다.

"가난한 사람에게서 오두막을 빼앗는 건, 모든 걸 빼앗는 것과 다름이 없어요." 카트리나가 탄식했다.

"오두막을 빼앗고 싶은 게 아니에요." 라스가 변명했다. "전 그저 일을 순리대로 깔끔하게 정리하고 싶을 뿐입니다."

그러나 카트리나는 그의 말을 듣지 않았다. "우리같이 가난한 사람들은 오두막집 하나라도 가지고 있어야 그나마 우리도 다른 평범한 사람들처럼 산다고 느껴요. 하지만 이런 집이라도 없어진다면, 더 이상 인간처럼 살 수가 없어요."

얀은 카트리나의 말이 모두 옳다고 생각했다. 오두막은 쓸모가 없어서 버려진 나무로 지었다. 좁아터진 공간에다 겨울이 되면 무척이나 추웠다. 게다가 기초가 약해 약간 비스듬하게 기울어져 있기까지 했다. 그럼에도 이런 허름한 집마저 잃게 된다면 마치 모든 것을 잃어버리는 것만 같았다.

이런 다급한 순간에도 얀은 상황이 아주 나쁘진 않을 거라고 믿었다. 그의 곁에는 클라라가 앉아 있지 않은가? 딸의 눈빛이 반짝이기 시작하는 것을 얀은 놓치지 않았다. 곧 자신의 딸이 현명한 말과 행동으로 이 상황에 대처할 게 분명했다. 그리고 이 고통스럽기 짝이 없는 존재들을 우리 집에서 몰아낼 것이라고 확신했다.

"그럼, 당신네 가족들이 결정을 내릴 시간을 드릴게요." 라스가 말했다. "하지만 잊지 마세요! 10월 1일까지 집을 비우셔야 합니다. 그렇지 않으려면 브로비 상점에 진 빚 전액을 갚고, 또한 이 땅에 대한 대가로 백 릭스달러도 저에게 지불해야 합니다!"

카트리나는 고된 일로 닳고 거칠어진 손을 비벼대며 앉아 있었다. 그리고 너무나 절망한 나머지 누가 듣든 말든 혼잣말을 중얼거렸다.

"이제 나보고 어떻게 교회에 가란 말인가요? 아이고, 남 부끄러워서 사람들 앞에서 얼굴이나 들 수 있을까? 이 볼품도 없는 오두막도 사라질 비참한 처지가 되고 말았는데…"

그사이 얀은 이 오두막과 얽힌 아름다운 추억들을 떠올렸다. 갓 태어난 딸아이를 품에 안은 곳이 바로 이 오두막이었다. 그리고 집 앞에 서서 딸아이의 이름을 고민하고 있을 때, 구름 사이로 얼굴을 내민 태양이 딸의 이름을 지어 주지 않았던가? 이 집에는 그와 클라라, 그리고 카트리나와 함께한 소중한 모든 순간들이 담겨 있었다. 그런 보금자리를 잃을 수는 없었다.

얀은 클라라가 자신의 주먹을 단단히 쥐는 모습을 보았다. 곧 딸이 나서서 가족을 도와 이 상황을 타개할 게 분명했다.

라스와 가게 점원은 자리에서 일어나 문 쪽으로 걸어갔다. 그들은 떠나면서 인사를 건넸지만, 어느 누구도 답하지 않았다.

그들이 떠나자마자, 클라라는 확신에 찬 모습으로 자리에서 일어서며 말했다. "만약 엄마와 아빠가 저를 세상 밖으로 보내 주기만 한다면…"

카트리나는 손을 조몰락거리며 중얼거리던 행동을 멈췄다. 딸의 말에서 희미한 희망이 엿보였다.

"10월 1일까지 이백 릭스달러를 모으는 게 그렇게 불가능한 일은 아닐 거예요." 클라라가 말을 이었다. "이제 막 미드썸머* 명절이 지났으니, 아직 석 달이나 남았어요. 제가 스톡홀름에 가서 일을 구한다면, 반드시 이 집을 다른 사람 손에 빼앗기지 않고 부모님의 온전한 소유가 될 수 있도록 해드릴게요."

딸의 말을 들은 얀의 얼굴이 순식간에 새하얗게 창백해졌다. 순식간에 뒤로 꼬꾸라져 곧 기절할 것만 같았다.

---

* 스웨덴의 3대 명절 중 하나로, 6월 해가 가장 긴 날을 즐기는 여름 축제다. 스웨덴어로 'Midsommar'로 표기한다.

클라라의 배려는 너무나 아름답고 용감했다. 딸이 해법을 제시해 주는 순간이 오기를 얀도 줄곧 기다리고 있지 않았던가? 그러나 딸이 집을 떠난다면, 얀은 멀쩡한 정신으로 살아갈 자신이 없었다.

17. 스톨스니파

교회 예배가 끝나고 집으로 향하는 길이면, 늘 지나가던 숲속의 오솔길이 있었다. 얀은 그 한적한 길을 다시 찾았다. 이 길을 따라 사랑하는 딸, 그리고 아내와 함께 두 시간 정도 걸으면서 얼마나 기쁘고 행복했던가.

얀과 카트리나는 오랫동안 이 문제에 대해서 함께 의논하길 반복했다. 그리고 딸을 스톡홀름으로 보내거나 다른 조치를 취하기 전에 국회의원 칼 칼손에게 조언을 구하기로 했다. 라스가 정말 자신들의 오두막을 빼앗아 갈 어떤 법적 권리가 있는지, 법을 잘 아는 사람에게 한번 물어보기로 했다.

이 지역에서 칼 칼손 국회의원만큼 법 지식을 가지고 있는 사람도 드물었다. 토지 분할과 매매, 유산 정리, 경매, 유언장을 작성할 일이 생기면 사람들은 그에게 달려가 도움을 청하곤 했다. 어떤 분쟁이나 소송의 가능성을 막기 위해서는 그의 법률 자문을 받아 모든 일이 법적으로 올바르고 깔끔하게 처리해 두는 게 현명한 일이라고 사람들은 말했다.

그러나 칼 칼손 국회의원은 엄격하고 권위적인 사람이었다. 게다가 거친 인상과 딱딱한 목소리까지 가지고 있어, 선뜻 다가가기 어려운 사람이었다. 얀은 그런 국회의원과 대화를 나누어야 하는 상황이 불편했다. '칼 칼손은 나를 보자마자 다짜고짜 꾸짖고 설교부터 할 게 분명해! 아무런 계약서도 없이 오두막을 지었으니, 그 사람이 보기에 내가 얼마나 답답해 보일까?' 얀은 생각했다. '처음부터 너무 겁부터 주니까 그렇게 많은 사람들이 조언을 구할 용기조차 못 내고 그냥 포기하고 돌아서지…'

얀은 서둘러 집을 나섰다. 워낙 정신이 없었던 그는 자신이 얼마나 끔찍한 사람을 만나러 가는지 생각할 여유조차 없었다. 그러나 아훼달라나 초원을 지나 큰 숲으로 올라갈 때, 깜빡 잊고 있었던 칼 칼손에 대한 두려움이 그를 엄습해 오기 시작했다. 그는 클라라를 데리고 오지 않은 것을 후회했다.

얀이 집을 나설 때, 딸의 모습은 보이지 않았다. 어쩌면 숲속 어느 외딴곳에 앉아서 눈물로 슬픔을 씻어 내고 있을지도 몰랐다. 평소 절망에 빠진 모습을 남에게 보여 주길 극도로 싫어하던 딸아이였다.

얀이 숲으로 들어서려던 바로 그 순간, 산 위에서 누군가 흥얼거리는 소리가 들렸다. 그는 걸음을 멈추고 귀를 기울여

들어 보니, 어떤 여성의 목소리였다. 하지만 숲속에서 여자의 노랫소리라니, 이상한 일이 아닐 수 없었다. 그는 가던 길을 계속 가기 전에 무슨 일인지 확인해 보고 싶었다. 노랫소리는 분명하고 또렷했지만, 정작 노래를 부르는 여성은 숲에 가려서 보이지 않았다. 그는 숲길을 벗어나 덤불을 헤집고 나아갔다.

그러나 노래 부르는 여자는 생각보다 가까이 있지 않았다. 게다가 가만히 서 있지도 않고, 얀이 다가갈수록 점점 더 멀어지는 것만 같았다. 목소리는 더 멀리, 그리고 더 높은 곳으로 계속 옮겨 가는 것도 같으면서도, 때때로 바로 근처 높은 곳에서 들려오는 것도 같았다.

그녀도 스톨스니파 정상 쪽으로 난 가파르고 구불구불한 산길을 올라가고 있음이 분명했다. 그 길에는 어린 자작나무가 빽빽하게 자라고 있었기에, 그녀의 모습을 볼 수 없는 건 당연했다. 그러나 이상한 일이었다. 이렇게 가파르고 험한 길을 그녀는 마치 곧게 뻗은 길을 가듯 빨리 이동하고 있었다. 마치 공중을 날아가는 새처럼 빨랐지만, 노래를 멈추진 않았다.

얀은 꼬불꼬불한 산길을 따라 걸었다. 하지만 너무 서두르는 바람에 길에서 벗어나 버렸고, 앞을 가로막는 나무들을 헤쳐 나가느라 점점 더 뒤처지고 있었다. 설상가상으로 가슴이 심하게 죄어 오기 시작하면서 숨쉬기도 점점 어려워지고 있었다. 얀의 걸음걸이는 눈에 띄게 느려졌다. 시간이 조금 더 흐르자, 움직임을 알아차리기 힘들 정도가 되었다.

깊은 숲속에서 사람의 목소리를 구분해 내는 일은 쉽지 않았다. 숲에서 들려오는 각양각색의 소리가 마구잡이로 섞여서 들리기 때문이었다. 바스락거리는 소리와 속삭이듯 윙윙거리는 소리는 마치 노랫소리의 일부처럼 들리기도 했다. 이쯤 되니, 얀은 노래를 부르는 그 젊은이가 누구인지 직접 눈으로 확인하고 싶어 미칠 지경이 되었다. 만약 그녀를 보지 못한다면, 남은 평생을 의심과 불안 속에서 살아갈 것만 같았다.

정상에 오르기만 하면 모든 일이 분명해질 것이다. 산꼭대기는 황량하게 비어 있어, 그녀도 더 이상 모습을 감출 곳이 없었다. 스톨스니파도 한때는 울창한 숲으로 둘러싸인 곳이었다. 그러나 이십여 년 전에 산불이 지나간 후로는 산 정상이 벌거벗겨지고 말았다. 시간이 흘러 야생화를 비롯해 바위 틈에서 자라는 식물들, 그리고 이끼들이 천천히 바위를 덮기 시작했지만, 나무로 울창했던 예전의 모습은 아직 되찾지 못하고 있었다.

숲은 사라지고 없지만, 대신 정상 위에 서면 아름다운 전망을 볼 수 있었다. 그곳에 서면, 저 멀리 펼쳐진 호수, 그리고 호수를 감싸고 도는 푸르른 산등선이 한눈에 들어왔다. 주변 마을에서 온 청년들이 깊은 계곡에서 시작해 산 정상까지 올라간 적이 있었다. 그들은 산 정상에 서서 세상을 내려다보니, 사탄이 예수를 시험에 들게 했던 성경 속의 산이 떠올랐다고 말했다. 발밑으로 보이는 세상의 모든 왕국과 영광을 보여 주며 예수를 시험에 들게 했던 곳*이 현실에 있다면, 이와 비슷하지 않을까 생각했다.

마침내 숲을 지나 탁 트인 공간으로 나온 얀은 노래를 부르는 사람의 형체를 볼 수가 있었다. 그녀는 커다란 돌무더기가 쌓여 있는 정상에 서 있었다. 그중 가장 높은 곳에 있는 바위에 붉은 드레스를 입은 그녀의 모습이 보였다. 세상에 그건, 클라라였다. 늦은 오후의 흐릿한 하늘을 바탕으로, 또렷하게 빛나는 클라라가 그곳에 서 있었다. 만약 저 깊은 계곡 아래에서 눈을 들어 산 정상을 바라보더라도, 눈부시게 아름다운 드레스를 입고 정상에 우뚝 선 그녀의 모습이 눈에 띄었을 게 분명했다.

그녀는 아래로 끝없이 뻗어 나가는 대지를 바라보고 있었다. 그리고 시선을 옮겨 호숫가 근처 언덕 위에 세워진 하얀 교회, 울창한 공원과 정원 사이로 자리 잡은 공장과 고풍스러운 저택들, 숲 가장자리를 따라 길게 늘어선 작은 농가들

---

* 신약 성경에 기록된 내용으로 예수가 사탄에게 받은 세 가지 유혹 중 마지막 시험이다. 사탄은 예수에게 세상의 모든 나라와 그 영광을 보여 주며 자신을 경배하면 이 모든 것을 주겠다고 시험한다. 그러나 예수는 "하나님을 경배하고 그를 섬기라"(마태복음 4:10)라고 거절하며 유혹을 뿌리치는 이야기이다.

도 바라보았다. 논밭은 정교한 선으로 구분되어 있었고, 모든 길은 구불구불하게 어딘가로 끝없이 이어졌으며, 수평선을 따라 숲이 끝없이 펼쳐지고 있었다.

노래는 멈추었고, 주변은 쥐 죽은 듯이 조용했다. 클라라는 자신 앞에 펼쳐진 광활한 세상에 시선을 빼앗긴 모습이었다. 그녀는 두 팔을 활짝 벌렸다. 마치 지금까지 살아온 고립된 삶을 등지고, 눈앞에 펼쳐진 이 세상을 안으려는 듯했다. 그 세상은 숨이 막히도록 아름다웠고, 끝을 알 수 없을 정도로 웅장했으며, 가난이 다시는 생각나지 않을 만큼 풍요로워 보였다.

(✣)

얀이 집으로 돌아왔을 때는 이미 깊은 밤이었다. 그는 카트리나에게 제대로 된 설명이란 건 아무것도 내놓지 못했다. 얀은 국회의원을 찾아가 이야기를 나눴다고 주장했지만, 그가 어떤 유익한 조언을 했는지에 대해서는 전혀 기억하지 못했다. "무슨 짓을 해도 다 부질없어." 그저 이 말만 반복했을 뿐이다. 카트리나는 그 외의 어떤 대답도 들을 수 없었다.

얀은 구부정한 몸으로 마치 다 죽어 가는 사람처럼 걸었다. 그의 외투에는 이끼와 흙이 덕지덕지 묻어 있었다. 걱정이 된 카트리나가 어디서 넘어져 다친 것은 아닌지 얀에게 물었다. 물론 그가 다친 곳은 없었다. 다만, 잠시 맨땅에 엎질러져 있었던 것은 사실로 보였다. 그렇다면 어디가 아픈 건 아닌가? 그것도 아니었다. 단지 무언가 고장 나 멈춰 버린 탓이었다.

얀은 산 정상에 서서 세상을 내려다보던 딸을 보자 직감적으로 알아차릴 수 있었다. 자신의 그 작고 소중한 딸이 이 오두막을 구하겠다고 나선 이유는 가족을 사랑하기 때문이 아니었다는 사실을 말이다. 그건 사랑이 아니라, 가족의 품을 떠나 세상 밖으로 나가고 싶은 마음이었다. 그 사실을 알고도 얀은 입 밖으로 내고 싶지 않았다.

18. 작별의 날

클라라가 스톡홀름으로 향하기 전날 밤, 얀은 무언가에 홀린 사람처럼 행동했다. 농장에서 하루의 일과를 마치고 집으로 돌아오자마자 숲으로 달려가 장작을 찾으러 돌아다녔고, 장작이 충분히 쌓이자 일 년 내내 부러진 채로 방치되어 있던 오두막 울타리를 수리하기 시작했다. 그 일 또한 끝나자, 이제는 낚시 도구까지 모조리 꺼내서 정리하기 시작했다.

이상한 일이었다. 얀은 갑자기 아무런 슬픔도 느껴지지 않았다. 현재의 그는 18년 전의 자신과 다를 바가 없었다. 어떠한 기쁨도 슬픔도 느낄 수 없었다. 고장 난 시계처럼 그의 심장은 멈추었다. 산 정상에서 클라라가 온 세상을 향해 두 팔을 활짝 펼치던 그 모습을 보았을 때, 얀은 큰 충격을 받은 모양이었다.

지금 얀의 상황은 딸이 태어나던 순간과 많이 닮아 있었다. 그때 사람들은 얀이 갓 태어난 딸아이를 보고 기뻐하기를 기대했지만, 그는 살면서 아기를 바란 적이 한 번도 없었다. 지금은 정반대가 되었다. 세상 사람 모두가 얀이 절망하고 슬퍼하길 기대하고 있었지만, 그는 전혀 그렇지가 않았다.

집 안에는 클라라에게 작별 인사를 하러 온 사람들로 가득 차 있었다. 그런 사람들 앞에서 눈물도 흘리지 않고 불평도 하지 않는 자신의 모습을 보여 주기가 꺼려졌다. 얀은 그저 밖에서 이런저런 소일거리로 시간을 죽이며 기다리는 게 최선이라고 생각했다.

어쨌든, 일이 이렇게 흘러간 건 얀에게 다행스러운 일일지도 몰랐다. 예전의 그였다면, 이 모든 절망과 슬픔을 견뎌 낼 재간이 없었을 것이다.

얀이 창가를 지나칠 때, 오두막 안을 들여다보았다. 내부는 나뭇잎으로 장식되어 있었다. 또한 마치 클라라가 태어나던 날처럼 새하얀 천을 덮은 탁자 위에는 커피잔들이 정성스럽게 차려져 있었다. 가난한 집안을 구하기 위해 세상 밖으로 막 떠나려는 딸을 위해 카트리나는 소소한 이별 파티라도 열어 주고 싶었던 모양이었다.

   오두막 안은 울음바다가 되어 있었다. 클라라를 찾아온 사람들은 눈물로 작별의 인사를 나누었다. 클라라의 울음소리가 마당 밖까지 들려왔지만, 얀은 아무런 반응을 보이지 않았다.

  "어휴 이 착해 빠진 사람들아…" 밖에서 서성이던 얀이 중얼거렸다. "이것이 바로 대자연의 섭리가 아니겠어? 둥지 속에서 자라는 아기새들을 보라구! 자발적으로 떠나지 않으면 결국 둥지에서 밀려나는 법이지. 뻐꾸기 새끼를 본 적은 있고? 그놈들은 더 나쁜 놈들이거든. 통통하게 살이 오른 채로 탐욕스럽게 둥지 안에서 누워만 있으면서 그저 먹을 것만 요구한단 말이야. 이게 남의 자식인 줄도 모르는 양부모는 몸이 부서지도록 열심히 음식을 날라서 입에 넣어 줘야 되거든. 그게 또 무슨 생고생이냐고… 그러니까 순진하게 울지 말라고. 이게 가장 바람직한 거야. 다 큰 애들이 집에만 머무르면 우리 늙은이들에게 짐이 되는 거야. 그래서는 안 돼. 젊은 애들은 세상 밖으로 나가야 해. 그렇게 생각하지 않아?"

   마침내 사람들은 모두 떠나고 오두막은 조용해졌다. 얀이 비로소 집 안으로 들어갈 적절한 때였다. 하지만 정리하던 낚시 도구를 손에서 놓지는 않았다. 조금 더 기다려 클라라와 카트리나가 잠자리에 들면 조용히 들어갈 계획이었다.

   오두막 안이 쥐 죽은 듯 조용해지자, 얀은 마치 도둑처럼 발걸음을 죽여 오두막 쪽으로 다가갔다. 하지만 집안 여자들은 아직 잠자리에 들기 전이었다. 열린 창문 앞을 지나갈 때, 얀은 클라라를 볼 수 있었다. 그녀는 양손으로 얼굴을 감싸고 있었는데, 마치 울고 있는 듯한 모습이었다.

방구석에 서 있던 카트리나는 클라라의 짐을 자신의 커다란 숄로 싸매고 있었다.

"어머니, 그만두세요." 클라라는 고개도 들지 않고 말했다. "제가 집을 떠나는 것 때문에 아버지가 화가 나신 걸 잘 알고 계시잖아요."

"그 양반은 다시 괜찮아질 거다. 걱정 마라." 카트리나가 낮은 목소리로 말했다.

"그렇게 말씀하시지 마세요. 아버지 일은 신경 쓰지도 않으시면서…" 클라라는 흐느끼며 말했다. "어머니는 그저 이 집만 걱정하지만, 아버지와 저는 하나예요. 제가 어떻게 아버지를 떠날 수 있겠어요."

"그럼, 이 오두막은 어떡하니?" 카트리나가 물었다.

"집이 어떻게 되든 상관하고 싶지도 않아요. 전 그저… 아버지가 다시 저를 예전처럼 사랑해 주셨으면 좋겠어요."

얀은 걸음을 멈추고 천천히 문턱에 걸터앉았다. 딸이 집에 남을 거라고는 생각하지 못했다. 아니다, 딸이 떠나야만 한다는 걸 누구보다도 잘 알고 있었다. 클라라의 울음 섞인 이야기를 엿들은 얀은 마치 작고 부드러운 보따리가 다시 그의 품으로 돌아와 안긴 듯한 기분이 들었다. 그리고 그의 심장은 다시 뛰기 시작했다. 마치 오랫동안 멈춰 있다가 잃어버린 시간을 만회하려는 듯, 얀의 심장은 거세게 고동치고 있었다.

그 순간, 얀은 깨달았다. 이제 아무런 보호막도, 방어막도 그에게 남아 있지 않다는 것을 말이다. 순식간에 주체할 수 없는 슬픔이 찾아왔고, 순식간에 사무치는 그리움이 거세게 밀려왔다.

슬픔과 그리움은 나무 아래서 어른거리는 검은 그림자처럼 그의 곁으로 다가왔다. 얀은 두 팔을 활짝 펼치고 미소를 지으며 말했다.

"어서 오거라. 그래, 어서 와. 어서 와!"

19. 선착장

클라라를 태운 증기선 안델손호가 선착장을 떠나 출발했다. 부부는 딸을 태운 증기선이 작은 점이 되어 수평선 끝으로 사라질 때까지 그 자리에 그대로 선 채로 바라보았다. 선착장에 모여 있던 다른 사람들은 자신의 볼일을 마치자 어디론가 사라졌고, 관리인도 깃발을 내리고 이미 창고까지 문을 닫은 상태였다. 그러나 얀과 카트리나는 자리를 떠날 수 없었다.

 배가 눈에 보이기라도 한다면 선착장에 서 있는 건 부모로서 이해할 수 있는 일이었다. 그러나 배가 시야에서 완전히 사라진 후에도 왜 같은 자리에서 계속 머무르고 있는지 그들 자신조차도 뚜렷이 알 수 없었다. 아마도 두 사람만 남겨진 텅 빈 오두막으로 돌아가기가 두려웠던 것일까?

 '이제 내가 만든 음식을 먹어 줄 사람은 오직 남편뿐이구나.' 카트리나는 생각했다. '이제 집에서 기다려야 할 사람도 오직 남편뿐이고… 그런데 내가 정말 그이를 신경이나 쓰고는 있는 걸까? 남편도 딸과 함께 떠나야 했던 건 아닐까? 저 인간의 괴팍한 성격과 허튼소리를 잘 이해하고 받아 주던 건 딸아이였지, 난 그렇지도 않았으니… 차라리 남편 없이 혼자 있는 편이 더 나을 텐데…'

 '저 심술궂게 늙은 할망구만 집에 없다면, 슬픔을 안고 집으로 돌아가는 게 훨씬 쉬웠을 거야.' 같은 시간 얀도 생각에 빠져 있었다. '딸은 지 엄마를 다룰 줄 아는 재주라도 있어서, 그 딱딱한 성격도 온화하고 즐겁게 만들어 줬는데… 이젠 딸도 없으니, 앞으로 저 사람 입에서 고운 말이 나올 거라는 기대는 일절 하지도 말아야겠군…'

 바로 그 순간이었다. 얀이 갑자기 몸을 부르르 떨더니, 몸을 앞으로 숙이고 무릎을 꽉하고 치며 놀란 표정을 지었다. 그리고 눈에는 새로운 생기가 돌았고, 얼굴이 환히 빛났다.

얀은 수면 위를 뚫어져라 쳐다보고 있었다. 카트리나는 남편이 뭔가 이상한 걸 발견했다고 생각했다. 하지만 바로 옆에서 같은 곳을 아무리 바라보아도 아무것도 눈에 띄는 게 없었다. 그녀의 눈에는 단지 끊임없이 밀려오는 회녹색의 물결만 보였다.

얀은 선착장 맨 끝으로 달려가 물 위로 몸을 기울였다. 그의 얼굴은 기쁨으로 가득했다. 그건 딸이 자신에게 다가올 때 늘 짓던 기쁨의 표정이었다. 다른 사람과 이야기할 때는 결코 볼 수 없는 모습이었다. 그는 떨리는 입술로 무슨 말을 하는 것처럼 보였지만, 카트리나는 어떤 말도 듣지 못했다. 부녀가 장난칠 때만 짓던 미소가 얀의 얼굴에서 번져 갔다.

"아니, 이 양반아…" 카트리나가 말했다. "도대체 무슨 일이라도 있는 거요?"

그러나 얀은 대답하지 않고, 그저 손짓으로 그녀에게 조용히 하라는 신호를 보낼 뿐이었다. 곧 얀이 몸을 약간 일으켜 세웠다. 그의 시선은 물결을 따라 멀어져 가는 회색빛의 작은 형체를 따라가고 있었다. 무엇인지 알 수 없는 그 형체는 증기선이 떠나간 같은 방향으로 빠르게 사라졌다. 얀은 더 이상 몸을 앞으로 기울이지 않고 완전히 똑바로 섰다. 그리고 저 멀리 사라져 가는 형체를 더 잘 보기 위해 손등으로 눈에 쏟아지는 빛을 가린 채 시선을 고정하고 있었다.

얀은 형체가 완전히 시야에서 사라지고 더 이상 아무것도 보이지 않을 때까지 그 자리에 서 있었다. 그리고 마침내 몸을 돌려 카트리나를 바라보았다. 그는 그녀에게 곧바로 걸어갔다.

"아마도 당신은 아무것도 못 본 거 같던데?" 얀이 말했다.

"이곳에서 볼 수 있는 게 뭐가 있단 말이에요? 물결치는 물 밖에 없구만." 카트리나가 답했다.

"그건 우리 딸내미였어. 노까지 저어서 우리에게 왔건만…" 얀이 목소리를 낮추며 속삭였다.

"딸아이가 선장에게서 배를 빌렸어. 내가 봤거든. 그 배에 증기선과 같은 표식이 되어 있는 걸… 딸이 떠날 때 뭔가를 잊고 간 것이 있대. 그래서 우리에게 굳이 다시 와서 이야기하고 싶은 게 있었던 거야."

"아니 당신, 지금 무슨 말 하는 거예요? 제정신으로 하는 말이에요?" 카트리나가 말했다. "딸아이가 돌아왔다면 나도 분명 봤을 거 아니오?"

"거참, 조용히 좀 해봐. 내가 딸이 우리에게 뭐라고 말했는지 말해 줄 테니…" 얀은 마치 신비로운 비밀을 알려 주는 순간처럼 엄숙하게 속삭였다. "클라라는 우리가 이제 어떻게 지낼지 걱정이 되었던 모양이야. 예전에는 딸이 우리 두 사이를 이어 줬잖아. 딸이 우리 중간에 떡하니 서서 한 손으론 내 손을 잡고, 다른 한 손으로는 당신 손을 잡고 우리 사이를 이어 줬으니까. 그 덕분에 모든 일이 잘 풀렸던 거야. 하지만 이제 자기가 더 이상 우리 곁에 머무를 수 없으니, 앞으로 우리가 어떻게 될지 모르겠다고 말했어. 아마도 우리가 서로 각자의 길을 가게 될지도 모른다고 딸이 말하더군."

"세상에나, 딸아이가 그런 생각을 할 줄이야!" 카트리나가 화들짝 놀라며 말했다. 그녀가 마음속으로 품고 있던 생각과 똑같았다. 너무 놀란 나머지 카트리나는 중요한 사실을 깜빡하고 잊어버렸다. 그건 바로, 딸이 직접 노를 저어 선착장으로 돌아와 남편과 이야기를 나눴다는 사실이었다. 그건 말도 안 되는 소리였다. 설사 그런 일이 진짜로 일어났더라면, 카트리나가 보지 못했을 리가 없었다.

"딸아이가 이렇게 말하더군. '그래서 제가 이렇게 다시 돌아온 거예요. 두 분의 손을 서로 맞잡게 하기 위해서요. 그 손을 절대 놓아서는 안 돼요. 저를 위해서라도 꼭 붙잡고 있으세요. 언젠가 제가 다시 집으로 돌아오면 예전처럼 두 분의 손을 제가 잡아 드릴게요.' 이러는 거야. 그리고 말을 마치자마자 노를 다시 저어서 증기선으로 돌아갔어." 얀이 말했다.

잠시 동안 선착장에 고요한 침묵이 감돌았다.

"자, 여기 내 손…" 얀은 망설이듯 말했다. 그의 목소리에는 수줍음과 불안이 담겨 있었다. 그리고 카트리나를 향해 손을 내밀었다. 아무리 거친 일을 해도 이상하리만큼 늘 부드러운 그의 손이었다. "딸아이가 원하니까…" 그가 덧붙여 말했다.

"그래요. 여기 내 손 있으니 잡아요." 카트리나가 말했다.

"당신이 도대체 뭘 봤다는 건지 도통 이해할 순 없지만, 당신과 딸아이가 원하는 일이라면 저도 좋아요."

그리고 그들이 집으로 향하는 내내 꼭 잡은 서로의 손을 놓지 않았다.

20. 편지

클라라가 스톡홀름으로 떠난 지 몇 주가 지난 어느 날의 아침이었다. 얀은 숲 가장자리에 있는 방목지의 울타리를 손보고 있었다. 그곳은 깊은 숲과 멀지 않은 곳이었기에 솔잎 사이를 스쳐 지나는 바람 소리를 들을 수 있었고, 나무 아래에서 새끼들을 데리고 먹이를 찾고 있는 어미 꿩도 볼 수 있었다.

얀이 거의 일을 마칠 무렵, 언덕 위에서 강렬하게 울부짖는 소리가 들렸다. 그 소리가 얼마나 섬뜩했던지, 순간적으로 두려움에 휩싸일 정도였다.

그는 가만히 서서 귀를 기울였고, 얼마 지나지 않아 다시 같은 소리가 들렸다. 그러나 두 번째로 들었을 때는 그게 두려워할 필요가 없는 소리라는 걸 깨달았다. 반대로 누군가가 도움을 요청하는 소리였다.

그는 나뭇가지와 울타리 기둥을 내던지고 자작나무 숲을

가로질러 짙푸른 전나무 숲속으로 달려갔다. 그리고 멀리 갈 필요도 없이 무슨 일이 벌어지고 있는지 알 수 있었다. 언덕 위에는 위험한 큰 늪이 있었는데, 그의 예상대로 팔라 농장의 소 한 마리가 진흙탕 속에 빠져서 허우적대고 있었다.

그 소는 농장 헛간에서 가장 값어치가 나가는 암소라는 걸 얀은 즉시 알아차릴 수 있었다. 누군가가 라스에게 이백 릭스달러를 줄 테니 팔라고 제안했던 바로 그 소였다.

깊은 진흙탕에 빠져 두려움에 휩싸인 암소는 움직이지도 않고 긴 간격을 두고 울음소리만 내지르고 있었다. 소의 몸뿐만 아니라 뿔까지도 진흙으로 뒤덮여 엉망이었고, 주변의 푸른 이끼 뭉치들은 거칠게 뽑혀 나간 흔적으로 가득했다. 늪에 빠진 소가 얼마나 오랫동안 몸부림쳤는지 짐작하고도 남았다.

소가 어찌나 크게 울부짖던지 그 소리가 주변 마을 전체에 울려 퍼졌을 거라고 얀은 생각했다. 그러나 이곳까지 달려온 사람은 얀이 유일했다. 그는 한순간도 지체하지 않고 벌어진 상황을 정확히 파악했다. 그리고 곧장 농장으로 달려가 도움을 요청했다.

구조를 위해 사람들이 도착했을 때는 이미 소의 등까지 깊숙이 빠져 있었고, 진흙 밖으로 겨우 머리만 간신히 내놓고 있었다. 늪지 위에 판자와 기둥을 받쳐서 밧줄을 소 밑으로 집어넣어 끌어올리는 일은 아주 더디게 진행되었다.

우여곡절 끝에 소를 탄탄한 땅 위로 끌어올리는 데 성공한 그들은 언덕을 내려와 팔라 농장으로 소를 몰고 갔다. 이 소식을 전해 들은 농장 노모는 소를 구하느라 애쓴 사람들을 집 안으로 초대해 커피를 대접했다.

얀은 누구보다 더 열성을 다해 소를 구했다. 암소가 다친 곳 없이 무사히 돌아온 건 오롯이 그의 덕이 컸다. 게다가 그 암소는 최소 이백 릭스달러의 가치가 있지 않은가! 얀에게는 정말 엄청난 행운이었다. 농장의 새 주인이 그의 공로를 인정하지 않을 리가 없었기 때문이었다.

이런 비슷한 일이 에릭이 농장주였던 시절에도 있었다. 그때는 말 한 마리가 울타리에 걸려 몸이 찢어지고 말았다. 에릭은 말을 발견해 집으로 데려온 사람에게 십 릭스달러를 보상금으로 주었다. 그렇지만 안타깝게도 말의 상처가 너무 깊어서, 에릭은 직접 총으로 쏴서 말이 겪을 고통을 끝내야 했다.

그러나 이번 경우는 달랐다. 얀이 구한 암소는 아무런 상처도 입지 않은 채 온전히 살아서 돌아왔다. 보상금에 대한 기대를 품게 된 얀은 내일 당장 시계 장인이나 글을 쓸 줄 아는 사람 아무나 찾아가 클라라가 이제는 집으로 돌아와도 된다는 편지를 써달라고 부탁하리라고 생각했다.

거실에 들어가면서 얀은 은근히 몸을 곧추세웠다. 주인 노모가 직접 따라 건네는 커피잔도 당연하다는 듯이 받아서 마셨다. 사위이자 농장의 주인인 라스보다 먼저 커피를 대접받은 얀이었다.

커피를 마시는 동안, 암소를 구한 사람들은 얀의 공로를 치켜세우며 그가 얼마나 재빠르게 행동했는지에 대한 이야기를 여담으로 풀어놓았다. 그런 와중에도 아무런 말을 하지 않는 두 사람이 있었다. 바로 에릭의 농장을 물려받은 새로운 주인 부부였다. 라스는 물론이고 그의 아내조차도 단 한마디의 칭찬이 없었다. 그러나 얀은 확신했다. 고난의 시간은 이제 모두 지나갔고, 행운이 다시 그에게 손짓하며 다가오고 있다고 스스로를 위안했다.

라스가 그럴 수도 있다고 얀은 생각했다. 그의 침묵은 보상에 대한 선언을 더 드라마틱한 긴장으로 끌어올리기 위한 의도적인 행위일지도 몰랐다.

그러나 라스가 지나치게 오랫동안 침묵을 지키자, 암소를 구한 사람들도 어색해진 분위기를 감지하곤 모두 입을 다물었다.

농장 노모가 두 번째 커피를 권했을 때, 몇은 머뭇거리며 커피를 받았고 얀도 마찬가지였다.

"자, 얼른 마시게, 얀 씨!" 노모가 말했다. "오늘 당신이 재빠르게 움직이지 않았다면, 우리는 이백 릭스달러나 나가는 소중한 소를 잃을 뻔했어."

주인 할머니의 말이 끝나자, 다시 깊은 침묵이 흐르기 시작했다. 그리고 모든 시선이 농장 주인인 라스에게 쏠렸다. 이젠 그가 감사의 말을 건네지 않을 이유가 없었기 때문이었다.

라스는 마른 헛기침을 몇 번 했다. 마치 자신의 말에 충분한 무게가 실리길 바라는 듯한 행동이었다.

"난 이번 일이 좀 이상하게 느껴지네요." 오랜 침묵을 깨고 라스가 말했다. "얀 아저씨의 빚이 이백 릭스달러라는 건 모두가 잘 알고 있는 사실입니다. 그리고 그 금액이 지난봄에 암소를 팔라고 제안을 받았던 액수와 동일하다는 것도요. 그런데 오늘 마침 우연히도 소가 늪에 빠졌고, 다시 우연히도 얀이 그 소를 발견하곤 구해 냈어요. 이건 이상하리만치 너무 아귀가 딱 맞아떨어지지 않나요?"

라스는 다시 한번 헛기침을 했다. 얀은 자리에서 일어나 조금 더 앞으로 다가섰지만, 어느 누구도 대꾸하지 않았다.

"이해가 잘 안 돼서 그래요. 농장에서 일하는 사람이 한둘도 아닌데, 늪에 빠진 소의 울음소리를 들은 사람이 왜 한 사람밖에 없었느냐, 바로 이 말이죠." 라스가 말을 이었다. "어쩌면 사고가 났을 때, 얀이 우리에게 말한 거리보다 현장에 더 가까이 있었던 건 아닐까요? 어쩌면 말이죠. 이렇게 한번 생각해 봅시다. 이걸 빚에서 벗어날 기회로 삼았던 건 아닐까요? 혹시 얀 아저씨가 일부러 소를 늪으로 몰아넣고선 자신이 구했다고 자작극을 벌이고 있는 건 아닐까요? 제 말은, 이 상황을 조금만 논리적으로 봐도 의심이 들지 않을 수가 없단 말입니다."

얀은 주먹을 탁자 위로 세차게 내려쳤다. 그 충격으로 인해 커피잔들이 높이 튀어 올랐다.

"당신은 마치 다른 사람들도 자신과 똑같이 행동할 거라고 생각하는군요." 얀이 말했다. "그런 짓은 당신 같은 사람이나 할 수 있지, 나 같은 사람은 절대 못 해요. 하지만 분명히 해 두자고요. 나는 당신이 어떤 술수를 쓰는지 다 알고 있어요. 지난겨울 그 일이 생기던 날, 바로 그날에 당신이…"

얀의 말은 돌이킬 수 없을 정도의 적대감으로 치닫기 직전이었다. 그때 농장 노모가 얀의 소매를 잡아당기며 말했다. "얀 씨, 밖을 봐!"

얀은 창문 밖을 쳐다보았고, 손에 편지를 들고 마당을 가로질러 다가오는 카트리나의 모습을 볼 수 있었다.

그녀가 손에 든 건 클라라가 보낸 편지였다. 딸이 집을 떠난 이후로 부부가 애타게 기다려 온 바로 그 편지, 카트리나는 얀이 얼마나 기뻐할지 알고 있었기에 그 편지를 직접 들고 여기까지 찾아온 것이었다.

얀은 혼란스러운 눈빛으로 주변을 둘러보았다. 혀끝에서 타오르는 분노의 말들이 터져 나오기 직전이었지만, 그럴 시간이 없었다. 지금 라스에게 복수하는 게 무슨 의미가 있겠는가? 그리고 자신을 변호한들 무슨 소용이 있겠는가? 딸아이가 보낸 편지는 저항할 수 없는 강렬한 힘으로 얀을 끌어당겼다. 비밀을 까발리려던 얀의 거친 공격에 주변 사람들은 순간적으로 얼어붙고 말았다. 그 두려움이 채 가시기도 전에, 얀은 거실을 벗어나 카트리나에게 다가갔다.

21. 오구스트 델놀

 클라라가 집을 떠난 지 한 달쯤 되었을 때였다. 어느 날 저녁, 오구스트 델놀이 얀을 찾아왔다. 그는 외스탄뷔 학교를 같이 다닌 클라라의 오랜 친구로, 주변에서 좋은 평가를 받는 진지하고 성실한 청년이었다. 부유한 집안 출신인 그의 미래는 누구보다도 안정되고 밝았다.
 지난 반년 동안 집을 떠나 있었던 그가 돌아왔을 때, 클라라가 이백 릭스달러를 벌기 위해 스톡홀름으로 떠났다는 소식을 어머니에게 우연히 듣게 되었다. 그리고 어머니의 말이 채 끝나기도 전에 모자를 집어 들고 집을 나섰다. 오구스트는 멈추지 않고 걸어 얀의 오두막 앞 마당으로 이어지는 문 앞에 도착했다. 그러나 그 먼 거리를 한걸음에 달려왔음에도 더 이상 걸음을 떼지 못하고, 그저 우두커니 서서 오두막을 바라만 보고 있었다.
 우물물을 뜨러 마당으로 나온 카트리나는 길에 서 있는 오구스트의 모습을 보았다. 그러나 그는 인사를 건네지도 않았고, 어떤 용건 때문에 왔다는 말도 하지 않은 채 그저 서 있기만 했다.

잠시 후, 장작을 한 아름 안은 얀이 숲에서 내려왔다. 오구스트는 오두막 출입문 쪽으로 다가오는 얀을 보자 조용히 옆으로 비켜서 그가 지나갈 수 있는 공간을 내주었다. 그리고 얀이 문을 지나 마당으로 들어가자, 원래 있던 자리로 돌아가서 다시 우두커니 오두막을 바라보길 반복했다.

잠시 후, 오두막의 작은 창문이 활짝 열렸다. 그곳은 청년이 있는 곳에서 팔만 뻗으면 바로 닿을 정도로 아주 가까운 거리였다. 창문 안쪽으로 보이는 얀은 담뱃대를 물고 앉아 있었고, 맞은편에는 카트리나가 뜨개질을 하고 있었다.

"이봐, 여보." 얀이 말했다. "오늘따라 저녁이 참 평온하네 그려. 뭐 이런 것도 좋지만, 딱 하나 내가 바라는 게 있어."

"난 한 가지가 아니라, 바라는 게 백 개는 족히 넘어요." 카트리나가 대답했다. "그렇지만 그 모든 게 다 이뤄진다고 해도, 내 성격에 결코 만족하지는 못할 거야."

"아니, 난 그저…" 얀이 말했다. "글을 읽을 줄 아는 누군가가 우리 집을 찾아와서 클라라의 편지나 좀 읽어 줬으면 해."

"아니, 당신도 참. 그 편지는 수십 번도 족히 넘게 들었잖아요. 하도 들어서 이젠 읽을 필요도 없겠구먼. 단어 하나 틀리지 않고 외울 정도로 들어서…" 카트리나가 말했다.

"물론 그렇지." 얀이 말했다. "하지만 그래도 누가 읽어 주는 걸 듣는 게 참 좋단 말이야. 마치 작은 우리 딸아이가 눈앞에 서서 나에게 말을 거는 것만 같거든. 딸아이의 단어 하나하나를 들을 때마다, 우리 아이의 눈빛이 나를 향해 반짝이는 걸 보고 있는 것만 같아."

"그래요, 한 번 더 듣는 것도 나쁘지 않지요." 카트리나가 말하며 창밖을 바라보았다. "그렇지만 이렇게 맑고 아름다운 저녁인데, 마을 사람들은 더 좋은 곳으로 놀러 갔겠지. 이런 허름한 우리 오두막에 찾아올 사람이 누가 있기나 하겠어요?"

"내 여기 앉아 담배를 피우면서 클라라의 편지를 들을 수 있다면, 커피와 함께 먹는 고운 밀가루 빵보다 더 달콤할 텐데." 얀이 말했다. "워낙 마을 사람들에게 너무 많이 부탁해서 이젠 그들도 신물이 났을 거야. 이제는 나도 민망해서 누구에게 부탁하기가 그래."

얀은 깜짝 놀라서 움찔했다. 그가 말을 끝내기도 전에 오두막 문이 열리고, 오구스트가 문턱에 떡하니 서 있는 게 아닌가!

"아이구 맙소사, 마치 내가 부른 것처럼 찾아왔군, 오구스트 군!" 얀이 말했다. 그는 인사를 건넨 뒤, 손님에게 자리를 권했다. "내게 한 통의 편지가 있는데, 자네가 좀 읽어 줬으면 좋겠어. 우리 같은 노인들을 위해서 말이야. 이건 자네와 같은 반 친구인 클라라가 보낸 편지야. 자네도 친구가 어떻게 지내는지 소식 정도는 들어도 나쁘지 않을 거 같은데 말이야."

오구스트는 조용히 편지를 집어 들었다. 그리고 마치 단어 하나하나를 음미하듯 천천히 편지 내용을 노부부에게 읽어 주었다.

청년이 읽기를 마치자, 얀이 말했다. "세상에나, 오구스트 군. 자네가 이렇게 훌륭하게 읽어 주니 너무 좋네. 딸아이의 말이 자네 입을 통해서 들리는 게 이토록 아름답게 느껴지다니 말이야. 놀라울 정도야. 번거롭겠지만 한 번만 더 읽어서 이 늙은이에게 기쁨을 안겨 줄 수 없겠는가?"

청년은 이전과 같이 경건한 마음으로 다시 한번 더 편지를 읽었다. 얀은 마치 목마른 사람이 오랜 갈증 끝에 시원한 샘물을 만난 것처럼 그의 목소리에 집중했다.

낭독을 마친 청년은 손으로 부드럽게 편지를 편 다음 조심스럽게 접었다. 그리고 편지를 얀에게 다시 건네려다 한쪽 구석이 반듯하게 접히지 않은 것을 깨닫고는 다시 한번 더 정성스럽게 정리한 후 건넸다.

오구스트는 조용히 앉아 있었다. 얀이 소소한 대화를 건네 봤지만, 청년은 아무 말도 하지 않았다. 결국 그는 자리에서 일어나 그만 떠나려 했다.

"가끔이라도 좋으니 자네 도움을 받을 수 있다면 참 좋을 텐데." 얀이 말했다. "사실은 말야. 내가 자네에게 부탁하고 싶은 게 또 하나 있다네. 이 새끼 고양이는 클라라가 기르던 고양이인데, 이제 곧 굶어 죽을 운명이야. 우리가 더는 기를 형편이 안 되거든. 그렇다고 이 살아 있는 생명을 내 손으로 끝낼 수도 없고… 내 아내도 물에 빠트릴 만큼 독하지도 않고. 그래서 그냥 낯선 사람을 만나면 혹시나 하는 마음으로 부탁해 보기로 했거든."

청년은 몇 마디 중얼거렸다. 그러나 뭐라고 말하는지 알아들을 수는 없었다.

"여보, 저 고양이를 바구니에 담아 줘." 얀이 말했다. "그럼 이 청년이 가져가서 우리가 다시는 볼 일이 없도록 처리해 줄 거야."

카트리나는 침대에서 잠자고 있던 작은 흰 고양이를 붙잡아 낡은 바구니에 넣고 위를 천으로 덮었다. 그리고 바구니를 청년에게 건넸다.

"이 고양이를 보낼 수 있게 되어서 정말 다행이야." 얀이 말했다. "너무 활발하고 영리해서 마치 딸아이를 꼭 빼닮은 것 같거든. 그러니 어딘가 멀리 떠나는 게 오히려 좋을 거야."

오구스트는 아무 말 없이 문 쪽으로 향했다. 그러나 갑자기 걸음을 멈추고 돌아와 얀의 손을 굳게 잡았다.

"고맙습니다!" 청년이 말했다. "저는 오늘 어르신이 생각하시는 것보다 훨씬 더 큰 선물을 받았습니다."

"그렇게 생각하지 말게나, 오구스트 군." 얀이 말했다. 그리고 청년이 떠난 후, 그는 혼잣말을 이어 갔다. "그걸 내가 모를 리가 없지. 오늘 자네에게 무엇을 주었는지 나는 잘 알고 있다네. 그리고 나에게 이런 마음을 가르쳐 준 사람이 누구인지도 나는 잘 알고 있다네."

22. 약속의 10월 1일

10월 첫날, 얀은 온종일 옷을 입은 채 오후 내내 침대에 누워만 있었다. 벽을 향해 시선을 고정한 채 어떤 말도 하지 않았다.

오전에 얀과 카트리나는 딸아이를 마중 나가기 위해 부둣가로 내려갔었다. 물론 클라라가 오늘 집으로 돌아온다는 편지를 보낸 건 아니었다. 그저 얀이 계산해서 내린 결론이었고, 그래야만 한다고 믿었을 뿐이었다.

오늘이 바로 10월 1일, 라스에게 돈을 지불해야 하는 마지막 날이었다. 그러니 오늘까지는 클라라가 그 돈을 가지고 꼭 돌아와야만 했다. 이보다 일찍 집으로 돌아오는 건 아무리 생각해도 무리였다. 그 큰돈을 벌려면 최대한 스톡홀름에 머물며 일할 게 뻔했기 때문이었다. 그러나 이보다 더 오래는 머무르지 않을 거라고 얀은 생각했다. 설령 돈을 모으는

데 실패했다고 해도, 10월 1일이 지나면 더 이상 그곳에 머물 이유가 없기 때문이었다.

얀은 부두에서 기다리며 딸과 재회하는 순간을 머릿속으로 구상하고 있었다. 클라라가 배 위에서 얀과 카트리나를 멀리서 보게 되면, 딸아이는 아마 슬픈 표정을 지을 것이다. 그리고 뭍에 내리는 순간 충분한 돈을 모으지 못했다고 말할 것이다. 그리고 얀과 카트리나는 딸아이의 말을 곧이곧대로 믿는 척을 할 것이다. 그러면서 얀은 클라라에게 이렇게 말할 생각이었다. "네가 어떻게 감히 집으로 돌아올 생각을 했는지 도무지 이해할 수가 없구나. 너도 잘 알다시피, 우리가 원하는 건 바로 그 돈이야." 그 말을 들은 클라라는 선착장에 내려오기 전에, 치마 주머니에 숨겨 두었던 두툼한 지폐 뭉치를 짠하고 꺼내서 부모의 손에 올려놓을 것이다. 그럼, 카트리나는 무심히 돈을 세어 볼 것이고, 얀 자신은 그저 가만히 서서 딸아이를 바라만 볼 계획이었다. 클라라는 이제야 이 모든 것이 아버지의 짓궂은 장난임을 눈치챌 것이다. 그리고 얀은 그저 딸아이가 무사히 돌아왔다는 사실이 중요할 뿐이며, 다른 건 중요하지도 않다는 사실을 말해 줄 참이었다. 클라라는 이렇게 말할 게 분명했다. "아버지는 여전하시군요. 제가 떠날 때와 어쩜 그리 똑같으세요? 참 하나도 변한 게 없고, 여전히 별나고 고집스러워요."

그런 꿈같은 재회를 얀은 계획했다. 하지만 그 꿈은 현실에서 일어나지 않았다.

그날, 얀과 카트리나는 부두에서 오래 기다릴 필요는 없었다. 배는 제때 도착했다. 증기선에는 다음 목적지인 브로비 시장으로 향하는 사람들과 물건들로 가득했다. 얼핏 봐서는 클라라가 배에 타고 있는지조차 알기 어려울 정도로 혼잡했다.

얀은 딸아이가 선착장으로 누구보다 먼저 달려올 게 분명하다고 생각했다. 그러나 배에서 내린 사람은 그저 몇 명의 남자가 전부였다. 기대했던 딸이 보이지 않자, 얀은 증기선 안으로 직접 올라가서 딸을 찾아보기로 했다. 그러나 북적이는 군중을 뚫고 앞으로 나아가기는 힘들었다. 그럼에도 그는 희망을 놓지 않았다. 그때, 배는 출발을 위해 승강장을 올리려 했다. 그러자 얀은 선장에게 달려가 아직 배를 출발시키면 안 된다고 소리쳤다.

"아직 안 내린 사람이 한 명 더 있어요!"

선장이 선원들에게 물었지만, 이 선착장에서 내릴 승객은 이미 다 내렸다는 대답이 돌아왔다. 그리고 배는 떠났다. 얀과 카트리나는 집으로 돌아갈 수밖에 없었다. 집에 도착하자마자 얀은 침대 위로 몸을 던졌다. 너무 지치고 완전히 힘이 빠져서 다시 일어날 기력을 되찾을 수 있을지 의문이었다.

아훼달라나 마을 사람들은 얀과 카트리나 부부가 부두에서 돌아오는 모습을 보았다. 그리고 그들 곁에 클라라가 없음을 알아차릴 수 있었다. 그들은 이제 상황이 어떻게 흘러

갈지 궁금했다. 근처 마을 사람들과 가까운 이웃들은 얀이 사는 스크롤리카까지 하나둘 찾아왔다. 그리고 무슨 일이 벌어졌는지 이것저것 묻기 시작했다.

"클라라가 배에 없었다는 게 진짜야?"

"게다가 9월 한 달 내내 아무런 소식이 없었다는 것도 사실이고?"

얀은 사람들의 질문 공세에 아무런 대답도 하지 않았다. 누가 와서 말을 걸든 상관없이 멍한 눈으로 그저 침대에 누워 있을 뿐이었다.

카트리나는 자신이 이해하는 선에서 궁금해하는 이웃들에게 상황을 설명해 주었다. 얀이 슬퍼하는 이유는 이제 오두막을 잃게 될 처지에 놓였기 때문이라고, 사람들은 짐작했다. 그러나 정작 얀은 다른 사람들이 이 상황을 어떻게 이해하든 상관치 않았다 .

카트리나는 울음을 터트리며 훌쩍거렸다. 얀네 오두막을 찾아온 이웃들은 따뜻한 위로의 말을 건넸다. 사람들은 얀의 가족이 오두막을 잃는 그런 끔찍한 일이 일어나서는 절대로 안 된다고 말했다. 아무리 라스가 새로운 농장주가 되었다고 하더라도 어떻게 이 오두막을 빼앗아 갈 수 있단 말인가? 또한 그 집 노모가 얼마나 공정하고 강직한 사람인데, 이런 말도 안 되는 불상사가 일어나도록 그냥 좌시하고 있겠는가? 이웃들은 이런저런 위로의 말을 전했다.

게다가 아직 하루가 끝난 것도 아니었다. 어쩌면 너무 늦기 전에 클라라가 소식을 전해 올지도 모를 일이었다. 겨우 석 달 남짓 되는 기간에 그 큰돈을 모은다는 건 쉬운 일이 아니지만, 클라라는 언제나 믿기 힘들 정도로 좋은 운을 타고난 아이였다.

사람들은 클라라가 돈을 마련할 가능성이 있는지 없는지 저울질하며 고민을 거듭했다. 게다가 카트리나의 말에 따르면, 클라라가 스톡홀름으로 옮겨 간 뒤 첫 몇 주 동안은 사실상 돈을 벌 수 없었다고 했다. 이웃 마을에서 스톡홀름으로 이사 간 어떤 가족에게 신세를 졌지만, 여전히 방세와 식비를 지불해야 했기 때문이었다.

하지만 행운의 여신이 소녀를 버리진 않았다. 우연히 길을 걷다 붉은 드레스를 선물했던 보따리장수를 다시 만났고, 그가 클라라의 일자리를 찾는 데 도움을 주었다.

그렇다면 그가 클라라에게 돈까지 마련해 주지 않았을까? 그 기대까지는 너무 무리일까? 절대로 불가능하다고 말할 수는 없었다. 카트리나도 그럴 수도 있겠다고 말은 했지만, 딸은 오늘 집으로 돌아오지 않았다. 그렇다고 편지를 보내온 것도 아니었다. 그럼, 결론은 클라라가 실패했다는 말이 아닌가?

하루가 끝으로 향할수록, 사람들의 초조함과 두려움은 심해졌다. 시간이 지나갈수록 예감은 불길한 쪽으로 그 무게의

추를 옮겨 가고 있었다. 곧 이 오두막 노부부에게 끔찍한 일이 닥칠 거라고 예감하지 않을 수가 없었다.

슬픔이 가장 깊은 문턱을 넘어가고 있을 때, 오두막의 문을 열고 한 사내가 들어왔다. 이 근처 마을에서는 좀처럼 길 가다 만나기 힘든 사람이었는데, 평소 이런 외진 곳까지 찾아오는 일이 없는 사람이었다.

그의 갑작스러운 등장으로 오두막 안은 숲속의 겨울밤처럼 깊은 정적에 휩싸였다. 모든 사람의 시선이 그에게 향했다.

"여보, 스톨빅 국회의원 칼 칼손 씨가 찾아왔어요." 카트리나가 얀에게 속삭였다. 그러나 얀은 여전히 미동조차 보이지 않았다.

국회의원의 손에는 돌돌 말린 문서가 들려 있었다. 부부는 그가 농장주 라스가 보낸 사절이라고 짐작했다. 얀네 부부가 빚을 갚지 못하게 되자, 앞으로 일어날 일에 대한 법적 고지를 하러 온 거라고 짐작했다.

사람들의 근심 어린 눈동자가 칼 칼손에게 향했다. 하지만 그는 평소처럼 위엄 가득한 표정을 유지하고 있었다. 오두막 안에 있던 사람들 중 어느 누구도 이 국회의원이 무슨 말을 할지 짐작조차 할 수 없었다.

국회의원은 카트리나에게 먼저 손을 내밀어 악수를 청했다. 그리고 차례대로 다른 마을 사람들에게도 간단한 인사를 건넸다. 그러자 모두 자리에서 일어나 그에게 예를 갖추어 인사했다. 이런 와중에도 아무런 움직임도 보이지 않는 사람이 있었으니, 그는 바로 얀이었다.

"제가 이 지역은 익숙하지 않습니다." 국회의원이 말했다. "여기가 스크롤리카 마을이 맞죠?"

모두들 그렇다고 고개를 끄떡였지만 아무도 입을 열고 말을 하지는 않았다. 이웃들은 카트리나가 이런 상황 속에서도 침착함을 유지하고 있다는 사실에 놀랄 뿐이었다. 그녀는 옆에 앉아 있던 보리에를 살짝 밀쳐서 일어나게 했고, 그 자리에 국회의원이 앉았다.

그는 의자를 당겨 앉은 후 탁자 위에 종이 두루마리를 내려놓았다. 그리고 담배통을 꺼내 종이 옆에 두고선, 안경을 케이스에서 꺼내더니 파란 체크무늬 손수건으로 정성스레 닦기 시작했다.

"얀 안델손 씨와 이야기를 좀 해야겠는데요." 국회의원이 말했다.

"그 사람, 저기 저쪽에 누워 있는 사람입니다." 그물 장인 올뱅차 노인이 구석에 있는 침대를 가리키며 답했다.

"어디 아프기라도 한 겁니까?" 국회의원이 물었다.

"아닙니다." 여러 사람이 동시에 답했다.

"그렇다고 술에 취한 것도 아닙니다." 보리에가 덧붙였다.

"그리고 자고 있는 것도 아니고요." 올뱅차 노인이 말했다.

"오늘 하루 동안 너무 많이 걸어서 그래요. 몹시 피곤하고 지친 모양입니다." 카트리나가 대충 설명했다. 이 정도 선에서 말하는 게 가장 적절하다고 생각했다.

카트리나는 몸을 숙여 얀을 일으켜 세우려 했지만, 얀은 그럴 생각이 전혀 없었다.

"제가 하는 말을 이해할 수는 있는 상태인 겁니까?" 국회의원이 물었다.

"네, 그럼요. 저렇게 누워 있어도 다 듣고 있을 겁니다." 사람들이 확신에 찬 목소리로 말했다.

"그렇게 좋은 소식을 기대하고 있진 않을 겁니다. 스톨빅의 칼 칼손 국회의원께서 직접 방문까지 한 모양을 보니 말입니다." 올뱅차 노인이 말했다.

국회의원은 고개를 돌려 작고 붉게 충혈된 눈으로 그 노인을 바라보았다.

"아니, 올뱅차 씨는 저를 만나는 걸 전혀 두려워하지 않는 것으로 아는데요?" 국회의원이 말했다.

그가 다시 탁자로 몸을 돌려서 편지를 읽기 시작하자, 사람들은 약간 놀라지 않을 수가 없었다. 국회의원의 목소리는 예상과 달리 부드러웠고, 약간의 미소까지 머금고 있었기 때문이었다.

"상황 설명은 이렇습니다." 국회의원이 말했다. "얼마 전에 편지 한 통을 받았습니다. 편지를 쓴 사람은 자신을 스크롤리카 마을에 사는 클라라 피나 굴레보리로, 얀의 딸이라고 소개합디다. 편지로 말하길, 이백 릭스달러를 벌기 위해 집을 떠나 일을 찾으러 갔다고 하더군요. 그 돈은 10월 1일까지 부모가 땅값으로 라스 군날손 씨에게 갚아야 할 돈인데, 갚지 않으면 자기네 오두막을 잃게 될 처지라고 설명하더군요."

국회의원은 잠시 말을 멈추어 사람들이 내용을 잘 이해하며 따라갈 수 있도록 했다.

"그리고 편지에 돈을 동봉해서 보냈습니다." 그가 말을 이었다. "그리고 제게 부탁을 하나 하더군요. 아훼달라나로 가서 새 농장주 라스 씨와 땅 소유권 문제를 깔끔하게 해결해 달라고요. 그래야 농장주가 나중에 다시 엉뚱하게 문제를 일으킬 수 없을 테니까요. 참 현명한 처자요." 그가 편지를 접으며 말했다. "사실 클라라 씨는 이 상황이 벌어졌던 처음부터 내게 도움을 요청했습니다. 모두가 그녀처럼 행동했다면, 이 마을의 상황도 지금보다는 훨씬 좋아지지 않았을까 싶네요."

국회의원의 말이 채 끝나기도 전에 얀은 침대에서 일어나 가장자리에 앉아 있었다.

"그런데 그 아이는요? 제 딸아이는 어디에 있습니까?" 얀이 물었다.

"제가 지금 묻고 싶은 것은, 따님의 뜻과 같이 두 부모님도 저에게 이 문제를 해결할 권한을 줄 의향이 있는지 묻…"

"하지만 그 아이는요! 딸아이는 어디 있는 겁니까?" 얀이 그의 말을 끊으며 다시 외쳤다.

"그녀가 어디 있느냐고요?" 국회의원이 편지를 다시 훑어 보곤 말했다. "클라라 씨가 말하길, 단 몇 달 만에 그 큰돈을 벌 수 있는 방법을 찾지 못했다고 했소. 하지만 다행히도 어떤 친절한 부인이 일자리를 주었나 봅니다. 그 부인이 선불로 돈을 마련해 주었고, 클라라 씨는 그곳에서 머물며 일을 계속하기로 서로 이야기가 된 모양입니다."

"그럼, 집에는 돌아오지 못한다는 말인가요?" 얀이 물었다.

"적어도 지금은 아닙니다. 제가 이해하기론 그렇소." 국회의원이 답했다.

얀은 다시 침대로 향했다. 그리고 이전과 같이 벽을 향해 몸을 돌려 누웠다.

얀은 절망에 빠졌다. 그에게 오두막이든 다른 것이든 다 무슨 소용이란 말인가? 딸아이가 돌아오지 않는다면 삶을 이어 가는 게 도대체 무슨 의미가 있단 말인가?

23. 꿈의 시작

국회의원이 오두막을 찾아오고 몇 주가 지났지만, 얀은 아무것도 할 수가 없었다. 그저 침대에 누워서 슬픔에 잠긴 시간만 보냈다. 매일 아침 일찍 잠에서 깨어 옷을 챙겨 입고 농장으로 향해 하루의 일과를 시작하려 했지만, 집 밖을 나서기도 전에 극심한 피로와 무기력함이 그를 짓눌렀다. 결국 다시 발걸음을 돌려 침대로 가서 몸져누울 수밖에 없었다.

카트리나는 인내심을 가지려고 노력했다. 그리움 또한 다른 병과 다르지 않아서 치유에는 시간이 필요하다는 것을 잘 알고 있었기 때문이다. 그러나 딸을 향한 남편의 절절한 그리움이 얼마나 오래 지속될지 그녀로서는 짐작하기가 어려웠다. 이렇게 이번 크리스마스까지 저러고 누워만 있을지, 아니면 겨울을 지나도록 나아지지 않는 것은 아닐지 걱정이 되었다.

만약 그물 장인 올뱅차 노인이 안부를 묻기 위해 오두막을 찾지 않았다면, 그리고 커피를 대접받는 바람에 조금 더 머물게 되지 않았더라면, 얀은 이렇게 침대에 누워서 시간만 보내고 있었을 것이다.

노인은 말이 없는 사람이었다. 마치 현실 세계에서 일어나는 일에는 관심이 없는 듯, 그리고 마치 딴생각에 빠져 있는 사람처럼 보였다. 그러나 뜨거운 커피를 받침 접시에 조금 부어서 식히는 동안, 그는 지나치는 안부의 말이라도 꺼내야 했다.

"오늘은 왠지 클라라에게서 편지가 올 것 같아. 그냥 내 느낌이 그래." 올뱅차 노인이 말했다.

"아이 참, 영감님도. 이미 이 주 전에 국회의원님을 통해서 아이의 안부를 들었는데 뭘 또…" 카트리나가 대답했다.

긴 침묵이 흘렀다. 노인은 말을 잇기 전에, 받침 접시에 따른 커피를 몇 번 더 불어서 식혔다. 마치 다음 말을 하기에 적절한 순간을 재고 있는 것만 같았다.

"그야 모를 일이지. 혹시 알아? 클라라에게 무슨 좋은 일이 생겨서 편지를 쓸 이유가 또 생겼을지도 모르는 일이잖아." 노인이 말했다.

"좋은 일이라니요?" 카트리나가 투덜거렸다. "남 밑에서 일하기 시작하면, 하루하루가 매일 똑같은 일의 반복일 뿐인걸요."

노인은 설탕 조각을 깨물어 입에 넣고는 커피를 한 모금 꿀꺽 마셨다. 오두막은 간담이 서늘할 정도로 깊은 침묵에 휩싸였다. 그도 으스스한 한기에 몸을 약간 부스스 떨었다.

"클라라가 길에서 누군가를 만났을지도 모르는 일이지." 노인이 무심하게 말했다. 깊게 파인 그의 눈은 허공을 바라보고 있었다. 자신이 지금 무슨 말을 하고 있는지, 이해는 하고 하는 말인지조차 알 수 없는 눈빛이었다.

카트리나는 노인의 말에 대답할 필요성을 느끼지 못했다. 그저 말없이 노인의 잔이 비자, 다시 커피를 채워 줄 뿐이었다.

"클라라가 길을 가다가 우연히 걸음이 불편한 한 노부인이 쓰러져 있는 걸 발견했을지도 모르지." 노인은 여전히 무심한 어투로 말을 이었다.

"그게 과연 편지를 쓸 만큼 중요한 일일까요?" 카트리나가 그의 고집에 지쳐서 말했다.

"그렇긴 하지. 하지만 생각해 보시게. 클라라가 가던 길을 멈추고 그 노부인을 도왔고, 그 친절함에 너무 감동한 나머지 지갑에서 십 릭스달러를 꺼내서 답례로 줬다면 말이야. 이 정도면 충분히 편지로 쓸만한 일이 아닐까?" 노인이 말했다.

"그런 일이 일어난다면 정말 좋겠네요." 카트리나가 다소 귀찮다는 듯 말했다. "하지만 그건 단순히 아저씨가 상상으로 지어낸 이야기일 뿐이잖아요."

"그렇지. 그러나 상상 속에서는 원한다면 축제처럼 즐거운 날로 가득 채울 수 있지." 노인이 변명하듯 말했다. "마음대로 되지 않는 이 현실보다는 훨씬 달콤한 법이니까."

"네네, 그럼요. 아저씨는 이 두 가지 모두 다 경험해 보셨으니 잘 아시겠네요." 카트리나가 말했다.

잠시 후 노인은 자리를 떠났고, 카트리나는 그가 한 말에 대해 더 이상 신경 쓰지 않았다.

얀 역시 올뱅차 노인의 말에 별다른 의미를 두진 않았다. 그러나 할 일 없이 가만히 침대에 누워 있으면서, 어쩌면 그의 말 속에 무언가 숨겨진 뜻이 있을지도 모른다는 생각이 문득 들었다.

'올뱅차 노인이 편지에 대해 이야기할 때, 그의 말투가 평소보다 약간 이상하지 않았나? 그냥 단순하게 이런저런 말이나 하자고 그 긴 이야기를 꾸며 냈을까? 그럴 양반이 아닌데… 혹시 무슨 소식을 들은 건 아닐까? 이거 혹시 노인네가 클라라 편지를 받은 건 아닐까?'

그럴 가능성도 있어 보였다. 어쩌면 클라라에게 아주 큰 행운이 찾아온 것일지도 모를 일이었다. 아마도 부모에게 곧바로 소식을 전할 용기는 없어서, 올뱅차 노인에게 살짝 먼저 편지를 보낼 수도 있는 일이라고 얀은 생각했다. 부모에게 미리 마음의 준비를 시켜 놓으려고 딸아이가 노인에게 우선 부탁해 놓은 건 아닐까? 그래서 노인이 그 먼 길을 굳이 찾아와 약간의 귀띔이라도 해준 게 아닐까? 물론 아무도 올뱅차 노인의 속내를 정확히 알 수는 없었다.

'아마도 내일 그가 다시 오겠지?' 얀은 생각했다. '그럼, 모든 진실을 들을 수 있을 거야.'

그러나 노인은 다음 날 오두막에 나타나지 않았다. 그리고 그 뒷날에도 얼굴을 보이지 않았다. 사흘째가 되자 도저히 기다릴 수가 없게 된 얀은 직접 올뱅차 노인이 사는 집으로 찾아가 보기로 했다. 도대체 그가 들려준 말 속에 어떤 숨은 뜻이 있는지 궁금해서 견딜 수가 없었다.

노인은 혼자 앉아서 누군가가 일감으로 준 낡은 그물을 수선하고 있었다. 노인은 얀의 방문을 기뻐했다. 그리고 무릎에 통풍이 심해져서 며칠 동안 집 밖에는 나갈 엄두도 낼 수 없었다고 말했다.

얀은 노인에게 단도직입적으로 클라라의 편지를 받았는지 묻고 싶지 않았다. 대신 지난번처럼 노인이 이야기하던 방식 그대로 따라 하면 더 쉽게 원하는 대답을 들을 수 있을 거라고 기대했다.

"지난번에 저희 집에 오셨을 때 들려준 클라라에 대한 이야기를 곰곰이 생각해 보았습니다." 얀이 말했다.

노인은 하던 일을 멈추고 고개를 들어 얀을 바라보았다. 그는 얀이 지금 무슨 말을 하는지 이해하는 데 약간의 시간이 걸렸다.

"그건 그냥 내가 지어낸 이야기일 뿐이야." 노인이 말했다.

얀은 그에게 조금 더 가까이 다가갔다.

"그렇지만 참 흥미로운 이야기였어요." 얀이 말했다. "카트리나가 너무 까칠하게 굴지만 않았더라면, 더 많은 이야기를 들려줄 시간이 있었을 텐데요."

"그야 그랬지." 노인이 말했다. "이 작은 마을에 사는 우리 같은 사람들에겐 그런 이야기가 소소한 즐거움이니까."

"그런데 내 생각에는요…" 얀은 노인의 반응에 용기를 얻어 말을 이었다. "그 노부인이 클라라에게 십 릭스달러를 준 것으로 모든 이야기가 끝나는 게 아닐 수도 있지 않을까요? 어쩌면 클라라에게 자기 집에 언제 한번 찾아와 달라고 부탁했을 수도 있잖아요?"

"음… 듣고 보니 그럴 수도 있겠네." 노인이 말했다.

"아마도 그 노부인이 엄청난 재력가라 석재로 지어진 으리으리한 집을 소유하고 있을 수도 있지 않겠어요?" 얀이 자신의 생각을 넌지시 물어보았다.

"음… 뭐, 전혀 말도 안 되는 상상은 아닌 것 같네." 노인이 얀의 생각을 칭찬하며 말했다.

"어쩌면 그 부유한 노부인이 클라라의 빚도 모조리 갚아주지 않았을까요?" 얀이 말했다. 그러나 그 순간 노인의 며느리가 들어오는 바람에 그는 말을 멈출 수밖에 없었다. 얀은 이 비밀스러운 이야기를 남에게 들키고 싶지 않았다.

"아, 오셨어요? 이제 밖에 나와서 걸어 다닐 수 있는 정도세요?" 그녀가 말했다. "몸이 많이 나아지신 거 같아 정말 다행이에요."

"이게 다 친절하신 올뱅차 영감님 덕분이죠." 얀이 은밀한 어투로 말했다. "여기 이분이 날 치료해 준 사람이거든요."

얀은 작별 인사를 남기고 곧장 자리를 떴다. 그물 장인 노인은 오랫동안 얀이 떠난 자리를 멍하니 바라만 보고 있었다.

"얀은 도대체 무슨 말을 하는 거지? 내가 뭘 어떻게 그 사람을 치료했다는 거야? 도통 이해를 할 수가 없군." 노인이 자신의 며느리를 보며 말했다. "설마… 무슨 뚱딴지같은 일을 꾸미고 있는 건 아니겠지?"

24. 에릭의 유산

어느 가을 저녁이었다. 농장에서 하루 일과를 끝낸 얀이 집으로 향하고 있었다. 하루 종일 서서 타작하느라 고된 하루를 보낸 날이었다. 얀이 기력 없이 몸져누워 지내던 시간을 끝내고 이렇게 일할 의욕을 다시 찾게 된 것은 모두 다 그물 장인 올뱅차 노인의 덕이 컸다. 그와 대화를 나눈 이후, 얀은 다시 일어서기로 마음을 다잡았다. 집 밖으로 나와 몸을 움직이려면, 무엇이든 할 수 있는 일을 찾아야 했다. 딸아이가 집으로 돌아왔을 때, 비참한 꼴로 망가진 아비의 모습을 보여 줄 수는 없었다. 그리고 가난에 빠져 허덕이는 못난 꼴도 보여서는 절대로 안 될 일이었다.

농장이 보이지 않을 만큼 멀리 걸어왔을 때, 얀은 길 건너편에서 한 여인이 다가오는 모습을 보았다. 이미 어둠이 깔리기 시작한 시간이라 그녀가 누구인지 쉽게 분간하기는 어려웠다. 그러나 곧 그녀가 고인이 된 에릭의 아내임을 알아차렸다. 팔라 농장의 진짜 안주인이 얀을 향해 걸어오고 있었다.

노부인은 치마 끝자락까지 내려올 정도로 큰 숄로 몸을 감싸고 있었다. 이런 옷차림을 한 그녀의 모습을 본 적이 없었기에, 얀은 혹시 노부인이 어디가 아픈 것은 아닌지 우려가 되었다. 최근 들어서 그녀의 얼굴은 무척이나 수척해 보였다. 지난봄 에릭이 세상을 떠났을 때만 하더라도 그녀는 한 올의 흰 머리카락도 없었다. 그러나 이제 겨우 반년 남짓의 시간이 흘렀을 뿐인데, 그녀의 머리에 남아 있는 검은 머리카락이 있을까 의문이 들 정도로 새하얀 백발로 변해 버리고 말았다.

노부인은 멈춰 서서 인사했고, 둘은 그렇게 선 채로 이야기를 잠시 나누었다. 단도직입적으로 말하지 않았지만, 얀은 왠지 일부러 자신을 만나려고 이곳까지 와서 기다리고 있었던 게 아닌가 짐작했다. 혹시 클라라에 대해 이야기하고 싶었던 게 아닌지 얀은 기대했다. 그러나 이야기가 완전히 예상치 못한 방향으로 흘러가자 얀은 순간적으로 당황하지 않을 수가 없었다.

"말해 보게, 얀." 그녀가 말했다. "팔라 농장의 옛 주인을 기억하시나? 내 아비 말이야. 내 남편인 에릭이 농장을 물려받기 전의 주인이었던…"

"제가 그분을 어찌 잊겠습니까?" 얀이 대답했다. "그분이 돌아가셨을 때, 제가 아마 열두 살인가 되었을 겁니다."

"그래, 우리 아버지는 참 좋은 사위를 두셨지." 그녀가 말했다.

"그건 의심의 여지가 없는 사실입니다." 얀이 공감하며 말했다.

노부인은 잠시 말없이, 몇 번의 한숨을 내쉰 후 말을 꺼냈다. "얀, 내가 한 가지를 물어보고 싶은 게 있네. 그 전에 자네가 여기저기 입을 떠벌리고 다니는 사람은 아니라고 믿어도 되겠지?"

"그럼요. 그 점은 걱정하지 않으셔도 됩니다." 얀이 대답했다.

"내가 올 한 해 동안 유심히 자넬 지켜보니, 그런 사람은 아니라는 건 이미 알고 있네."

그 순간, 얀의 마음속에는 기대감이 더 커지고 있었다. 클라라가 노부인에게 뭔가를 부탁했을지도 모른다는 생각이 스쳤기 때문이다. 자신에게 일어난 중요한 일을 좀 전해 달라고 부탁한 것은 아닐까?

그물 장인 노인은 지난번 대화 이후로 통풍이 심해져 앓아 눕고 말았다. 그 바람에 얀과 노인은 몇 주 동안 이야기를 나눌 수 없었다. 다행히 노인은 기력을 조금 되찾았지만, 여전히 몸이 허약한 상태였다. 무엇보다 안타까운 것은 병을 앓고 난 후로 그의 정신이 온전해 보이지 않는다는 점이었다.

최근에 얀은 올뱅차 노인의 오두막을 다시 찾았다. 노인 앞에 앉아 클라라의 편지에 대해 무언가 이야기해 주길 바라는 마음으로 기다렸지만, 그는 끝내 아무런 말이 없었다. 게다가 은근히 암시를 주는 말로 떠보았지만, 노인은 이해조차 못 하고 아리송한 표정만 지었다. 결국, 얀은 단도직입적으로 물어볼 수밖에 없었다. 그러자 노인은 자신은 어떤 편지도 받지 않았다고 대답했다. 심지어 책상 서랍을 꺼내고, 구석에 놓아둔 궤짝 뚜껑까지 열어서 직접 확신시켜 주었다.

그 어느 곳에도 편지는 보이지 않았다.

저 노인이 편지를 어디에 두었는지 잊어버리고 말았다고 얀은 확신했다. 상황이 이렇게 되면, 딸아이가 팔라 농장의 노부인에게 도움을 청했을 가능성도 있어 보였다. 애초에 그냥 노부인에게 부탁했더라면 일이 훨씬 수월했을 텐데… 참으로 안타까운 일이 아닐 수가 없었다.

노부인은 말없이 무언가를 주저하며 시간을 끌었다. 그런 모습을 보자 얀은 자신의 추측이 맞다고 점점 더 확신하기 시작했다. 그러나 엉뚱하게도 노부인이 자신의 아버지 이야기를 다시 꺼내는 게 아닌가.

"아버지가 마지막 순간에 다다랐을 때, 우리 남편 에릭을 침대로 불렀네. 아버지가 말씀하시길, 오랜 세월 기억이 없어서 아무런 도움도 되지 못해 미안했다고, 그리고 여태까지 이렇게 잘 보살펴 준 것도 너무 고마웠다고. 그러자 남편이 '그런 말씀 마세요, 장인어른. 더 오래 우리 곁에 있으셔야죠. 저희는 장인어른을 그저 모실 수 있는 것만으로도 기쁠 뿐입니다'라고 말했지. 그렇네, 우리 남편의 말은 그냥 하는 말이 아니라, 진심이었지." 노부인이 말했다.

"그럼요. 그분의 성품은 제가 잘 알고 있습니다." 얀이 말했다. "거짓이 없는 그런 분이셨죠."

"그건 그렇고, 얀!" 노부인이 말했다. "이젠 오래된 일이지만, 우리 아버지가 늘 가지고 다니던 은장식 손잡이가 달린 기다란 지팡이 기억하나?"

"그럼요. 그 지팡이도 그렇고, 영감님이 교회에 가실 때마다 쓰던 높이 솟은 모자도 선명히 기억나네요."

"그래? 모자까지도 기억이 나? 자네 우리 아버지가 병상에 누워서 마지막으로 한 게 무엇인지 아나? 나를 부르더니 그 지팡이와 모자를 가져오라고 하는 거야. 그리고 그걸 에릭에게 건네면서 이렇게 말하시더군. '물론 이것보다 더 값진 걸 네게 줄 수도 있겠지만, 난 자네에게 이걸 유산으로 물려주고 싶네. 마을 사람 모두가 알다시피 이건 내가 자랑스럽게 쓰던 물건들이야. 그러니 그 어떤 것보다 더 큰 영예가 담겨 있네. 이것을 가지고 있으면, 훌륭한 증거가 될 걸세. 내 유산을 정당하게 물려받을 사람이 가질 가장 훌륭한 증거가 될 거란 말일세.'"

"그런 일이 있었군요. 정말 가치가 있는 물건이라고 생각합니다. 에릭 또한 그걸 유산으로 받을 충분한 자격을 가진 분이라는 건, 정말 의심의 여지가 없죠." 얀이 말했다.

얀은 노부인이 자신을 감싸고 있던 숄을 단단히 움켜쥐고 있음을 눈치챘다. 그 숄 안에 무언가를 숨기고 있음이 분명해 보였다. 어쩌면 클라라가 얀에게 전달해 달라고 부탁한 물건일지도 몰랐다. 그걸 꺼낼 적당한 시기를 노부인은 찾고 있는 것은 아닐까? 노부인의 아버지와 유산에 관한 이야기는 그저 진짜 하고 싶은 이야기를 꺼낼 단순한 핑곗거리에 불과하지 않을까?

"이 이야기를 우리 딸에게도 여러 번 들려주었다네. 물론 라스도 들어서 알고 있지." 노부인이 말했다. "지난봄, 그 사고가 터지고 에릭이 병상에 누워 있을 때, 라스와 안나는 곧 에릭이 자신들을 침대로 부를 거라고 기대했던 것 같아. 에릭이 유산을 물려받았던 그날처럼 말이야. 그래서 나도 그 물건들을 미리 꺼내서 준비를 시켜 두었지. 남편이 부르기만 하면 바로 라스에게 유산을 물려줄 수 있도록 말이야. 그러나 남편은 그럴 생각이 눈곱만치도 없어 보였어."

노부인의 목소리는 가볍게 떨리고 있었다. 그리고 다시 말하기 시작할 때는 불안과 망설임이 그녀의 목소리에서 느껴졌다.

"그래서… 남편과 단둘이 있을 때, 그에게 조심스럽게 물어봤지. 어떻게 하고 싶어하는지… 이 유품들을 말야. 그러자 남편이 말하더군. 자신이 세상을 떠난 후에 내가 원한다면 그 유품들을 라스에게 줘도 된다고. 남편은 긴말을 이어갈 기력이 없었어."

그 순간, 노부인은 커다란 숄을 활짝 펼쳤고, 그녀의 손에 들린 물건들이 모습을 드러냈다. 그건 은장식 손잡이가 달린 긴 지팡이와 높은 모자였다.

"어떤 말들은 너무 무거워서 쉽게 꺼낼 수가 없다네." 진지한 표정으로 노부인이 말했다. "얀, 내 이제 묻고 싶은 게 있네. 굳이 말로 답하지 않아도 돼. 그저 작은 표시 하나로도 충분하니까. 이 유품들을 라스에게 줘도 될까? 자네의 생각은 어떤가?"

얀은 한 걸음 물러섰다. 이건 그가 예상했던 상황과는 너무 거리가 먼 이야기였다. 마치 아주 오래전의 일처럼 기억이 흐릿해졌다. 에릭이 세상을 떠난 일이, 그리고 그 순간들이 어떻게 흘러갔는지조차 기억하기 힘들었다.

"얀, 난 많은 것을 알고 싶은 게 아니네." 노부인이 말했다. "그저 이 지팡이와 모자를 라스가 받을 자격이 있는지 묻고 싶은 것뿐이야. 라스가 에릭처럼 집안의 영예를 물려받을 자격이 있는 사람이라고 생각하나? 자네가 나보다 잘 알고 있겠지. 그 사고가 있던 날, 현장에서 모든 걸 직접 눈으로 봤을 테니까 말이야."

"물론 내게도 좋은 일이겠지." 얀이 침묵을 이어 가자, 노부인이 덧붙였다. "만약 이 유품을 라스에게 물려줄 수만 있다면야, 집에서 생길 껄끄러운 일도 피할 수 있을 테니까."

다시 한번 노부인의 목소리가 떨리고 있었다. 그 순간, 그녀가 왜 이렇게 갑자기 늙어 버렸는지 이해가 되었다. 얀은 너무 많은 생각들로 머리가 복잡했다. 지금은 농장의 새 주인이 된 라스에게 품었던 원한도 미처 생각할 여유가 없었다.

"집안의 평온과 화목은 가장 중요한 일이죠." 얀이 말했다. "그게 나중을 위해서도 그렇고요."

노부인은 깊은숨을 들이쉬며 말했다. "그래, 자네가 그렇게 말할 거라고 짐작은 했네." 그녀는 등을 꼿꼿이 펴고 일어섰다. 그 순간, 노부인의 키가 훨씬 커 보였다. "그날 그 숲에서 어떤 일이 있었는지 묻고 싶은 마음은 없네. 아무것도 모르는 편이 오히려 나에겐 더 나을 테니까. 하지만 한 가지는 분명해진 것 같군. 라스의 손에 내 아버지의 소중한 유산이 들어가는 일은 없을 거야."

말을 마친 노부인은 서둘러 자리를 떠났다. 그러나 얼마 지나지 않아 걸음을 멈추었다.

"얀." 그녀가 말했다. "자네가 이 지팡이와 모자를 가져가시게. 소중한 유산이 진실되고 신뢰할 수 있는 사람의 손에 맡겨졌으면 좋겠어. 이걸 다시 집으로 가져갈 용기가 내겐 없네. 만약 그랬다간, 원하지도 않게 라스에게 건네줘야 할 상황이 일어날 수도 있으니까. 우리 남편은 자네를 항상 좋게 생각했네. 그런 옛 주인의 기억이 담긴 물건이니 자네가 가져가게."

말을 마친 노부인은 당당하고 고결한 걸음으로 떠나갔다. 그 자리에 홀로 남겨진 얀의 손에는 지팡이와 모자가 들려 있었다.

도대체 지금 무슨 일이 일어난 것인지 얀은 도무지 이해할 수 없었다. 이렇게 부담스럽게 큰 유품을 받으리라곤 전혀 기대하지 않았기 때문이었다. 이제 이 물건들은 얀의 소유가 되는 걸까?

그 순간, 얀은 이 모든 일이 이해가 되기 시작했다. 그는 클라라가 배후에 있음이 분명하다고 생각했다. 그리고 노부인도 이미 흘러가는 상황을 잘 파악하고 있다고 생각했다. 그가 곧 높은 위치에 오를 거란 사실을 말이다. 세상 아무리 귀한 물건도 곧 얀에게 과하지 않게 되는 순간이 올 것이다. 지팡이가 전부 다 은으로 만들어졌다 한들, 그리고 금으로 빛나는 모자라 한들 그게 무슨 상관인가? 머지않아 이런 명품들은 클라라의 아버지에게 더 잘 어울리는 순간이 온다고 노모가 판단했던 것은 아닐까?

25. 실크 드레스

클라라에게서 온 편지는 여전히 없었지만, 그건 큰 문제가 아니라고 얀은 생각했다. 딸이 아무런 소식도 없이 침묵하는 이유는 분명했다. 긴장감을 고조시켜 부모에게 더 극적인 기쁨을 선사하기 위한 딸아이의 섬세한 계획일 것이다. 그런 계획을 완벽히 다듬으려면 그에 상응하는 시간도 필요한 법이다.

어쨌든 얀은 클라라가 오래전에 보낸 편지를 기회가 생길 때마다 꺼내 보며 마음을 추슬렀다. 이렇게라도 하지 않으면, 시답잖은 사람들의 우스갯소리에 놀아날 가능성이 컸다. 어이가 없게도 이 세상에는 아비보다 딸의 현 상황을 더 잘 알고 있다고 생각하는 사람들이 있었다.

이를테면, 카트리나가 교회에 갔던 날이 좋은 예가 되겠다. 그녀는 12월의 첫 일요일에 교회에 갔다. 그러나 예배를 마치고 돌아온 카트리나는 무척이나 놀라고 슬픈 표정이었다.

카트리나는 교회에서 가을 동안 스톡홀름의 한 건설 현장에서 일을 했다는 몇 명의 젊은 남자들을 보았다. 그들은 또래들과 함께 모여서 이런저런 잡담을 나누고 있었다. 그녀는 혹시 그 청년들이 클라라에 대한 소식도 들은 게 있지 않을까 싶은 생각에 그들 근처로 다가갔다.

젊은이들은 어떤 재미있는 이야기를 서로 주고받는지 소란스럽게 떠들고 있었다. 심지어 큰 웃음소리를 터트리기도 했는데, 교회 앞에서 그런 행동은 몹시 부적절해 보였다. 그러나 카트리나가 다가가자, 그들은 갑자기 서로의 눈치를 살피기 시작하더니 하던 말을 멈추고 조용해졌다.

그때, 카트리나를 향해 등을 돌린 채 서 있던 한 청년이 무심코 말을 던졌다.

"맙소사! 화려한 실크 옷을 입고 돌아다니는 꼴이라니!"

그 순간, 한 젊은 여자가 그를 살짝 밀쳤다. 청년은 놀란 나머지 입을 다물었다. 깜짝 놀라서 주위를 둘러본 그의 얼굴은 새빨갛게 달아올랐다. 카트리나가 바로 그의 뒤에 서 있다는 걸 뒤늦게 보았기 때문이다. 그러나 청년은 곧바로 그의 머리를 처들며 오히려 더 큰 소리로 말했다.

"아니, 대체 뭐가 문제야? 내가 왜 여왕이 화려한 실크 옷을 입고 다닌다고 말하면 안 되는 건데?"

그러자 모두들 참고 있던 웃음을 터트렸다. 이전보다 더 격렬하고 요란한 웃음소리였다. 카트리나는 그들 곁을 그냥 지나칠 수밖에 없었다. 그리고 아무것도 물어보지 않았다.

집으로 돌아온 카트리나의 얼굴이 너무 근심으로 가득해서, 하마터면 얀은 클라라에 대한 비밀을 털어놓을 뻔했다. 그러나 마음을 가다듬고, 그저 아내에게 그 젊은이들이 여왕에 대해 했던 말을 다시 한번 더 이야기해 달라고 부탁했다.

그녀는 그날 교회에서 있었던 일을 다시 들려주었다.

"하지만 당신도 잘 알잖아요. 그놈들은 그냥 날 가지고 놀려고 했을 뿐이었다는 걸요." 카트리나가 말했다.

얀은 여전히 아무 말도 하지 않았다. 그러나 그의 입가에 번지는 작은 미소를 감추진 못했다.

"아니, 당신 지금 무슨 생각을 하는 거예요?" 카트리나가 물었다. "왜 이상한 표정을 짓고 그래요? 설마 그 애들의 말이 무슨 뜻인지 알고 있는 건 아니죠?"

"내가 알 리가 있겠어? 나는 전혀 몰라." 얀이 말했다. "하지만 우리가 우리 딸을 못 믿으면 어떡해? 모든 일은 순리대로 흘러갈 거라고 믿어야 해, 안 그래 여보?"

"그야 그렇죠. 그런데 너무 불안한 걸 어떻게 해요?" 카트리나가 말을 잇자, 얀이 그녀의 말을 끊고 말했다.

"아직은 아냐. 그래, 아직은 때가 아니야. 우리 딸이 그들에게 부탁했을 거야. 아직은 아무에게도 말하지 말아 달라고. 그러니 우리는 그저 침착하게 기다리는 수밖에… 그리고 또 그래야만 하고."

26. 별

클라라가 집을 떠난 지 거의 여덟 달이 지나가고 있었다. 어느 쾌청하고 아름다운 날, 얀은 농장 헛간에서 곡식을 타작하고 있었다. 그때 문을 열고 스톨 잉보리가 들어왔다.

스톨 잉보리는 얀의 조카였지만, 그녀가 카트리나를 무서워하는 바람에 자주 오두막으로 찾아오진 않았다. 아마도 카트리나와 마주치기 싫어서 굳이 한낮에 이곳까지 찾아온 것으로 보였다.

얀은 조카의 방문이 그다지 반갑지 않았다. 조카는 정신이 온전하지 않은 아이였다. 또한 산만하기 짝이 없는 성격에다, 그녀가 하는 말들을 도통 이해하기가 힘들었다. 그렇기에 조카의 등장에도 얀은 크게 신경을 쓰지 않고, 계속하던 일에 집중하고 있었다.

"얀 삼촌, 타작 좀 잠시 멈춰 보세요!" 그녀가 말했다. "어제 제 꿈에 삼촌이 나온 거예요. 제가 꾼 꿈 이야기 들려주고 싶어요!"

"조카야, 오늘은 좀 바쁘니, 다른 날 다시 오는 건 어떻겠니?" 얀이 말했다. "타작하는 소리가 멈추면, 무슨 일인지 확인하러 라스가 곧장 이곳으로 달려올 게 뻔해."

"아주 빨리 할게요! 아주 빨리!" 조카가 말했다. "아이~ 참, 삼촌도 잘 알고 있잖아요. 제가 이래도 우리 자매들 중에서 가장 재빠른 아이잖아요. 물론 다들 너무 형편이 없긴 하지만요. 모든 면에서요. 그러니 뭐, 그걸 또 자랑이라고 할만한 건 아니겠죠?"

"꿈 이야기한다면서?" 얀이 말했다.

"곧, 지금 말할게요! 걱정하지 마세요! 전 다 이해해요, 암요, 다 이해한다고요. 팔라 농장의 새로운 주인이 까칠하다면서요? 그것도 알아요. 성격 더러운 사람. 하지만 걱정할 거 전혀 없어요. 저 때문에 혼날 일은 없을 거예요. 스트레스 받지 마세요. 저같이 똑똑한 사람은 걱정할 게 전혀 없어요."

얀도 궁금해지기 시작했다. 자신이 어떤 꿈에 나왔는지 정말 듣고 싶었다. 근래에 품고 있는 큰 희망에 대한 확신은 흔들림이 없었지만, 그래도 어디서라도 확인을 받고 싶은 마음이 있었다. 혹시 조카의 꿈이 어떤 암시를 주는 건 아닐까? 그렇지만 자신만의 생각에 푹 빠져 사는 조카와 제대로 된 대화를 하는 건 쉽지 않은 일이었다.

조카는 얀에게 바짝 다가왔다. 그러더니 몸을 얀 쪽으로 기울인 채, 단어 하나하나를 내뱉을 때마다 정신없이 눈을 꼭 감거나 고개를 흔들기 시작했다. 그녀의 입에서 말이 폭포처럼 쏟아졌다.

"걱정하실 거 전혀 없어요!" 조카가 말했다. "제가 이 농장에서 타작하는 인부에게 말을 걸고 있다는 건, 이미 농장 주인은 숲으로 가버렸고, 그의 부인은 마을 시장에서 버터를 팔고 있다는 걸 알고 이러는 거예요. '항상 그들을 시선에서 멀리 두지 말아야 한다'라고 신앙문답에 쓰여 있죠. 제가 그런 것도 모를 거 같아요? 저는 항상 조심한다고요."

"삼촌 바쁘니까, 이제 그만하고 저리 가거라." 얀이 말했다. "그렇지 않으면 타작 도구로 호되게 맞을 수도 있어!"

"생각해 보세요. 옛날에 동네 아이들이 얼마나 나를 때렸는지." 조카가 말했다. "뭐, 지금도 매를 맞긴 하죠. 그렇지만, 기독교 집회에서 성경을 읽을 때는 누가 가장 똑 부러지죠? 맞아요. 바로 저예요. '잉보리를 속일 사람은 세상 어디에도 없다. 성경 구절을 완벽하게 이해하고 있거든'이라고 목사님이 말씀하셨죠. 그뿐만이 아니죠. 저는 뢰브달라 마을 젊은 처자들과도 상당한 친분이 있죠. 그들에게 가끔 신앙문답을 읽어 주거든요. 그것도 처음부터 끝까지, 어떤 질문에도 척척 명쾌한 답을 쏙쏙 내놓죠. 제 기억력은 정말 끝내주죠. 성경도 잘 이해하고 있고, 시편도 다 외우고 있죠, 그것뿐일까요? 당연히 아니죠, 그럼요. 목사님이 이제까지 설교하신 내용도 전부 기억해요! 삼촌이 원하시면 성경 구절 하나 읽어 드릴까요? 아니면 찬송가 한 곡 불러 주길 원하시나요?"

이제 더 이상 얀은 대답할 필요성을 느끼지 못했다. 그는 타작하는 일로 다시 돌아가 하던 일에 집중했다.

그럼에도 불구하고 스툴 잉보리는 자리를 떠날 마음이 전혀 없어 보였다. 오히려 짚더미 위에 자리를 잡고 앉아서는 무려 스무 절이 넘는 찬송가를 부른 뒤, 성경의 여러 구절을 낭독하기 시작했다. 모든 노래와 낭독이 끝나자, 갑자기 자리에서 일어나 아무런 작별 인사도 하지 않고 자리를 떠났다. 그녀는 오랫동안 모습을 보이지 않았다. 그러나 갑자기 어디선가 나타나더니 다시 헛간 문 앞에 서 있는 것이 아닌가!

"쉿! 조용히 해요, 조용히!" 그녀가 말했다. "이제부터 다른 엉뚱한 짓은 집어치우고, 우리가 꼭 해야만 하는 이야기만 하는 거예요. 그러니, 그냥 아무 말도 하지 마세요!"

그녀는 집게손가락을 쭉 펴서 올리고, 꼿꼿하게 몸을 고쳐 세웠다. 그리고 눈을 크게 떴다.

"다른 생각은 하지 말고, 그래요, 일체 다른 생각은 생각도 말고!" 그녀가 말했다. "지금 우리에게 가장 중요한 일에 대해서만 집중하는 거예요. 타작은 좀 이제 멈추고, 제발 조용히 좀 해요. 삼촌!"

 얀이 자신의 말을 따를 때까지, 그녀는 잠시 기다렸다.

 "지난밤 꿈속에 삼촌이 저를 찾아왔어요. 정말이에요. 삼촌이 찾아왔길래, 저는 이렇게 말했죠. '산보 중이세요? 스크롤리카 마을에서 온 삼촌?' 그러자 삼촌이 이렇게 말하는 거예요. '아냐, 난 렝테달라나 마을에서 온 얀이야.' 그래서 제가, '아 그래요? 이곳에 오신 걸 환영합니다. 이곳은 제가 평생을 살아온 곳이에요'라고 말했죠."

 그 말을 남기고 조카는 불쑥 헛간 문 너머로 사라졌다. 그녀의 이해할 수 없는 말에 놀란 얀은 잠시 하던 일을 멈추고 생각에 잠기기 시작했다.

 잠시 후, 그녀가 다시 모습을 드러냈다.

 "지금 생각났어요. 제가 여기에 온 이유가요." 그녀가 말했다. "삼촌께 제 별들을 보여 드리고 싶었어요."

 그녀의 손에는 천으로 꽁꽁 싸맨 작은 바구니가 들려 있었다. 매듭을 풀기 위해 끙끙대면서도 그녀는 말을 멈추지 않았다.

 "이게 진짜 별이거든요. 렝테달라나 마을 사람들은 세속적인 물건만으로는 절대 만족을 못 하거든요. 그래서 사람들은 어쩔 수 없이 별을 찾아 길을 나서야 해요. 다른 방법이 없어요. 삼촌! 삼촌도 이제 삼촌만의 별을 찾아 나설 때가 된 거예요."

"오, 맙소사. 잉보리야!" 얀이 말했다. "난 이 땅 위에 존재하는 것들만으로도 충분해."

"그런 소리 하지 마세요!" 그녀가 말했다. "제가 미쳤다고 하늘에 떠 있는 별들을 찾아다닌다고 생각하시는 거예요? 전 그저 땅 위로 떨어진 별들만 찾아서 주우려는 거예요. 전 아주 합리적인 사람이거든요."

마침내 그녀는 바구니의 덮개를 풀어서 열었다. 스톨 잉보리의 말처럼, 그 안에는 수많은 종류의 별들로 가득했다. 아마도 부유한 집안의 저택들을 돌아다니며 받은 것으로 보였다. 주석으로 만들어진 별들, 종이를 접어서 만든 별들, 유리로 반짝이는 별들, 그리고 크리스마스 장식용 별들이 바구니에 한가득 담겨 있었다.

"이건 진짜 별들이에요." 그녀가 말했다. "하늘에서 떨어진 별들이죠. 삼촌이 유일해요. 제 별들을 본 사람은요. 삼촌도 곧 별이 필요할 순간이 올 거예요. 그때가 되면, 언제든 나를 찾아오세요. 이 중에서 몇 개는 빌려 드릴게요."

"고맙구나. 잉보리야!" 얀이 말했다. "내가 별이 필요할 때가 온다면, 뭐 그렇게 오래 걸리지 않을 수도 있겠지. 그렇지만 난 네가 모은 별을 달라고 부탁하진 않을 거 같구나."

마침내 조카는 떠났지만, 일이 손에 잡히진 않았다.

이번 일 역시, 하나의 신호일지도 몰랐다. 지적 장애가 있는 잉보리 같은 아이가 클라라의 행방을 알 리는 없었지만,

조카는 언제나 무언가 특별한 일이 일어날 기운을 감지하는 타고난 감이 있었다. 그녀는 평범한 사람들은 결코 감지해 내지 못하는 것들을 보거나 듣곤 했었다.

27. 기다림

공학자 보레우스는 거의 매일 오전이 되면 증기선을 맞이하기 위해 선착장으로 향했다. 그는 선착장과 멀지 않은 곳에서 살았는데, 숲이 무성한 공원 하나만 지나면 되는 거리였다. 증기선에선 언제나 낯설고 다양한 사람들이 오르내렸다. 그들과 나누는 몇 마디 대화는 시골 생활의 단조로운 삶에서 잠시나마 벗어나게 해주는 작은 즐거움이었다.

공원의 경계선 근처에는 땅에서 솟아난 커다랗고 벌거벗은 바위들이 있었다. 그 바위들을 지나치면 선착장으로 내려가는 가파른 길로 연결되었다. 먼 길을 걸어 선착장으로 향하는 사람들은 종종 그 바위 위에 앉아 배를 기다리곤 했다. 언제 배가 도착할지 알기 어렵기 때문에, 부두에는 늘 수많은 사람들이 기다리고 있었다. 배가 오전 12시 이전에 도착하는 일은 드물었다. 그렇지만 예상치 않게 11시쯤 도착하는 경우도 있었고, 때에 따라서는 오후 1시나 2시까지 지연되는 경우도 있었다. 따라서 증기선을 타려면 넉넉하게 아침

10시쯤은 선착장 근처에 미리 도착해 긴 시간을 기다려야 했다.

공학자 보레우스의 집 창문에서 바라보면 호수와 연결되는 뢰벤 앞바다가 훤히 내려다보였기에, 증기선이 곶 뒤에서 모습을 드러내는 순간을 누구보다 먼저 볼 수 있었다. 따라서 다른 사람들처럼 너무 이른 시간에 선착장으로 내려가 기다릴 필요가 없었다. 그는 늘 배가 도착할 적절한 시간에만 부두를 찾았다. 물론, 큰 바위에서 기다릴 필요도 없었다. 다만 바위 위 한구석을 차지하고 앉아서 기다리는 사람들을 지나치며 무심한 눈으로 그들을 흘끔 바라볼 뿐이었다.

어느 여름날이었다. 공학자는 날마다 부두에 모습을 드러내는 한 왜소한 사내를 눈여겨보지 않을 수 없었다. 그 사내는 온종일 아무런 말 없이 무덤덤한 표정으로 큰 바위 위에 앉아서 기다렸다. 그러다 증기선이 수면 위로 모습을 드러내면 순식간에 환희로 가득 찬 얼굴로 변하더니, 앉은 자리에서 힘껏 뛰어올랐다. 그리고 경사진 길을 달려 내려가 선착장 끝에 서서 마치 누군가를 반갑게 맞이할 준비를 했다. 그러나 어느 누구도 그의 앞으로 다가오는 사람은 없었다. 잠시 후 배가 떠나면, 그는 이전과 똑같이 외로이 홀로 남겨졌.

사내의 얼굴에서 잠깐 빛났던 기쁨은 사라지고 없었다. 오르막길을 다시 올라갈 힘이 남아 있을지 의문이 들 정도로, 집으로 향하는 그의 모습은 늙고 지쳐 보였다.

공학자는 그 사내를 알지 못했다. 그러나 맑고 화창한 어느 날 그가 다시 바위 위에 앉아 호수를 바라보는 모습을 보자 그와 이야기를 나누기로 결심했다. 그리고 곧 공학자는 그의 사연을 듣게 되었다. 그 사내는 집을 떠난 딸을 기다리고 있었고, 오늘이 바로 딸이 집으로 돌아오는 날이라고 했다.

"딸이 오늘 정말로 온다고 확신하는 거요?" 공학자가 물었다. "사실 제가 몇 달 동안 당신이 이곳에서 하염없이 기다리는 모습을 지켜봤거든요. 아마도 딸이 잘못된 소식을 준 게 아닐까 싶어서요."

"아뇨. 그럴 리가 없어요." 사내는 조용히 말했다. "우리 딸이 잘못된 소식을 전한 적은 한 번도 없습니다. 결코요."

"그렇지만!" 성격이 불같은 공학자가 조금 거친 말투로 말했다. "지금 당신이 하는 말은 말이 되지 않잖소? 매일같이 여기에 앉아서 기다리지만, 딸은 돌아오지 않잖아요? 그런데도 잘못된 소식이 아니라는 말이요?"

"네, 아닙니다." 왜소한 사내가 말했다. 그리고 수정처럼 맑고 온화한 눈으로 공학자를 올려다보았다. "딸아이는 그럴 수밖에 없었거든요. 우리 딸은 어떤 소식도 전하지 않았습니다."

"편지를 받은 게 아니란 말입니까?" 공학자가 물었다.

"네, 우리 부부는 작년 10월 1일 이후로 어떤 편지도 받지 못했습니다."

"그럼 도대체 왜 매일 이곳까지 내려오는 건가요?" 공학자가 의아해하며 물었다. "아니, 매일 오전이 되면 이곳에 앉아서 아무것도 하지 않고 기다리기만 하지 않소? 일할 시간인데, 이러고 있어도 괜찮은 거요?"

"아뇨. 그건 제 잘못이죠." 사내가 작은 미소를 지으며 말했다. "그렇지만 결국 이 모든 일은 잘 풀릴 거예요."

"아니, 이보쇼!" 공학자가 격분하며 소리쳤다. "이걸 지금 제정신으로 하는 말이요? 이렇게 아무런 이유도 없이 앉아서 주야장천 기다리고 있다고요? 당신 정말 정신이 나간 게 아니요?"

사내는 아무 말이 없었다. 조용히 쪼그리고 앉아서 두 팔로 무릎을 감싸고 있을 뿐이었다. 그의 입가에는 잔잔한 미소가 어른거렸다. 그리고 시간이 흐를수록 그 미소는 확신으로 가득 차오르고 있었다.

공학자는 어깨를 한 번 으쓱하곤 자리를 떠났다. 그러나 내리막길을 반쯤 내려왔을 때 갑자기 가던 길을 멈추고 되돌아섰다. 찡그렸던 눈가의 냉혹한 표정은 사라지고 없었다. 대신 온화한 표정이 그의 얼굴에 번져 있었다. 공학자는 사내에게 손을 내밀었다.

"내 그저 당신과 악수나 한번 하고 싶소." 공학자가 말했다. "이 지역에서 나만큼 깊은 그리움을 이해하는 사람은 없을 거라고 자만했는데, 이제 보니 당신이 나보다 더한 사람이란 걸 알게 되었네요."

28. 여황

 클라라가 집을 떠난 지 무려 13개월이 넘어가고 있었다. 그러나 얀은 어떠한 의심이 섞인 말은 한마디도 하지 않았다. 그는 딸아이에게 일어난 큰 변화에 대해 이미 알고 있었다. 그러나 딸아이가 집으로 돌아올 때까지 입을 굳게 닫기로 결심했다. 얀이 이미 모든 진실을 알고 있다는 걸 클라라가 눈치채지 못하게 해야만 했다. 그래야 딸아이가 모든 영광을 안고 집으로 돌아왔을 때, 그 기쁨이 훨씬 크지 않겠는가?
 그러나 세상의 모든 일은 예상과는 다르게 흘러가기 마련이다. 어느 날, 얀은 그가 알고 있던 진실을 털어놓을 수밖에 없었다. 그건 자신을 위해서가 아니었다. 그렇다. 사람들이 얀을 남루한 옷이나 입고 돌아다니며, 허름한 오두막에 거주하는 뒷방 늙은이로 생각해도 상관없었다. 이 모든 것은 클라라를 위한 일이니까, 아비로서 얼마든지 인내할 수 있었다. 그러나 그날은 얀도 어쩔 수가 없었다. 자신이 그동안 꽁꽁 숨겨 왔던 그 거대한 비밀을 말할 수밖에 없는 처지에 몰리게 되었다.
 8월 초의 어느 날이었다. 얀은 여느 날과 같이 선착장으로 내려가 클라라를 기다리고 있었다. 매일 선착장으로 향하는 얀의 마음은 딸이 오늘은 반드시 올 것이라는 희망으로 가득했다. 그런 희망을 품지 않을 수 없었다. 그리고 클라라도 그런 아비를 탓하지는 못할 것이다.

증기선이 막 정박했지만, 얀은 클라라가 배에 타고 있지 않다는 것을 확인할 수 있었다. 이 정도의 시간이 흘렀다면 클라라가 모든 일을 마무리하고 집으로 돌아올 때가 되었다고 얀은 생각했다. 그러나 여름 내내 그랬던 것처럼, 또다시 새로운 장애물이 그녀의 앞길을 막아선 것으로 보였다. 그런 문제가 생겼다면 클라라도 딱히 어찌할 수가 없는 일이니, 이해를 해야만 했다.

얀은 오늘 클라라가 오지 않은 걸 참으로 아쉬워했다. 선착장에는 웬일인지 그녀의 옛 친구들이 유난히 많이 모여 있었기 때문이었다. 스톨빅 국회의원 칼 칼손, 그리고 오구스트 델놀도 눈에 보였다. 그뿐만이 아니라, 비욘 힌드릭손의 사위도, 심지어 늙은 시계 수리공인 아그리파 프레스트베리까지 우연히 이곳에 모여 있었다. 물론 아그리파는 클라라에게 좋지 않은 감정을 가지고 있었다. 안경으로 그를 기만한 이후로 말이다. 기품과 위엄을 갖춘 클라라가 오늘 배 위에 모습을 드러냈다면 어땠을까? 그리고 늙은 시계 수리공이 그 모습을 보면 또 어떠했을까? 상상하는 것만으로도 흥미로운 일이 아닐 수 없다고 얀은 생각했다.

그러나 클라라는 끝내 모습을 드러내지 않았고, 결국 얀은 집으로 돌아갈 수밖에 없었다. 그가 막 선착장을 떠나려던 그 순간, 심술궂게 늙은 아그리파가 그의 앞길을 가로막았다.

"오호." 아그리파가 말했다. "오늘도 어김없이 딸을 찾아 여기까지 온 건가?"

아그리파와 같은 사람과는 말을 섞지 않는 게 최선이었다. 얀은 아무 말 없이 조용히 그를 피해 옆으로 지나치려 했다.

"그래 이해하네, 딸이 그렇게 귀한 아가씨가 되었다니, 자네가 만나고 싶어 하는 것도 당연한 일이겠지." 아그리파가 말했다.

그 순간, 오구스트가 황급히 다가와 아그리파의 팔을 잡아끌며 그의 입을 막으려 했다. 하지만 아그리파는 그럴 생각이 없었다.

"아니, 뭐. 온 동네 사람들이 이미 다 알고 있는 일인데." 아그리파가 말했다. "그렇다면 부모라는 사람도 이제는 알 때가 된 게 아닌가? 안 그래? 얀 안델손이야, 좋은 사람이지. 암, 그렇고말고! 그렇지만 자넨 딸을 너무 버릇없이 키웠어. 내가 더는 눈 뜨고 볼 수가 없어서 그래, 자네가 하루가 멀다 하고 여기로 달려와서 딸을 기다리는 꼴을 말야…"

순식간에 일어난 일이었다. 아그리파는 클라라를 향해 너무나 모욕적인 말을 내뱉었다. 그건 딸의 아버지로서 차마 입에 담을 수조차 없을 정도로 끔찍한 말이었다. 심지어 머릿속으로도 생각하고 싶지 않았다.

　아그리파의 목소리는 너무 커서, 부두에 모여 있던 모든 사람이 그의 말을 들을 수 있을 정도였다. 그제야 얀은 지난 한 해 동안 깊은 침묵으로 지켜왔던 모든 진실을 말할 수밖에 없었다. 딸아이도 비밀을 지키지 못한 이런 아비의 마음을 이해할 것이다.

　얀은 해야만 하는 말을 했다. 그의 말투에는 분노도 자만도 담겨 있지 않았다. 그의 손은 공기를 가볍게 밀어내듯 휘저었고, 입가에는 미묘한 미소가 스쳐 지나갔다. 마치 이런 대답을 해야만 하는 상황이 경멸스럽다는 듯이 보였다.

"여황이 오는 날…" 얀이 말을 시작했다.

"여황? 여…황… 같은 소리 하고 있네. 그게 대체 뭐요?" 아그리파가 말을 꺼냈다. 마치 그는 클라라의 높아진 위상에 대해 아는 게 전혀 없는 사람처럼 보였다.

　그러나 얀은 아그리파의 말에 신경 쓰지 않았고, 여전히 침착한 태도를 이어서 말했다.

"위대한 포르투갈의 여황이 된 클라라가 이 부두에 모습을 드러낼 때도 아그리파, 당신은 이처럼 무례할 수 있을까요? 여황의 머리에는 황금 왕관이, 일곱 명의 왕이 그녀의 망토를 조심스럽게 받쳐 들 것이고, 또한 일곱 마리의 사자가 그녀의 발끝에서 온순하게 웅크린 채 자리를 잡고 있고, 여황을 보호하기 위해 일흔 명의 용맹한 장군들이 검을 뽑아서 손에 들고 행진한다면? 그래도 이 무례하기 짝이 없는 아그리파는 여전히 오늘처럼 행동할까요?"

얀이 말을 마쳤을 때, 사람들의 얼굴에는 놀라움으로 가득했다. 얀은 그런 사람들의 모습을 흡족하게 바라보며 가만히 서 있었다. 그리고 천천히 몸을 돌려 자리를 떠났다.

얀이 자리를 떠나려고 등을 돌린 바로 그 순간, 선착장은 경악과 요란한 소음이 뒤섞이기 시작했다. 처음엔 얀도 별다른 신경을 쓰지 않으려 했다. 그러나 어디선가 갑자기 둔탁한 소리가 들렸고, 그곳으로 시선을 돌리지 않을 수가 없었다.

늙은 아그리파가 바닥에 쓰러져 있었고, 주먹을 꽉 쥔 오구스트가 그의 위에 서 있었다.

"이 빌어먹을 노인네야! 당신은 전부 다 알고 있었지? 그가 진실을 듣고 견뎌 낼 정신이 없다는 걸 말이야." 오구스트가 말했다. "당신의 그 추악한 몸에는 심장도 없을 거야."

얀은 그 모든 소란 속에서 들려오는 말을 들었다. 그러나 그런 난잡한 싸움을 보고 싶진 않았다. 그런 지저분한 갈등 속에 끼어들고 싶지도 않았다. 그는 조용히 언덕을 올라 자신의 길을 걸어갔다.

그런데 참 이상하게도, 얀이 사람들의 시선에서 완전히 벗어나자마자 갑자기 감당하기 어려운 무거운 슬픔이 그를 짓누르기 시작했다. 얀조차도 자신이 왜 이러는지 정확히 이해할 수 없었다. 이 눈물은 아마도 기쁨의 눈물일 것이다. 마음속에 꾹꾹 눌러서 숨겨 왔던 비밀을 마침내 입 밖으로 꺼낼 수 있게 된 기쁨의 눈물일 것이리라. 그는 마치 그의 작은 딸아이를 되찾은 것만 같았다. 오랫동안 잃어버렸던 그 작은 아이를 되찾은 것만 같았다.

29. 황제

9월의 첫 번째 일요일, 교회에 모인 사람들은 믿지 못할 광경을 목격하게 되었다.

교회에는 함선같이 생긴 넓은 발코니 연단이 있는데, 이곳은 귀족들을 위한 특별석이었다. 이곳의 첫 번째 줄의 오른쪽은 신사가, 그리고 왼쪽은 귀부인과 아가씨들이 앉았다. 물론 오래전의 일이고 지금은 마을 주요 인사들이 앉는 곳이 되었다.

일반인이 높은 연단에 앉는 것이 금지된 일은 아니었다. 교회 안의 모든 좌석은 교인들이 자유로이 선택해서 앉을 수 있었다. 그러나 가난한 농부나 일꾼 중에 그런 부담스러운 자리에 굳이 앉고자 하는 사람은 없었다.

귀족들이 높은 자리에 앉아서 예배를 드리는 과거의 모습을 얀은 머릿속으로 그려 보았다. 얼마나 우아하고 품위가 넘쳤을까? 물론 지금의 소위 상류층에 속하는 듀브네스 공장주, 뢰브달라 중위, 보레우스 공학자도 적당한 품격과 멋진 풍채를 가진 사람들이었다. 얀도 이를 부정할 생각은 없었다. 그러나 과거의 그 품격에는 한참 못 미치는 것이 사실이었다. 우리 교회 역사를 통틀어, 저런 자리에 진짜 황제가 나타나 앉은 적이 단 한 번이라도 있었던가?

그런데 오늘은 달랐다. 정말로 위엄과 품격으로 가득한 귀한 사람이 높은 연단에 앉아 있었다. 그는 커다란 은장식이 달린 긴 지팡이를 두 손으로 단단히 잡고 있었다. 머리에는 녹색 가죽으로 만든 높은 모자를 쓰고 있었다. 그리고 가슴에는 두 개의 커다란 별이 빛나고 있었다. 하나는 황금빛의 별이, 또 다른 하나는 은빛의 별이었다.

오르간 연주가 울려 퍼지자, 황제는 목소리를 높여 노래를 부르기 시작했다. 음정과 박자 모두가 엉망이었지만, 황제의 노랫소리는 뚜렷하게 교회 안을 채웠다. 사람들은 황제가 노래하는 모습을 보는 것만으로도 기뻐했다.

황제의 근처에 앉아 있던 신사들은 연신 고개를 돌려 그를 바라보았다. 물론 당연한 일이었다. 그들 곁에 이토록 신분이 높은 이가 같이 자리한 적이 없었기 때문이다.

교회에 들어서면 모자를 벗는 게 예의였다. 황제도 예외는 없었다. 그러나 그는 최대한 오랫동안 모자를 쓰고 있었다. 이는 사람들이 그가 위엄을 완벽하게 갖춘 모습을 충분히 감상할 수 있도록 한 배려였다.

그날 교회 아래쪽에 앉아 있던 많은 사람도 고개를 돌려 연단 위를 바라보았다. 설교보다는 황제의 모습에 더 시선을 빼앗긴 듯해 보였다. 그러나 그런 일은 교회 안에서 용납될 수 없었다. 저 평범한 일반 백성들도 곧 자신의 교회에 황제가 함께한다는 사실에 익숙해질 것이다.

사람들은 갑작스러운 그의 지위 상승에 다소 놀란 듯 보였다. 그러나 이해하기 아주 어려운 일은 아니었다. 그가 누구인가? 여황을 딸로 가진 아버지가 아닌가? 그러니 스스로 황제가 될 자격이 있었다. 그것 말고는 달리 해석의 여지가 따로 존재하지 않았다.

황제가 예배를 마치고 교회 앞마당으로 나왔을 때, 마을 사람들이 그에게 몰려들었다. 그러나 황제는 그들과 이야기를 나눌 틈도 없이, 종지기 스밧틀링이 다가와 교회 안으로 잠시 들어와 달라고 요청했다.

황제는 성구실 안으로 안내되었다. 그곳에는 문을 등진 채 목사가 높은 등받이 의자에 앉아서 국회의원 칼 칼손과 이야기를 나누고 있었다. 얀과 종지기가 안으로 들어섰을 때, 슬픔에 잠긴 목사의 목소리가 들렸다. 그는 눈물을 흘리고 있었다.

"저의 손에 맡겨진 두 영혼을 저는 구원하지 못했습니다." 목사가 말했다. "너무나 소중한 영혼을 허무하게 잃고 말았습니다."

"목사님께서 대도시에서 벌어지는 악행에 대해서까지 책임을 지실 필요는 없지 않습니까?" 국회의원이 그에게 위로의 말을 전했다.

그러나 목사는 쉽사리 마음을 진정할 수 없었다. 그는 젊고 아름다운 얼굴을 두 손으로 감싼 채 눈물을 흘렸다. "아닙니다. 절대 그런 일이 벌어지면 안 될 일이었지요." 그가 말했다. "겨우 열여덟에 불과한 어린 소녀가 아무런 보호도 받지 못한 채 세상 밖으로 내던져질 때, 전 무엇을 했단 말인가요? 그리고 딸이 세상의 전부였고 삶의 이유였던 그 아버지를 위해, 전 도대체 무엇을 해주었단 말인가요?"

"목사님은 이제 막 이 교구에 오셨을 뿐인걸요." 국회의원이 말했다. "굳이 책임을 논한다면, 이 상황을 잘 알고 있었던 우리 마을의 사람들이 더 책임을 통감할 일이죠. 그렇지만 도대체 누가 이렇게까지 일이 어그러질 줄 상상이나 했겠습니까? 젊은이들이 세상 밖으로 나가는 건 당연한 일입니다. 이 지역에 사는 저희 세대 또한 똑같이 세상 밖으로 내던져졌고요. 그리고 대부분은 잘 이겨 내서 살고 있지 않습니까?"

"오, 하나님. 제가 이 영혼과 이야기할 수 있도록 허락해 주십시오!" 목사는 간절히 기도했다. "그의 꺼져 가는 이성을 붙잡을 수 있기를…"

그 순간, 얀 옆에 있던 종지기가 헛기침을 했다. 그러자 목사는 고개를 돌려 그들을 바라보았다. 그리고 곧바로 자리에서 일어나 얀의 손을 따뜻하게 감싸 쥐었다.

"어서 오세요. 얀 씨!" 목사가 말했다.

목사는 큰 키에 훤칠한 인물을 가진 사람이었다. 온화한 푸른 눈동자와 부드러운 목소리로 맞이하는 그의 자비로운 태도를 거부하기란 어려운 일이었다. 그러나 이번만큼은 얀도 물러서지 않고, 자신의 품위를 지켜야 했다.

"더 이상 얀은 없습니다. 목사님. 이제부터 나는 포르투갈의 황제, 요하네스입니다. 앞으로 짐의 호칭을 제대로 불러주지 않는 자와는 어떤 말도 섞고 싶지 않습니다."

말을 마친 얀은 목사에게 아주 약간의 고개 끄덕임만 보이곤 모자를 다시 눌러썼다. 그리고 문을 열고 나갔다. 성구실에 남겨진 세 사람은 놀란 얼굴로 그의 사라지는 뒷모습을 바라보고 있었다.

3부

30. 황제의 노래

로빈 마을의 북쪽 숲 언덕에는 옛날에 사용하던 오래된 길이 있었다. 한때는 모든 사람이 이 길을 이용했지만, 새로운 길이 생기고 난 후로는 폐기되었다. 오래된 길은 경사진 언덕을 돌아가지 않고 직진하다시피 만들어졌다. 수많은 언덕과 산등성이를 거치는 가파른 길이라, 수레나 마차가 다니기엔 적합하지 않았다. 그러나 걸어가는 사람들은 이 빠른 지름길을 가끔 이용했다.

그 오래된 길은 여전히 국왕의 국도처럼 넓게 뻗어 있었는데, 아직도 노란 자갈로 깔끔하게 포장된 상태가 잘 보전되어 있었다. 이제는 다니는 마차가 없으니 바퀴 자국도 없었고, 먼지나 흙투성이 자국도 없었다. 그래서 오히려 예전보다 더 반듯하고 깨끗해 보였다. 길가에는 갯당근꽃, 뻐꾹채

꽃, 참꽃들이 나란히 줄을 맞추어서 자라고 있었다. 사람의 관리를 벗어난 도랑은 이제 풀로 뒤덮여 있었는데, 그 속에는 어린 전나무들이 뿌리를 내리고 자라고 있었다. 모두 비슷한 높이로 빽빽하게 줄지어 자라는 전나무는 마치 어느 저택 정원의 울타리 나무를 연상시켰다. 어느 누가 돌보진 않았지만, 그중 어느 하나도 말라비틀어진 나무가 없었다. 새순은 싱그럽고 밝은 초록색 빛을 띠었다. 아름다운 여름날, 푸른 하늘에 뜬 태양이 빛을 내리쬐면, 꽃과 나무들이 마치 꿀벌처럼 윙윙거리며 바람의 장단에 맞춰 흔들렸다.

처음으로 사람들에게 황제의 옷차림을 선보인 얀은 교회 예배를 마치고 집으로 돌아가는 길이었다. 오래된 길로 접어든 얀은 햇살이 따스하게 내리쬐던 날의 언덕을 오르려던 참이었다. 그때 전나무들의 노랫소리가 유난히 크게 들려왔다. 얀은 놀라지 않을 수가 없었다. 이처럼 뚜렷하게 들리는 전나무의 노래는 처음이었다. 그 순간, 왜 오늘따라 나무들이 유난히 큰 소리로 노래를 부르는지 알아보기로 마음먹었다. 서두를 필요가 전혀 없었던 그는 고요한 자갈길 한가운데에 앉았다. 지팡이는 옆에 내려놓았고, 모자도 벗어 이마에 맺힌 땀을 닦았다. 그리고 두 손을 모은 채 조용히 귀를 기울였다.

주변은 완벽하게 고요했다. 더운 공기는 움직임이 없었다. 그렇다. 이 작은 악기들을 움직이는 동력은 바람이 아니었다. 나무들은 그저 자신들이 느끼는 기쁨을 표현하고 있었다. 그건 싱그러운 생명력에 대한 기쁨의 노래였다. 전나무는 버려진 옛길에 평화로이 서 있었다. 아직도 수많은 세월이 그들 앞에 남아 있었다. 어느 날 누군가 나타나 나무를 베어 가기 전까지는 말이다.

물론 그들의 즐거운 마음을 이해 못 하는 바는 아니나, 그렇다고 오늘따라 이렇게 유난스럽게 노래를 부를 이유도 딱히 없었다. 그도 그럴 것이, 이렇게 아름다운 여름날을 매일같이 누려 왔던 그들이 아닌가? 그렇다면 굳이 오늘이 더 특별할 이유가 있을까?

길 한복판에 앉아 있던 얀은 그들의 노랫소리에 계속 귀를 기울였다. 어떤 높낮이도 없이 단조롭게 이어지는 소리는 멜로디라고 부를 수는 없었다. 그러나 나무들의 노랫소리는 그 자체로 아름다웠다.

사랑스럽고 아름다운 숲의 언덕에서 자라는 나무들이 기쁨과 행복을 느끼는 건 어쩌면 당연했다. 그러나 여전히 의문이었다. 이전에는 이렇게까지 아름답게 노래를 부른 적이 없지 않았는가? 얀은 전나무의 가느다란 가지들을 조심스레 살펴보았다. 싱그러운 녹색을 띤 전나무의 솔바늘 하나하나가 완벽한 장소에서 자라고 있었다. 그는 진한 송진 향을 가슴속 깊이 들이마셨다. 초원에서 자라는 어떤 풀도, 정원에서 피어난 어떤 꽃도 이처럼 향기롭진 않을 것이다. 얀은 전나무 가지에 달린 솔방울에 눈길을 돌렸다. 반쯤 자란 어린 솔방울의 비늘은 씨앗을 보호하기 위해 촘촘하고 질서정연하게 배열되어 있었다.

 전나무들은 지금 세상에서 벌어지는 모든 일들을 완벽하게 이해하고 있었다. 나무들이 원한다면 제대로 모양새를 갖춰 연주와 노래를 할 수도 있지 않을까? 그럼, 그들이 전하려는 의도를 뚜렷하게 이해할 수 있었을 텐데, 아쉬운 일이었다. 그러나 나무들이 들려주는 음은 단조로운 반복일 뿐이었다. 얀은 졸음에 눈꺼풀이 무거워지더니 잠에 빠져들기 시작했다. 이렇게 맑고 깨끗한 자갈길 위에서 몸을 뻗고 잠시 눈을 감는 것도 나쁘지 않아 보였다.

 '잠깐만, 이게 대체 뭐지?'

 얀이 머리를 땅에 대고 눈을 감으려는 순간이었다. 나무들의 노랫소리에 변화가 생겼다. 없던 박자가 생겨나더니, 뒤이어 멜로디도 살아나기 시작했다. 마치 교회에서 부르는 찬송가의 전주처럼 들렸다. 그리고 곧 가사도 뚜렷하게 들렸다.

 그렇다. 얀은 지금 이 숲속 길가에서 벌어지는 일을 이미 눈치채고 있었다. 하지만 입으로도 마음속으로도 발설하고 싶은 마음이 없었을 뿐이다. 전나무들의 속내는 분명했다. 이 모든 것이 얀을 위한 연주였다. 그건 의심의 여지가 없었다. 나무들은 얀이 깜빡 잠에 들었다고 생각해, 몰래 그를 위한 찬양의 노래를 부르고 싶었던 것이다.

 그들의 노래에는 깊은 울림이 있었다. 땅에 누워서 눈을 감고 집중하자 노랫소리가 더 뚜렷하게 들렸다. 얀은 한 소절도 놓치고 싶지 않았다.

첫 소절이 끝나자, 가사가 없는 아름다운 간주가 흘러나왔다. 이것이 바로 음악이 아니라면 무엇이겠는가? 버려진 길가에서 자라는 어린나무들만 노래를 부르는 게 아니었다. 숲 전체가 다 같이 노래하고 있었다. 오르간, 드럼, 트럼펫의 연주도 흥을 돋웠다. 조그마한 개똥지빠귀가 플루트를 불었고, 되솔새가 피리를 불었다. 흐르는 개울물도, 물의 정령도 속삭이듯 노래했다. 푸른 종꽃이 종을 치고, 딱따구리가 북을 치며 장단을 맞추었다.

이토록 아름답고 웅장한 노래를 얀은 들어 본 적이 없었다. 그리고 이렇게 온몸을 집중해서 음악을 들어 본 적도 없었다. 노래는 그의 귀에 착착 감기듯 들려왔고, 절대 잊을 수 없는 황홀한 경험이었다.

노래가 끝나고 숲이 다시 정적에 휩싸이자, 얀은 마치 꿈에서 깨어난 듯 벌떡 일어났다. 그는 숲이 불러 준 황제의 노래를 잊어버리고 싶지 않았다. 그래서 노래 가사를 머릿속으로 되뇌며 다시 부르기 시작했다.

여황의 아버지는
가슴 깊이 기뻐하네

뒤이어 후렴이 나왔는데, 얀은 그 내용을 완전히 이해할 수는 없었다. 그럼에도 불구하고 계속 노래를 불렀다. 아마도 이런 가사였을 거라고 짐작했다.

신문이 전한 소식과 같이
오스트리아, 포르투갈, 메츠, 일본이 그랬던 것처럼
붐, 붐, 붐, 굴러가네.
붐, 붐.

황금 왕관은 그의 모자가 되고
황금 군도가 그의 총이 되네
신문이 전한 소식과 같이
오스트리아, 포르투갈, 메츠, 일본이 그랬던 것처럼
붐, 붐, 붐, 굴러가네.
붐, 붐.

황금 사과가 그의 주식이 되었네
더 이상 순무를 먹을 일이 없네
신문이 전한 소식과 같이
오스트리아, 포르투갈, 메츠, 일본이 그랬던 것처럼
붐, 붐, 붐, 굴러가네.
붐, 붐.

황제가 오두막에서 나오면
신하들이 고개 숙여 인사하네
신문이 전한 소식과 같이
오스트리아, 포르투갈, 메츠, 일본이 그랬던 것처럼
붐, 붐, 붐, 굴러가네.
붐, 붐.

황제가 숲속으로 들어서면
작은 잎사귀 하나하나가 기쁨으로 빛나네
신문이 전한 소식과 같이
오스트리아, 포르투갈, 메츠, 일본이 그랬던 것처럼
붐, 붐, 붐, 굴러가네.
붐, 붐.

후렴구 '붐, 붐'이 노래의 웅장함을 더했다. 얀은 '붐' 소리에 맞춰서 지팡이를 땅에 강하게 내려찍었고, 동시에 목소리도 최대한 높여 강조해서 불렀다. 숲 전체가 울림으로 가득할 정도로 그는 반복해서 노래를 불렀다. 이 노래에는 특별한 무언가가 있음이 분명했다. 얀은 계속해서 몇 번이고 같은 노래를 불렀지만, 결코 질리지 않았다.

이렇게 황제의 노래는 특이한 방식으로 작곡되었다. 얀의 인생을 통틀어 이렇게 귀에 쏙쏙 들어오는 멜로디를 들어 본 적이 없었다. 이것이야말로 이 곡이 얼마나 특별한지 보여 주는 증거였다.

31. 8월 17일

지난 8월 17일, 얀이 딸과 함께 처음으로 방문한 뢰브달라 축제는 그가 원했던 만큼 명예롭게 끝나지 않았다. 비록 축제가 해를 더할수록 더욱 성대해지고 흥을 더해 가고 있다고 사람들은 말했지만, 그날 이후로 얀이 축제를 다시 찾은 일은 없었다.

그러나 딸이 여황의 권좌에 올라선 이후로 모든 상황은 달라졌다. 이제 얀은 포르투갈의 황제 요하네스가 아닌가? 황제와 같은 위대한 인사가 이 생일을 축하해 주지 않는다면, 릴리에크로나 중위는 큰 실망을 할 게 분명했다.

얀은 황제의 의복을 갖춰 입고 길을 나섰다. 하지만 첫 번째 방문객들과 섞이지 않도록 주의했다. 황제의 고귀한 신분을 고려하면, 너무 일찍 행사장에 모습을 드러내지 않는 것이 중요했다. 대부분의 참석자가 어느 정도 자리를 잡고 즐거움이 시작될 즈음에 모습을 드러낼 생각이었다.

지난번 축제 때는, 중위에게 다가가 인사를 건넬 생각은 엄두도 내지 않았던 그였다. 정원과 저택으로 연결되는 모래

사장 길이 그가 접근할 수 있는 최대치라고 생각했다. 그러나 이번에는 그럴 필요 없이, 저택 왼편에 위치한 넓은 정자를 향해 곧바로 걸어갔다. 중위는 그곳에서 여러 다른 마을에서 온 신사들과 환담을 나누고 있었다. 얀은 중위와 악수하며 생일 축하와 더불어 기쁜 날들이 함께하길 기원한다는 덕담을 건넸다.

"아니, 얀 씨. 산보하러 나오신 건가요?" 중위가 약간 놀란 어투로 말했다. 그는 이런 큰 영광을 누리게 될 것을 미처 짐작조차 못 한 사람처럼 당황하는 바람에, 깜빡 중요한 사실을 잊어버리고 말았다. 중위가 그만 황제의 예전 이름을 부르고 말았다.

그러나 중위의 선량한 성품을 잘 알고 있는 얀은 참을성 있게 그의 실수를 바로잡아 주었다.

"오늘은 중위님의 생일이니 그렇게 엄격히 따질 필요는 없지만," 얀이 말했다. "다음번에는 황제의 정식 호칭을 잊지 말게. 포르투갈 황제 요하네스!" 자신이 할 수 있는 최대한의 부드러운 어투였다. 그러나 곁에 앉아 있던 다른 신사들은 중위의 어리석은 실수에 그만 웃음을 터트리고 말았다. 오늘이 중위의 생일을 축하하기 위해 모인 자리인 만큼 그를 당혹스럽게 만들고 싶지 않았던 얀은 황급히 화제를 돌렸다.

"안녕들 하시오? 엇흠, 아주 좋은 날입니다. 친애하는 우리 장군님들, 주교님들, 그리고 주지사님들!" 얀은 황제다운 근엄한 손동작으로 모자를 들어 올리며 각 참석자에게 인사를 건넸다. 그리고 주요 인사들 사이를 돌며 악수를 나눌 생각이었다. 잔치에 초대받은 황제로서 당연히 할 일이었다.

중위의 바로 옆에는 키가 작고 몸집이 통통한 한 남자가 앉아 있었다. 그는 황금빛 별이 달린 흰색 조끼를 입고 있었고, 허리춤에는 검을 차고 있었다. 얀이 이 남성에게 다가가자, 그는 손 전체를 내밀어 악수를 청하지 않고 성가신 듯 두 손가락만 살짝 내밀었다. 그가 어떤 악의를 품고 이런 방자한 짓을 하는 건 아닐지도 몰랐다. 그러나 포르투갈 요하네스 황제는 이런 무례한 상황 속에서도 자신의 위엄을 잃어서는 안 된다는 것을 잘 알고 있었다.

"자네는 내게 손을 제대로 정중하게 내밀어야 하지 않겠나? 친애하는 주지사님." 얀이 아주 친절하게 말했다. 그는 기쁜 자리의 흥을 망치고 싶지 않았다.

주지사는 코를 찡그리며 얀을 올려다보았다.

"조금 전의 말을 들어 보니, 중위님이 당신을 얀 씨라고 불러서 불만이 있는 거 같더군요." 주지사가 말했다. "그런데 당신은 어떻게 감히 내게 '자네'라고 부를 수 있죠? 이거 안 보여요?" 그가 자신의 예복에 달린 작고 초라한 세 개의 별을 손으로 가리키며 말했다.

그의 말을 듣고, 얀은 더 이상 겸손하게 행동할 필요가 없음을 깨달았다. 그는 외투를 걷어 올렸다. 그러자 속에 감춰져 있던 금과 은으로 장식된 크고 화려한 메달이 모습을 드러냈다. 이 메달은 연약하고 쉽사리 색이 변하거나 손상될 수 있었기에, 평소에는 외투 속에 잘 감추어 두었다. 또한 사람들은 얀과 같은 위대한 인물과 함께 있으면 자연스레 불편한 감정을 느꼈다. 그렇기에 쓸데없이 일반 시민들을 위축시키고 싶지 않았다. 그러나 이젠 그런 그도 어쩔 수 없이, 자신이 가진 높은 위엄을 드러내야 할 순간이 되었다.

"에헴, 이걸 보시게. 어디서 감히!" 얀이 말했다. "초라하기 짝이 없는 별 세 개? 이 정도는 되어야지. 어디서 그런 초라한 걸로 자랑질을 한단 말인가? 어헛!"

이제야 주지사가 황제에게 존경을 표할 순간이었다. 그리고 여황과 제국의 진실에 대해 잘 알고 있는 사람들은 큰 조롱의 웃음을 터트렸다.

"어이쿠, 세상에 맙소사!" 주지사가 자리에서 황급히 일어나며 말했다. 그리고 허리를 굽혀 제대로 된 경의를 표했다. "제 앞에 서 있는 분이 진정한 황제임에 틀림이 없군요. 심지어 저의 당돌한 말 공격에도 당당하게 응대할 줄도 아시는 분이라니, 그런 분을 몰라뵈었습니다."

이것이 바로 황제의 덕이었다. 그는 신분이 한참 낮은 사람과도 별 탈 없이 어울리는 법을 잘 알고 있었다. 처음에는 삐딱한 태도로 손가락 두 개만 내밀던 사람이 이제는 포르투갈 황제와 이야기를 나누는 것 자체만으로도 기뻐하지 않는가?

이제는 정자에 앉아 있던 신사들 중에 황제에게 예를 갖춰 인사하길 거부하는 사람이 더는 없었다. 처음의 놀라움과 어색한 순간이 지나가자, 신사들은 황제가 같이 있기 어렵거나 까다로운 사람이 아니라는 것을 깨달았다. 신사들은 여느 사람들과 마찬가지로 여황으로 등극한 딸의 귀향에 대한 이야기를 듣고 싶어 했다. 마침내 그들 사이에 친밀함이 생겨났고, 얀은 숲에서 배웠던 황제의 노래도 불러 주었다. 어쩌면 그들에겐 분에 넘치는 은혜를 베푸는 일일 수도 있었다. 그러나 신사들은 얀이 하는 모든 말을 기뻐하며 경청했기에, 그 뜨거운 응대에 차마 찬물을 끼얹을 수는 없었다.

얀이 목소리를 높여 노래를 부르기 시작하자, 주변은 작은 소동에 휘말렸다. 다른 응접실 소파에 앉아서 다과를 즐기던 나이가 지긋한 귀부인들과 장군 부인들까지 정자 쪽으로 몰려들었다. 게다가 무도회장에서 춤추던 젊은 남작들과 여성들도 그의 노래를 들으러 달려왔다. 그렇게 몰려든 청중들은 얀 주변으로 촘촘하게 빙 둘러섰으며, 모든 사람의 시선은 얀에게로 향하고 있었다. 이제야 사람들이 황제에게 걸맞은 높은 관심을 보였다.

당연한 일이지만, 청중들은 이렇게 특별한 노래를 들어 본 적이 없었다. 얀의 노래가 끝나자, 사람들은 다시 한번 더 불러 달라고 간청했다. 얀은 잠시 망설이며 거절했다. 황제가 너무 가벼이 행동해선 안 될 일이었다. 그러나 부탁을 들어 줄 때까지 청중들은 포기하지 않고 계속 졸랐다. 마지못해 얀은 노래를 다시 부르기 시작했다. 노래가 후렴구에 이르자, 모여든 사람들 모두가 노래를 따라 부르기 시작했다. '붐, 붐' 부분이 나오자, 젊은 남작들은 발로 땅을 힘껏 굴렀고, 젊은 여성들은 손뼉을 치며 장단을 맞추었다. 정말 놀라운 노래가 아닐 수 없었다. 화려한 의복을 갖춰 입은 많은 사람이 얀과 함께 노래를 따라 불렀다. 아름다운 젊은 여인들은 그에게 다정한 눈길을 보냈으며, 씩씩한 젊은 신사들은 구절이 끝날 때마다 '브라보!'를 외쳤다. 그 순간, 얀은 마치 춤을 추는 것처럼 현기증을 느꼈다. 무언가가 그를 품에 안고 공중으로 힘껏 들어 올리는 듯한 느낌이었다.

그렇다고 얀이 이성을 잃은 것은 아니었다. 그가 여전히 두 발로 땅을 딛고 서 있음을 잊지는 않았다. 그렇지만 그와 동시에 이 상황이 얼마나 황홀한지 마치 높은 곳에 두둥실 뜬 것처럼 느껴졌다. 한쪽에서는 명예가, 다른 한쪽에서는 영광이 그를 떠받치고 있었다. 그리고 강한 날갯짓으로 얀을 들어 올려서, 저녁노을로 붉게 물든 구름 사이에서 떠다니는 왕좌의 자리에 앉혀 놓았다.

단 하나 부족한 것이 있었다. 생각해 보라, 만약 위대한 우리 여황, 작은 소녀 클라라가 이곳에 함께 있었다면! 그런 생각에서 미처 빠져나오기도 전에, 얀은 앞마당에서 번져 나가는 신비로운 붉은 빛을 목격했다. 조심스레 자세히 살펴보니, 그 빛은 붉은 드레스를 입은 어떤 젊은 여성으로부터 나오고 있었다. 그녀는 정원 건너편 언덕 위에 있는 집에서 이제 막 나와 현관 앞에 서 있었다.

큰 키의 그녀는 풍성한 금발 머리를 흩날리고 있었다. 얀이 있는 곳에서는 그녀의 얼굴을 확실히 볼 수는 없었지만, 의심의 여지가 없었다. 그녀는 바로 클라라였다. 이제야 얀은 깨달았다. 오늘 밤, 왜 이렇게 황홀한 기분이 들었는지 말이다. 그건 소중한 딸이 얀과 가까운 곳에 있다는 암시였다.

얀은 부르던 노래를 중간에서 끊었다. 그리고 길을 막고 선 사람들을 밀쳐 내며, 붉은 드레스를 입은 젊은 여성을 향해 달려갔다. 그가 현관 맨 아래 계단에 도착했을 때, 심장이 마치 찢어질 듯 너무 격렬하게 뛰는 바람에 잠시 멈춰 설 수밖에 없었다. 잠시 숨을 고르고 힘을 되찾은 얀은 다시 앞으로 나아갔다. 느린 걸음으로 계단을 하나씩 올라 마침내 현관 바로 앞에 도착한 순간이었다. 그는 두 팔을 활짝 벌리며 낮은 목소리로 딸의 이름을 불렀다.

눈앞에 있던 소녀가 얀을 향해 몸을 돌렸다. 그러나 그녀는 클라라가 아니었다. 낯선 얼굴의 그녀는 화들짝 놀란 눈으로 얀을 바라보았다. 그는 어떤 말도 내뱉을 수 없었다. 그리고 눈물이 억수같이 쏟아지기 시작했지만, 흐르는 눈물을 막을 방도는 없었다. 그는 다시 계단을 힘없이 내려가며, 모든 환희에서 몸을 돌려 멀어졌다. 그렇게 얀은 느린 걸음으로 내리막길을 걸으며 점차 사람들의 시야에서 멀어져 갔다.

　축제에 참가한 사람들은 얀을 향해 소리쳐 불렀다. 그들은 그가 다시 돌아와 자신들을 위해 황제의 노래를 계속 불러주길 원했다. 하지만 얀은 사람들의 외침이 귀에 들리지 않았다. 오히려 최대한 빠르게 숲속으로 몸을 감췄다. 그곳에서야 비로소 자신의 주체할 수 없는 슬픔을 감출 수 있었다.

32. 얀과 카트리나

　황제가 된 이후로 얀은 많은 고심에 빠졌다. 자신의 위대한 지위가 자만으로 잠식되지 않도록 철저히 경계해야만 했다. 그리고 항상 명심할 점은, 우리 인간들은 모두 같은 본질을 바탕으로 탄생했으며, 태초의 한 부모로부터 갈라졌지만, 그 뿌리의 시작점은 같다는 점, 그리고 우리 모두 연약하고 불완전한 존재라는 점이었다. 그렇기에 어느 한 사람이 타인보다 우월할 수 없다는 사실을 잊지 말아야 했다.

　얀은 평생을 살아오면서 다른 사람보다 더 높은 지위를 가지려 애쓰는 이들을 지켜보았다. 그러나 그는 그럴 마음이 조금도 없었다. 그럼에도 이번 일을 계기로, 신분이 높은 사람이 마음에서 우러난 겸손을 유지한다는 게 얼마나 어려운 일인가를 깨닫게 되었다.

가장 많이 신경이 쓰였던 점은, 자신의 어떤 말이나 행동으로 인해 오랜 친구들이 소외감을 느끼진 않을까 하는 걱정이었다. 자신은 황제가 되었지만, 주변 사람들의 고된 삶은 변한 게 없었다. 어쩌면 자신에게 일어난 신분의 변화에 대해선 그들에게 말하지 않는 것이 현명한 선택일지도 몰랐다. 이제 온 지역에서 벌어지는 연회와 잔치에 참석하는 일은 황제의 공식적인 일과 중 하나가 되었다. 물론 오랜 친구들이 이질감을 느끼거나 질투심을 느낀다면 어쩔 수 없는 일이었다. 그럼에도 주변 지인들이 상대적 박탈감을 느끼지 않길 바랐다.

　예를 들어, 동료 보리에와 그물 장인 올뱅차 노인과 같이 오래 알고 지내는 친구들에게 자신을 이제부터는 황제라고 부르길 요구하고 싶진 않았다. 그런 지인들은 예전과 같이 '얀'이라고 불러도 상관이 없었다. 그들이 다른 호칭을 사용하는 건 상상하기 힘든 일이었다.

　그러나 얀이 가장 많이 배려하고 조심할 사람은 다름 아니라 바로 같은 오두막에 사는 그의 늙은 아내였다. 만약 카트리나도 얀처럼 신분이 급상승했더라면, 정말 다행이자 큰 기쁨이었을 테다. 그러나 안타깝게도 그런 일은 일어나지 않았다. 그녀는 여전히 예전의 신분을 그대로 유지하고 있었다. 어쩌면 당연한 일일지도 몰랐다. 클라라는 이런 상황을 잘 이해하고 있었기에, 카트리나를 황후로 만들어 줄 수 없었다. 머리에 황금 왕관을 쓰고 교회에 가는 카트리나의 모습을 상상할 수 없기 때문이었다. 그저 예전처럼 그냥 집에 머무르는 게 나았다. 그녀 또한 평소 머리에 쓰던 검은 숄이 아닌 다른 화려한 복장으로 교회에 가길 원하지 않을 게 분명했다.

또한 카트리나는 자신의 의사를 분명하게 전했다. 클라라가 여황이 되었다니 어쨌다니 하는 이야기는 더 이상 듣고 싶지 않다고 말이다. 그러니 이 모든 것을 고려했을 때, 그녀의 뜻을 따라 주는 게 가장 나은 선택이었다.

당연하게도 이건 쉬운 일이 아니었다. 오전 내내 부둣가에서 증기선을 기다리는 사람들에게 둘러싸여 황제로 대우받던 사람이 갑자기 집 문턱만 넘어오면 순식간에, 그리고 완벽하게 그 명예와 위엄을 내려놓기가 간단한 일이겠는가? 카트리나를 위해 장작과 물을 나르거나, 소일거리를 하면서 예전과 같은 이름으로 불리는 건 정말 견디기 힘든 일이었다.

카트리나가 이 정도 선에서 만족했다면 얼마나 좋았을까? 그러나 그녀는 얀에게 왜 예전처럼 품삯 일을 하지 않냐고 불평했다. 카트리나가 이런 불만을 늘어놓으면, 얀은 완전히 귀를 닫아 버리고 아무런 대꾸도 하지 않았다. 그는 알고 있었다. 포르투갈 여황이 곧 셀 수도 없을 만큼의 큰돈을 보내올 것이라는 사실을 말이다. 그렇기에 앞으로 허름한 작업복을 다시 입을 필요가 전혀 없었다. 만약 얀이 카트리나의 이런 요구에 굴복한다면 그건 여황에 대한 씻지 못할 모욕이 될 게 분명했다.

8월 말 어느 오후였다. 얀은 오두막 현관에 놓인 돌 위에 앉아서 작은 파이프 담배를 피우고 있었다. 그때 숲 근처에서 밝은색 옷자락이 스치듯 지나가는 모습이 눈에 보였다. 그리고 젊은이의 목소리가 희미하게 들렸다.

카트리나는 자작나무 숲으로 빗자루를 만들 잔가지를 베러 가기 전에 얀에게 말했다. "앞으로는 내가 팔라 농장에 가서 도랑 파는 일도 할 테니, 당신은 집에서 요리도 하고, 옷도 꿰매는 일을 하세요. 당신이 품삯 일을 하기엔 너무 고귀하다고 생각하니 어쩌겠어요." 얀은 아무런 대꾸를 하지 않았지만, 그런 말을 듣는 건 결코 쉬운 일은 아니었다. 그러나 어찌 되었든, 혼자 집에 남아 생각을 정리할 시간을 보낼 수 있게 된 것은 무척 다행이라고 생각했다.

카트리나가 숲속으로 모습을 감추자마자, 얀은 황제 모자와 지팡이를 집어 들고 젊은 여성들이 지나쳐 간 곳으로 달려갔다.

무려 다섯 명이었다. 그중에는 뢰브달라에서 온 젊은 여성이 세 명, 나머지 두 명은 낯선 얼굴인 걸로 보아 아마도 타 지역에서 온 뢰브달라 중위의 손님으로 보였다.

얀은 울타리를 건너 그들에게 다가갔다. "안녕들 하시오? 나의 친애하는 궁정 시녀들이여!" 그가 외쳤다. 그리고 모자를 크게 휘둘러 거의 땅에 닿을 정도로 과장되게 인사했다. 잠시 걸음을 멈춘 그들은 약간 당혹한 눈빛으로 그를 바라보았다. 그러자 얀은 조금 부드러워진 목소리로 한 번 더 인사를 건넸다.

"안녕하세요. 친애하는 황제님!" 젊은 여성들이 말했다. 다시 황제를 알현하게 되어 크게 기뻐하는 눈치였다.

이 젊은 숙녀들은 카트리나나 이 근처에 사는 여느 사람들과는 달랐다. 그들은 클라라에 대한 이야기를 듣는 것을 전혀 꺼리지 않았다. 오히려 최근에 새로 들은 소식은 없는지 물었고, 언제 여황이 집으로 돌아올 예정인지 물었다. 게다가 숙녀들은 오두막 안을 구경할 수 있는지도 물어보았다. 얀은 그들의 요청을 거절할 이유가 없었다. 카트리나는 집을 항상 깔끔하고 단정하게 정리해 두었기에, 누가 예고도 없이 불쑥 찾아와도 문제 될 게 없었다.

큰 저택에서 평생을 살아온 숙녀들이 허름한 오두막 안으로 들어왔을 때, 그들은 놀라지 않을 수 없었다. 이렇게 좁아터진 곳에서 그렇게 위대하신 여황이 탄생했다는 사실을 믿을 수가 없었기 때문이다. 여황이 어렸을 때는 익숙해서 괜찮았지만, 이젠 상황이 전혀 다르지 않은가? 만약 그녀가 집으로 돌아온다면 어떻게 될지 궁금했다. 여황은 이런 집에서 부모님과 사시게 되는 걸까? 아니면, 포르투갈로 돌아가시게 되는 걸까?

얀도 그들의 우려를 잘 알고 있었고, 또한 여황은 자신이 다스릴 제국이 있다는 것도 잘 이해하고 있었다.

"아마도 여황께서는 포르투갈로 돌아가셔야겠죠." 얀이 말했다.

"그렇다면 당신도 함께 떠나실 계획인가요?" 한 숙녀가 물었다.

이런 곤란한 질문은 애초에 던지지 않았더라면 좋았을 거라고 생각하며, 얀은 아무런 대답을 하지 않았다. 그러나 어린 숙녀는 자신의 궁금증을 쉽사리 떨쳐 버리지 못했다.

"아직 어떻게 할지 정리가 되지 않았나요?" 숙녀가 물었다.

그렇다. 얀은 이미 계획을 다 세워 놓았다. 다만, 다른 사람들이 자신의 선택을 어떻게 받아들일지 의문이었을 뿐이었다. 자세한 속사정도 모르는 사람들은 그가 황제로서 내린 결정이 틀렸다고 생각할지도 몰랐다.

"아니요. 저는 물론 집에 남아야겠지요. 카트리나를 혼자 두고 떠날 수는 없으니까요." 얀이 대답했다.

"그래요? 카트리나 씨가 같이 떠날 수도 있지 않나요?"

"그렇게는 힘들죠. 아내는 오두막을 떠날 수 없습니다. 그러니 저도 아내의 곁에 남아 있어야겠지요. 어려울 때나 즐거울 때나 서로에게 충실하겠다고 맹세한 사이니까요."

"그렇군요. 그런 결혼 서약은 당연히 어길 수 없죠. 충분히 이해하고도 남습니다." 이 모든 것에 대해 궁금함이 가장 많았던 숙녀가 말했다. 그리고 주변을 둘러보며 말을 이었다. "들었나요? 다른 숙녀분들, 포르투갈의 찬란한 부귀영화가 아무리 얀 아저씨를 유혹하더라도 결코 아내를 떠나지 않으려는 이 모습을요?"

숙녀들은 아주 기뻐하는 눈치였다. 그들은 얀의 어깨를 토닥거리며, 어렵지만 아주 옳은 결정을 내렸다고 말했다. 그들은 이것이 좋은 징조라고 말했다. 그리고 이 착한 아저씨 얀에게 아직 희망이 남아 있다고 속닥였다. 얀은 그들이 말하는 게 정확히 무슨 의미인지 이해하진 못했다.

숙녀들은 인사를 하고 오두막을 떠났다. 그들은 듀브네스 공장에서 열리는 잔치에 참석하기 위해 길을 서둘렀다.

그들이 떠나자마자 카트리나가 집 안으로 불쑥 들어왔다. 카트리나는 낯선 사람들 때문에 안으로 들어오고 싶지 않았던지, 문 바로 밖에서 기다리고 있었던 것이 분명해 보였다. 그러나 그녀가 얼마나 오랫동안 밖에서 기다렸는지, 그리고 얼마나 많은 대화를 엿들었는지는 알 길이 없었다. 어찌 되었든, 그녀의 얼굴은 오랜만에 한층 부드럽고 온화해 보였다.

"당신은 정말 엉뚱한 사람이에요." 그녀가 말했다. "다른 여자들이 당신 같은 남편을 두었다면 어떤 말을 할지 궁금하네요. 그러나저러나, 그래도 당신이 나를 떠나지 않겠다니, 그건 정말 다행스러운 일이에요."

33. 장례식

로빈에서 살던 비욘 힌드릭손의 장례식 부고가 얀에게는 전달되지 않았다. 유족들은 얀을 친척으로 여겨야 하는지 그렇지 않은지에 대해서도 확신이 서질 않았다. 그런 유족들의 입장은 충분히 이해하고도 남았다. 얀이 황제로 등극한 이후로 드높은 명예와 영광 속에서 살고 있었기에, 이제는 자신들과 신분의 차이가 나도 너무 난다고 생각했을 것이다. 게다가 황제가 장례식에 참석한다면 신경 쓸 일이 한두 가지가 아니었다. 예를 들어, 운구행렬은 가까운 가족을 중심으로 치러졌지만, 황제가 온다면 어떻게든 자리를 만들어 줄 수밖에 없었다.

유족들은 얀이 그렇게 까다로운 사람이 아니라는 걸 잘 알지 못했다. 그는 타인이 중요하게 여기는 가치에 대해서 이래라저래라 간섭하거나 강요한 적이 단 한 번도 없었다. 비록 지금은 무거운 권좌에 앉아 있지만, 그는 여전히 오래전에 우리가 알던 모습과 큰 변함이 없었다. 또한 행사에서 귀빈석 앞줄에 앉길 원하는 사람들의 자리를 빼앗을 마음도 없었다.

얀은 유족을 불편하게 하고 싶지 않았기에, 비욘의 저택에 마련된 장례식장엔 참석하지 않았다. 대신 곧장 교회로 향했다. 운구행렬은 아침 일찍 저택을 떠나 교회 공동묘지로 이

동할 계획이었다. 얀이 교회에 도착하고 조금 시간이 흘러 종이 울렸고, 이어서 길게 이어진 울음의 행렬이 교회 언덕으로 도착했다. 그제야 얀은 유족과 친지들 사이에 자리를 잡았다.

얀이 모습을 드러내자, 사람들은 다소 놀란 표정을 감추지 못했다. 그러나 이런 자신의 겸손한 행동에 놀라는 일반 시민들의 반응에 이미 익숙해진 그였다. 이젠 이런 일은 그저 담담하게 받아들일 수 있게 되었다. 당연히 참석자들은 그에게 가장 돋보이는 행렬의 앞자리를 내어 주고 싶었으나, 그럴 시간이 없었다. 이미 운구행렬은 교회 앞 묘지공원으로 향하고 있었기 때문이다.

아무 탈 없이 묘지 안장이 끝나고, 얀은 교회 안으로 들어가 여느 일반 사람들 틈에 끼어 앉았다. 이번에도 주변에 앉은 사람들은 당황하는 기색을 보였다. 그들은 왜 굳이 평민들 입장까지 고려해 그토록 고귀한 자리에서 내려와 자신들 사이에 끼어 있는지 궁금했다. 그러나 그럴 시간적 여유가 없었다. 곧바로 성가가 교회 안에서 웅장하게 울려 퍼지기 시작했기 때문이다.

예배가 끝나자, 운구행렬에 쓰였던 모든 마차가 교회 언덕으로 향했다. 얀은 교회까지 관을 실어 날랐던 큰 짐마차에 올라앉았다. 이제 이 마차는 빈 채로 집으로 돌아갈 예정이었기에, 그 누구의 자리를 대신 차지할 우려는 없었다. 비용의 사위와 딸들이 지나치며 몇 차례 얀을 바라보았다. 그들은 아마도 얀에게 더 좋은 앞자리를 내주지 못해서 걱정하는 듯한 모습이었다. 그러나 얀은 자신 때문에 이미 정해진 자리가 번거롭게 변경되는 걸 원하지 않았다. 그는 여전히 오래전에 우리가 알던 얀과 변함이 없이 수더분한 사람이었다.

교회를 떠나는 마차 위에서, 얀은 클라라가 아직 어렸을 적 부유한 친척들을 방문했던 때를 떠올리지 않을 수 없었다. 그렇다, 이젠 모든 상황은 바뀌었다. 이제 누가 더 많은 권력을 가지고 있는가? 더 빛나는 존경을 받는 사람은 누구인가? 그리고 누가 영광을 주는 위치에 서 있는가?

저택에 도착하자 조문객들은 아래층의 넓은 거실로 들어갔다. 잠시 후, 장례를 돕고 있는 이웃 주민들이 들어와 귀빈들을 위층에 따로 마련된 저녁 만찬장으로 안내하기 시작했다. 여러 조문객 중에 만찬에 먼저 참석할 중요한 손님을 선별하는 일은 어렵고도 중요한 일이었다. 이 많은 사람을 한꺼번에 모아서 식사하게 할 수는 없는 노릇이었고, 여러 차례에 걸쳐서 식사가 준비되었다. 여기 모인 사람들 중에는 첫 번째 만찬 자리에서 제외되는 것이 큰 모욕이라고 받아들일 사람도 꽤 있었고, 용납할 수 없을 정도로 감정적으로 받아들일 가능성도 있었다.

이런 상황을 그냥 대수롭지 않게 넘길 수도 있었다. 그러나 지금의 신분을 고려한다면, 첫 번째 귀빈 단체에 속하지 못하는 일은 황제로서 용납할 수 없었다. 그렇지 않다면, 사람들은 황제가 자신의 자리도 모른다고 오해할 수도 있었다. 그러나 크게 걱정할 일은 아니었다. 그런 불상사는 절대 일어나지 않을 것이다. 황제가 성직자와 귀빈들과 동석하는 건 너무나 당연한 일이다.

첫 번째 만찬 자리에 대한 안내는 더디게 진행되었다. 저택의 주인이 오랜 시간 공을 들였지만, 아직 얀의 순서는 다가오지 않았다. 그의 옆자리에는 미혼의 여성 두 명이 앉아 있었는데, 그 둘은 첫 번째로 만찬에 초대될 가능성이 없다고 생각했기에 아주 느긋하게 담소를 나누고 있었다. 그들은 비욘의 아들인 린날트가 아버지의 임종 전에 여유 있게 집으로 돌아와 화해할 시간을 가져서 다행이라고 말했다.

사실 비욘 부자 사이에 원한이 있진 않았다. 30년 전, 스무 살의 린날트는 결혼을 앞두고 있었다. 그는 아버지에게 농장을 물려줄 생각이 있냐고 물었고, 만약 그럴 마음이 없다면 이제 독립해서 자신의 길을 개척하고 싶다고 말했다. 그러나 비욘은 아들의 두 가지 계획에 모두 반대했다. 그는 아들이 예전과 같이 집에 남아서 농장을 돌보다 나중에 자신이 세상을 떠나면 그때 농장을 물려받길 원했다. 그러나 아들은 "그럴 마음이 없습니다. 아버지 밑에서 머물며 평생을 농장 일꾼으로 살고 싶지 않습니다. 차라리 세상 밖으로 나가 제 삶을 스스로 개척하고 싶어요. 그러나 제가 만약 아버지처럼 성공하지 못한다면 부자지간의 인연도 거기서 끝나겠지요" 라고 말했다. 이런 아들의 말에 "네가 네 길을 따로 가고 싶다면, 우리 관계는 기다릴 것도 없이 여기서 끝이다"라고 비욘이 딱 잘라서 매정하게 말했다.

그 후, 아들은 듀브 호수 동쪽에 있는 커다란 숲으로 떠났다. 그는 황무지 속에 정착해 맨손으로 농장을 일구었다. 그리고 다시는 집 근처에 얼씬도 하지 않았다. 30년 가까이 부모는 아들의 얼굴을 보지 못하다가, 아버지가 병상에 눕자 드디어 집으로 찾아왔다. 이 소식을 들은 얀은 무척이나 다행이라고 생각했다.

지난 일요일 교회에서 돌아온 카트리나는 비욘의 임종이 가까워지고 있다는 소식을 얀에게 전했다. 그는 린날트가 아버지의 일에 대해 알고 있는지 궁금해 물었다. 카트리나가 들은 바에 따르면, 비욘의 아내가 이 소식을 아들에게 알리자고 남편에게 간청했지만, 비욘은 극구 거절했다고 했다. 그는 생을 마감하는 자리가 평화롭길 원했다.

이런 소식을 전해 들은 얀은 그저 가만히 앉아 있을 수만은 없었다. 외딴 황무지 속에서 방황하고 있을 린날트를 생각하지 않을 수 없었다. 비록 비욘의 의사에는 반하는 일이지만, 자신이 직접 이 소식을 린날트에게 알리기로 결심했다. 그 후로 일이 어떻게 흘러갔는지 얀은 전해 들은 바가 전혀 없었고, 이제야 그 이야기의 결말이 어떻게 되었는지 옆에 앉은 두 여성을 통해 듣게 된 셈이었다. 어찌나 그들의 대화에 몰두했던지, 얀은 첫 번째 만찬 자리가 어떻게 진행되고 있는지도 까마득히 잊어버리고 말았다.

소식을 전해 들은 아들은 곧장 집으로 달려왔다. 아들과 아버지는 서로를 다정히 맞이했다. 늙은 아비는 아들의 옷을 보고 작은 웃음을 터트렸다.

"아들아. 먼지투성이 작업복을 걸치고 집으로 왔구나." 비욘이 말했다.

"네, 오늘이 일요일이니 옷에 조금 더 신경 써서 입고 와야 했는데, 그렇게 됐습니다." 린날트가 말했다. "제가 사는 지역엔 올여름에 비가 너무 많이 내리는 거예요. 그래서 비가 그친 오늘 오후에 귀리를 좀 거둘 생각이었거든요."

"그렇구나. 그래서 수확은 좀 했니?" 비욘이 물었다.

"그럼요. 한 짐 실어 나를 정도는 수확을 했지요. 그런데 소식을 듣곤, 모두 밭에 그냥 두고 달려올 수밖에 없었어요. 워낙 급하게 오느라 옷도 제대로 갖춰 입을 정신도 없었고요."

"누가 이 소식을 전한 거니?" 약간 뜸을 들인 후, 비욘이 물었다.

"어떤 노인이었는데, 한 번도 본 적이 없던 사람이었어요." 아들이 답했다. "그가 누군지 물어볼 생각도 못 했네요. 다만, 행색이 약간 거지처럼 보였어요."

"나중에라도 그 사람을 꼭 찾아서, 내가 고마워했다고 전해 주거라." 늙은 비욘이 힘주어 말했다. "그리고 언제 어디서든 그를 만나게 된다면 깍듯이 예우를 갖춰서 대하고. 그는 우리 부자를 위해 진심을 다해 준 사람이니까 말이다."

그렇게 아들과 아버지는 서로의 마지막 순간을 평온하게 보낼 수 있었다. 부자는 너무 늦지 않게 화해하게 되어 행복했다. 마치 죽음이 슬픔보다는 오히려 온 가족에게 기쁨을 가져다준 것만 같았다.

옆에서 이야기를 듣고 있던 얀은, 린날트가 그를 '거지 노인'이라고 칭하는 말을 듣자 몸이 부르르 떨릴 만큼 강한 불쾌감을 느꼈다. 그러나 그 당시 얀이 황제용 모자나 지팡이도 없이 달려갔다는 점을 상기하자, 상황이 이해되었다.

이야기의 결말을 듣자, 얀은 원래의 걱정으로 다시 돌아왔다. 그는 지나치게 오랜 시간 기다리고 있었다. 이 정도의 시간이 흘렀다면 그를 초대하고도 남을 시간이 아닌가? 무언가 일이 틀어진 것이 분명해 보였다. 그는 자리에서 일어섰다. 그리고 당당한 걸음으로 거실을 가로질러 계단으로 올라가더니, 위층의 넓은 홀로 이어지는 문을 열었다.

문을 열자, 저녁 만찬은 이미 시작된 후였다. 대형 식탁은 손님들로 가득 차 있었고, 첫 번째 요리가 이미 식탁 위로 올라오고 있었다. 이 만찬장에는 애초부터 얀을 위한 자리가 없었다. 식탁에는 성직자가 한 자리를 차지하고 있었고, 종지기 선생도, 뢰브달라 중위와 그의 아내도 앉아 있었다. 그

외 지역에서 온 중요한 인사들은 거의 대부분이 초대되어 있었다. 그렇지만 얀을 위한 자리는 없었다.

그때 음식을 나르던 한 젊은 여성이 얀을 향해 급하게 달려왔다.

"여기서 뭐 하는 거예요? 얀 씨?" 그녀가 목소리를 낮추어 말했다. "얼른 아래층으로 내려가세요!"

"하지만 친애하는 주방장님!" 얀이 말했다. "포르투갈의 황제 요하네스가 첫 번째 식사 자리에 당연히 있어야 하지 않겠습니까?"

"에잇, 조용히 좀 하세요. 얀 씨!" 그녀가 말했다. "오늘은 당신의 그 허튼수작은 통하지 않아요. 지금 당장 내려가세요. 거기서 차분히 순서를 기다리면 나중에 음식이 나갈 거예요!"

얀은 이 교구에 있는 어떤 집보다 비욘의 저택이 가장 중요한 가치를 지닌다고 생각했다. 그렇기에 바로 이곳에서 자신의 위상에 걸맞은 대접을 받기를 바랐다. 그러나 이제 모든 기대가 무너지고 말았다. 얀은 응접실로 연결되는 출입문 쪽에 선 채로 손에 모자를 들고 있었다. 곧 말로 표현할 수 없는 엄청난 무력감이 그를 덮치기 시작했다. 마치 그의 몸에서 황제가 가진 모든 존엄이 벗겨 나가는 기분이 들었다.

바로 그때였다. 이 절망적인 순간 속에서 멀리 떨어진 만찬 식탁에 앉아 있던 린날트의 외침이 들렸다.

"바로 저 사람이에요. 지난 일요일에 저에게 달려와 아버지가 위독하시다고 알려 주신 분이 바로 저기 서 있는 사람입니다." 린날트가 큰 목소리로 외쳤다.

"지금 무슨 말을 하는 거니?" 그의 어머니가 물었다. "그게 사실이야?"

"그럼요. 저분이 틀림없어요. 저도 오늘 저분을 봤는데, 그때는 전혀 알아보지 못했어요. 아니, 그럴 수밖에 없던 게 이상한 옷을 입고 있었거든요. 이제야 알아보겠네요. 저분이 분명해요!"

"그래, 알겠다. 저 사람이 바로 그분이라면, 더 이상 구석에서 거지처럼 서 있게 두어선 안 되지." 노부인이 말했다. "뭐 하니, 얼른 저분을 위한 자리를 마련해 드려라. 저분에게 우리의 존경과 감사를 드려야지. 암, 그렇고말고. 저분 덕에 남편의 마지막을 편안하게 보낼 수 있었으니. 게다가 우리 가족의 슬픔도 덜어 주신 분이 아니냐."

결국, 얀을 위한 자리가 마련되었다. 비록 좁은 공간이었지만 어쨌든 식탁에 앉을 자리가 생겼다. 그것도 목사님 바로 맞은편으로, 이보다 더 좋은 자리가 있을 수 없었다.

얀은 이런 상황이 다소 혼란스러웠다. 그저 숲을 가로질러 비욘의 소식을 아들에게 전한 것뿐인데, 이렇게 난리법석까지 떤다는 게 전혀 이해되지 않았다. 그러나 곧 모든 상황이 깔끔하게 딱 맞아떨어졌다. 결국 당연하게도 그들이 존경하는 황제 때문이었다. 이렇게 복잡하게 황제를 맞이하게 된 것은 다른 일반 사람들이 소외감을 느끼지 않게 하려는 일종의 배려로 보였다.

다른 이유가 있을 리가 없었다. 얀은 평생을 살아오면서 이웃에게 친절하며 정직했다. 또한 도움이 필요한 사람에겐 언제나 손을 내밀던 사람이었다. 그러나 그런 이유로 존경을 받거나 추앙을 받은 적은 단 한 번도 없지 않았던가?

34. 꺼져 가는 심장

보레우스 공학자가 매일 선착장으로 짧은 산책을 나갈 때마다, 몸집이 작은 노인 주변에 사람들이 몰려 있는 광경을 목격했다. 그 노인은 지난여름 내내 침묵 속에서 홀로 앉아 외로움을 달래던 예전의 모습이 더 이상 아니었다.

증기선을 기다리다 무료해진 사람들이 얀에게 다가가 여황의 귀환이 어떻게 이루어질지 묻곤 했다. 특히 그녀가 배에서 내려 선착장에 도착하는 극적인 순간이 어떻게 펼쳐질지 말해 달라고 졸랐다. 보레우스가 그 옆을 지나갈 때마다, 이에 답하는 얀의 설명을 들을 수 있었다. 여황이 증기선에서 모습을 드러내면, 우리는 그녀의 머리에 놓인 화려한 황금 왕관을 볼 수 있을 것이고, 여황이 선착장으로 발을 내딛자마자 주변의 모든 나무와 덤불에 달린 꽃과 잎사귀들이 황금빛으로 변하는 순간을 목격하게 될 것이라고, 얀은 경건한 목소리로 알려 주었다.

얀이 선착장에서 클라라가 여황으로 등극했다는 소식을 처음으로 접한 지난 10월 이후로 시간이 꽤나 흐른 어느 날이었다. 그날 아침에도 산책을 나온 보레우스 공학자는 여느 때와 다름없이 많은 사람이 얀 주변에 몰려 있는 광경을 무심코 지나가려던 참이었다. 그러나 생각을 바꾸어 그동안 무슨 일이 벌어졌는지 확인하기 위해 멈춰 서기로 했다.

처음에는 보레우스도 특별한 점을 찾을 수 없었다. 예전과 같이 얀은 바위 위에 앉아 있었고, 그의 표정은 매우 장엄하고 엄숙해 보였다. 그의 옆에는 덩치가 큰 여인이 앉아 있었다. 그녀의 말이 어찌나 빠르고 열정적인지 마치 단어가 입에서 폭포수처럼 쏟아져 나오는 것만 같았다. 또한 눈은 꼭 감은 채로 얼굴은 계속 좌우로 흔들며 말하고 있었다. 말을 하면서 조금씩 몸을 앞으로 숙이고 있었는데, 그녀가 말을 마쳤을 때는 얼굴이 땅에 닿을 정도였다.

보레우스는 그녀가 스톨 잉보리라는 걸 알아챘다. 그러나 처음에는 그녀가 도대체 무슨 말을 하고 있는지 전혀 알아들을 수 없었다. 그래서 그는 주변에 몰려 있던 사람들 중 한 명에게 지금 무슨 일이 벌어지고 있는지 물어볼 수밖에 없었다.

"지금 그녀가 얀에게 부탁하고 있어요. 여황이 포르투갈로 돌아갈 때 자신도 꼭 따라갈 수 있도록 말을 좀 잘해 달라고요." 어떤 사내가 설명했다. "하루 종일 저렇게 부탁도 하고 간청을 해도, 도통 저 노인네는 어떤 약속도 해주려 하지 않네요."

그 사람의 설명을 듣고 난 후, 보레우스는 지금 바위 위에서 벌어지고 있는 일들을 이해할 수 있었다. 그러나 전해 들은 내용은 그의 기분을 언짢게 만들었다. 그들의 대화를 들으면 들을수록 보레우스는 자신의 미간을 점점 더 찌푸렸다.

얀을 제외하면, 여기에 몰려 있는 사람들 중에서 여황과 포르투갈의 영광에 대한 이야기를 믿는 사람은 스톨 잉보리가 유일했다. 그러나 그녀는 상상 속에서나 존재하는 왕국으로 가는 길마저도 허락받지 못하고 있었다. 저 불쌍한 노인은 잘 알고 있었다. 그곳에는 기근도, 빈곤도, 불행한 자를 조롱하는 잔인한 사람도, 외로운 방랑자를 쫓아다니며 돌이나 던지는 동네의 버릇없는 꼬마들도 존재하지 않다는 것을 말이다. 약속된 천국처럼 평화와 풍요로 가득한 곳으로 가고 싶은 마음이 왜 없겠는가? 그녀가 태어나고 자란 곳에서 당한 모욕과 비참한 삶에서 벗어나고 싶은 마음이 왜 없겠는가? 그렇기에 스톨 잉보리는 울면서 애원하고 또 매달리고 있었다. 그리고 그녀가 가진 모든 능력을 동원해 설득해 보았지만, 돌아오는 대답은 오직 거절뿐이었다.

그녀의 모든 간절한 애원에도 귀를 닫고 있는 저 노인은 지난 일 년을 그리움과 슬픔 속에서 보내온 사람이 아닌가! 만약 몇 달 전의 그라면, 그러니까 그의 심장이 완전히 차갑게 식지 않은 상태였을 때의 그라면, 이렇게 매정하게 거절하진 않았을 것이다. 그러나 이제는 부귀영화에 눈이 멀어 그의 심장은 딱딱한 돌처럼 굳어 버린 듯했다.

그의 외모만 보아도 큰 변화가 생겼음을 알 수 있었다. 볼은 통통하게 살이 올랐고, 턱 아래 살은 축 늘어져 있었다. 윗입술 위에는 짙고 검은 콧수염이 무성하게 자라고 있었고, 약간 튀어나온 듯한 눈은 굳어진 채 흐리멍덩하게 변해 있었다. 그렇다. 보레우스는 심지어 얀의 코도 더 높고 크게 보였다. 마치 고귀한 사람의 얼굴처럼 변한 것은 아닌지 의심스러웠다. 얀의 머리카락은 완전히 빠져 버린 듯했다. 가죽 모자 아래에는 머리카락 한 올도 보이지 않았다.

지난여름 얀과 처음으로 대화를 나눈 이후로, 보레우스는 줄곧 얀을 주시하고 있었다. 얀을 선착장으로 이끄는 것은 더 이상 그리움 때문이 아니었다. 이제 그는 증기선에는 거의 시선을 두지도 않았다. 얀이 이곳을 찾는 이유는 사람들이 그의 기행에 관심을 보이고, 황제라 칭송하며, 그의 노래와 상상 속 이야기를 듣고 싶어 하기 때문이었다. 그러나 이것이 분노할 일인가? 저 노인은 그저 정신이 나가 버린 안타까운 사람일 뿐이었다.

처음부터 광기가 이렇게 깊숙이 그의 정신을 갉아먹지는

않았을 것이다. 보레우스는 의문이 들었다. 만약 그의 광기가 시작되던 처음부터 강하고 냉정하게 그를 황제의 자리에서 끌어내렸더라면, 그가 이렇게 심각한 상태로 빠지는 걸 막을 수도 있지 않았을까? 보레우스는 다시 한번 얀을 관찰하듯 바라보았다. 그의 표정은 자비롭고 연민으로 가득해 보였지만, 그와 동시에 단호해 보였다.

아름다운 포르투갈에는 왕자와 장군들, 그리고 화려한 옷차림의 사람들만 존재할 게 분명했다. 면으로 만들어진 허름한 스카프와 손뜨개 카디건을 입고 있는 스톨 잉보리와는 전혀 어울리지 않는 곳이긴 했다. 세상에, 맙소사! 보레우스마저도 그렇게 생각하고 있던 것인가!

보레우스는 얀에게 적당한 교훈이라도 직접 건네고 싶었지만, 결국 어깨만 한번 으쓱하고 지나쳤다. 그는 이런 일을 하기에 적당한 사람이 아니라고 생각했다. 게다가 상황을 더 악화시키고 싶지도, 그런 혼란에 말려들고 싶은 마음도 없었다. 그는 군중 속을 조용히 벗어나 선착장 밑으로 내려갔다. 바로 그때, 근처 곶 너머로 증기선이 모습을 드러냈다.

35. 퇴위식

라스 군날손이 에릭의 장녀 안나와 결혼하기 훨씬 전의 일이었다. 그는 우연히 한 경매장에 참석한 적이 있었다. 주로 가난한 농부들의 소유물이 경매로 나왔는데, 참석자의 눈길을 끌만한 물건은 보이지 않았기에, 당연히 경매가 잘 진행될 리가 없었다. 그러나 기대를 아주 저버리긴 일렀다. 그날의 진행을 맡은 사람이 욘스였기 때문이었다. 그는 입담도 좋고 농담을 잘하는 사람으로 알려져 있었다. 그의 말솜씨를 보려고 경매를 찾아오는 사람도 많을 정도였다. 그러나 어찌 된 일인지 그날은 상황이 달랐다. 욘스가 우스갯소리를 열심히 떠들어 보았지만, 경매장의 열기는 전혀 뜨거워지지 않았다. 결국 그는 목이 쉬어 더 이상 목청을 높일 수가 없는 상태가 되었고, 어쩔 수 없이 경매봉을 내려놓을 수밖에 없었다.

"저 대신 경매를 진행할 수 있는 다른 누군가를 찾아봐야 할 것 같습니다." 욘스가 스톨빅 경매를 담당하고 있던 해당 지역구의 국회의원인 칼 칼손에게 말했다. "여기 돌처럼 굳어서 아무런 반응도 보이지 않는 사람들에게 목청 높여 소리치느라 제 목소리가 다했습니다. 전 그만 집에 가서 몇 주 동안은 조용히 아무 말 없이 쉬어야 겨우 목소리를 되찾을 수 있을 것 같아요."

경매 진행자를 잃는 것은 국회의원에게는 심각한 문제였다. 게다가 대부분의 물건이 팔리지도 않은 상태였다. 국회의원은 조금 어렵겠지만 그래도 끝까지 경매를 맡아 달라고 욘스를 끈질기게 설득해 보았으나 헛수고였다. 경매 진행자로서 욘스는 엉망으로 경매를 진행하여 자신이 이 바닥에서 쌓아 온 명성에 상처를 주고 싶지 않았다. 게다가 이젠 낮게 속삭이는 목소리도 쥐어짜야 겨우 나올 정도였다.

"그럼, 어쩔 수가 없지요. 혹시 여기에 욘스가 쉬는 동안, 잠시 경매를 대신 진행해 줄 사람이 있을까요?" 국회의원이 사람들을 향해 소리쳤다.

그는 군중 속을 둘러보았지만, 큰 기대를 걸고 하는 말은 아니었다. 바로 그때, 라스 군날손이 앞으로 나와 자신이 한번 해보고 싶다고 말했다. 그 당시 라스는 아주 젊었기 때문에, 국회의원은 웃으면서 경험도 없는 어린 청년에게 이 일을 맡기고 싶지는 않다고 답했다. 그러나 라스는 자신이 이미 군사훈련까지 마친 상태로 그렇게 어린 나이는 아니라며, 자신이 한번 경매진행에 도전해 보고 싶다고 열정적으로 간청했다. 별다른 뾰족한 수도 없었기에, 결국 국회의원은 승낙했다.

"그래, 좋아요. 그럼 잠깐 동안만이라도 시험 삼아 해보는 것도 나쁘지 않을 거 같군요." 국회의원이 말했다. "뭐, 지금보다 더 나빠질 상황도 없을 테니까…"

라스는 욘스를 대신해 연단에 올랐다. 그리고 경매로 나온 오래된 버터 보관함을 집어 들고는 아무런 반응도 없이 그저 바라만 보았다. 그는 보관함을 뒤집어 보기도 하고, 바닥과 옆을 두드려 보기도 했다. 그리고 아무리 살펴보아도 조금의 흠집도 발견하지 못한 점이 놀랍다는 듯한 표정을 지었다. 마침내 경매가 시작되었다. 그러나 그의 목소리는 아주 침울했다. 마치 이토록 귀중한 물건을 경매로 넘겨야만 하는 운명을 안타까워하는 듯했다. 라스는 입찰이 이뤄지지 않았으면 좋겠다고 말했다. 만약 이 아름다운 버터 보관함의 가치를 아무도 알아채지 못한다면, 물품은 다시 원주인에게 돌아갈 수 있으니, 얼마나 다행이냐고 말했다.

하나둘씩 입찰에 참여하는 사람들이 생기기 시작하자, 라스의 얼굴은 참을 수 없는 고통으로 얼룩져 갔다. 그나마 시작가가 낮을 때는 크게 신경이 쓰일 정도는 아니었다. 그러나 시간이 흐를수록 가격은 경쟁을 더해 올라가기 시작했고, 그의 표정도 점점 슬픔으로 일그러졌다. 끝내 시큼한 냄새가 가득한 낡은 버터 보관함의 낙찰가격이 결정되었다. 라스는 마치 어려운 결정이라도 내리듯 경매봉을 두드려 낙찰을 마무리 지었다.

다음은 물통과 대야, 빨래통으로 넘어갔다. 라스는 오래된 물건에 대해서는 까다롭게 굴지 않고 원만하게 팔아넘겼다. 그러나 새것에 가까운 물건이 나오면, 아예 경매에 올릴 생각을 하지 않았다.

"이건 상태가 너무 좋은데요!" 라스가 물건을 들고 온 사람에게 말했다. "거의 사용하지 않았으니, 그냥 시장에서 새 상품으로 파시는 게 낫지 않을까요?"

그러자 사람들은 점점 더 열정적으로 경매에 달라붙기 시작했다. 그렇지만 그들은 왜 이렇게 분위기에 말려드는지 정확히 이해하진 못했다. 라스는 입찰이 들어올 때마다 아주 불안한 기색을 보였다. 그의 안절부절못한 표정과 망설이는 말투는 마치 경매에 나온 물건이 귀한 가치를 가진다고 착각하게 만들었다. 이상하게도 라스가 물건을 손에 들고 소리치면, 꼭 집에 필요한 물건처럼 보였다. 이것도 저것도 다 집으로 가져가야 할 것처럼 들렸다. 이전 경매 진행자 욘스와의 차이점은 이랬다. 욘스의 경매는 마치 놀이와 같아서 그저 재미로 참가한 경매였다면, 라스의 경매는 왠지 모르게 진지한 거래로 느껴진다는 점이었다.

시험 삼아 진행된 경매가 끝났다. 그 이후에도 라스는 계속 경매를 진행하게 되었다. 이전 경매처럼 재미있지는 않았지만, 그에게는 사람들의 관심을 끌어내고 소유욕을 자극하는 특별한 재능이 있었다. 사람들은 낡아서 더 이상 쓸모가 없는 물건조차도 가지려 안달했다. 또한 몇몇 부유한 사람들은 전혀 쓸모가 없는 물건을 두고 서로 경쟁하듯 입찰하며 가격을 올렸다. 그들에겐 물건 자체의 가치는 크게 중요하지 않았다. 그저 높은 가격도 신경 쓰지 않고 돈을 쓸 수 있는 자신의 재력을 과시하고 싶었을 뿐이다.

그 후로도 라스가 진행하는 경매에 나온 물건은 모조리 낙찰로 이어졌다. 그러나 그런 그에게도 단 한 번의 위기가 찾아온 적이 있었다. 그날은 스벤 외스텔베리가 꽤 쓸모 있는 살림살이를 내놓았고, 많은 사람이 몰려들었던 날이었다. 깊은 가을의 하늘은 쾌청했고, 맑고 아름다운 날씨 덕에 경매는 야외에서 진행되었다. 모든 상황이 완벽했지만, 이상하게도 그날은 경매가 순조롭지 않았다. 라스는 사람들의 관심을 끌지도, 입찰을 유도하지도 못했다. 라스는 자신이 처음 경매를 시작한 날을 떠올렸다. 어려움을 겪던 욘스를 밀어내고 자신이 진행을 넘겨받던 날을 말이다. 그때와 같이, 라스도 난관에 부딪친 듯해 보였다.

그러나 라스는 진행자의 자리를 다른 사람에게 넘길 의향이 전혀 없었다. 대신, 왜 사람들이 오늘따라 산만하고, 경매로 나온 물건에 큰 관심을 두지 않는지 그 이유를 알아보기로 했다. 그리고 그 이유를 찾는 데 오랜 시간이 걸리지 않았다. 라스는 탁자 위로 올라섰다. 높은 곳에 올라서자, 군중들의 모습이 한눈에 들어왔다. 그리고 북적이는 사람들 속에서 한 번도 경매장을 찾은 적이 없었던 황제의 모습이 보였다.

시골 마을의 한 허름한 오두막에서 살며 평생을 품삯 일꾼으로 살던 그가 이젠 군중 사이를 거닐며 황제 행세를 하고 있었다. 황제는 우아한 미소를 지으며 왼쪽으로 그리고 오른쪽으로 고개를 돌려 사람들에게 다정하게 안부를 묻고 있었다. 그리고 사람들이 흥미를 가지는 화려한 지팡이와 별 훈장을 자랑스럽게 보여 주고 있었다. 장난기 가득한 동네 꼬마들이 긴 줄을 이어서 그의 뒤를 졸졸 따라다니는 모습도 보였다. 황제의 발걸음이 어디로 향하든 사람들의 관심은 그쪽으로 쏠렸다. 또한 나이가 지긋한 동네 어르신들조차 그와 담소를 나누는 데 거리낌이 없었다.

이런 상황을 목격하자, 라스는 오늘 경매가 왜 이 지경이 되었는지 금방 이해할 수 있었다. 저 황제가 갑자기 나타나 사람들 속을 이리저리 헤집고 다니면서 관심을 끌고 있으니, 경매가 산만해지는 건 당연한 일이었다.

그러나 라스는 경매를 중단시키지 않았다. 처음에는 그저 황제의 움직임을 눈으로 조심히 살펴볼 뿐이었다. 그는 분명 경매장의 맨 앞줄까지 올 게 분명했다. 그렇다! 포르투갈 요하네스 황제께서는 결코 뒷줄에 머물러 있을 인물이 아니었다. 그는 친분이 있는 모든 사람과 악수를 하고, 간소한 덕담도 나누면서 앞으로 다가오고 있었다. 마침내 황제는 연단을 중심으로 빙 둘러 모여든 사람들 한가운데에 자리를 잡았다.

그 순간을 놓치지 않고, 라스는 탁자 위에서 재빠르게 뛰어내렸다. 그리고 곧장 얀을 향해 돌진해, 그의 가죽 모자와 지팡이를 잽싸게 낚아챘다. 워낙 순식간에 벌어진 일이라, 얀은 저항할 틈도 없었다. 라스는 빼앗은 황제의 물품을 손에 들고는 탁자 위로 다시 올라섰다.

얀은 크게 소리치며, 탁자 위로 뛰어올라 빼앗긴 보물들을 되찾으려 했다. 그러나 라스는 지팡이를 휘두르며 얀의 접근을 막았다. 결국 얀은 물러설 수밖에 없었다. 군중 속에서 불만이 섞인 웅성거림이 들렸으나, 라스는 개의치 않았다.

"저도 이해합니다. 제가 이렇게 행동하는 걸 보고 여러분이 깜짝 놀랐을 거라는 걸 저도 잘 압니다." 저 끝에 있는 사람도 잘 들리도록, 라스는 특유의 우렁찬 목소리로 외쳤다. "그렇지만 이 모자와 지팡이는 우리 팔라 농장의 소중한 유산입니다. 저의 장인어른이 이전 농장주 어르신께 물려받은 집안의 가보죠. 저희 가족들은 이 물건에 담긴 가족과 농장의 역사를 잘 알기에 항상 존경을 표하며 소중하게 지켜왔습니다. 그런데 어디서 저런 바보 같은 영감이 나타나서는 우리 가문의 보물을 저렇게 걸치고 다니는 꼴이라니, 그건 도저히 참을 수 없는 모욕입니다. 어떻게 저 사람이 이것들을 손에 넣었는지 자세히 알진 못하지만, 한 가지 확실한 건 이제 두 번 다시는 저 양반이 우리 물건을 몸에 걸치고 잘난 체하는 일이 없을 거라고 단언합니다."

얀은 금방 침착을 되찾았다. 그리고 라스가 말하고 있는 동안 팔짱을 낀 채 가만히 서서 듣고만 있었다. 그리고 라스가 지금 하고 있는 말이 아무런 의미도 없다는 듯한 표정을 지었다. 라스가 마침내 말을 마치자, 얀은 위엄을 갖춘 자세로 군중을 향해 몸을 돌렸다.

"자, 나의 친애하는 신하들이여!" 얀이 말했다. "이제 여러분이 나설 때입니다. 지금 빼앗긴 내 소유물을 되찾아 주시기 바랍니다."

 그러나 아무도 그를 돕겠다고 나선 사람은 없었다. 오히려 몇 사람은 얀을 향해 비웃음을 보낼 뿐이었다. 이제 모든 사람이 라스의 편으로 돌아선 것으로 보였다.

 그때였다. 얀을 불쌍히 여기는 사람이 딱 한 명 나타났다. 사람들 속에서 어느 여인이 라스를 향해 소리쳤다. "이봐요! 라스 씨, 얀이 황제의 장식품을 그대로 가져가게 내버려두세요. 당신은 모자나 지팡이를 사용할 일이 없는 사람이잖소!"

 "내 집에 돌아가면, 제가 쓰던 모자 한 개를 얀 씨에게 줄 생각이오." 라스가 말했다. "그러나 두 번 다시는 이 사람이 우리의 소중한 가보를 몸에 걸치고 다니며 우리를 우스꽝스럽게 만드는 일은 없을 것이오."

 라스의 말에 사람들은 웃음을 크게 터뜨렸고, 얀은 당황한 나머지 그 자리에서 움직이지도 못한 채 주위만 둘러볼 뿐이었다. 얀은 한 사람, 또 다른 한 사람에게 도움의 눈길을 보냈지만, 모두 그의 시선을 모른 체할 뿐이었다. 얀은 이런 상황이 믿기지 않았다. 어떻게 이런 일이 일어날 수 있단 말인가? 평소 그를 존경하며 따르던 그 많은 사람은 다 어디로 간 것일까? 얀은 어려운 상황에 빠진 황제에게 작은 도움의 손길조차 건네는 사람이 없다는 사실을 받아들이기 힘들었다. 사람들은 아무런 미동도 없었다. 이제야 얀은 깨달았다. 그들에게 자신은 아무런 의미도 없는 존재라는 사실을, 그리고 자신을 위해 아무것도 하지 않을 것이라는 사실을 말이다. 그는 너무 놀란 나머지 황제의 위엄이 자신의 몸에서 모두 떨어져 나가는 기분을 다시 느꼈다. 얀의 표정은 소중한 장난감을 잃고 울음을 터트리기 일보 직전의 어린아이처럼 보였다.

라스는 옆에 산더미처럼 쌓여 있는 경매 물건 더미를 향해 몸을 돌렸다. 그리고 다시 경매를 시작하려 했다. 바로 그 순간, 얀은 자신의 손으로 이번 문제를 직접 해결해 보기로 했다. 그는 울부짖으며 돌진하더니, 라스가 서 있던 탁자를 뒤엎으려 했다. 그러나 그런 얄팍한 기습을 용납할 라스가 아니었다. 그는 황제의 지팡이를 세차게 휘둘러 얀의 등을 세게 후려쳤다. 얀은 물러서는 수밖에 없었다.

"아니, 그렇게는 안 되죠. 얀 씨!" 라스가 말했다. "이 물건들은 앞으로 제가 가지고 있을 겁니다. 그 빌어먹을 황제놀이는 충분히 한 것 같은데요. 이제 집에 가서 도랑이나 다시 파는 게 어때요? 당신 같은 사람이 여기서 볼일은 아무것도 없어요."

얀은 그의 말을 순전히 따를 마음이 없었다. 그러나 라스가 다시 한번 지팡이를 높이 쳐들어 휘두르며 위협했다. 더 이상의 저항은 없었다. 포르투갈 황제는 등을 돌려 도망쳤다.

그를 따라가 위로의 말을 건네는 사람은 아무도 없었다. 혹은 그를 다시 불러들이려는 사람조차도 없었다. 그렇다.

사람들은 황제의 명예가 처참하게 짓밟히는 상황을 목격하고도, 오히려 눌러 왔던 큰 웃음을 터트리며 그를 조롱할 뿐이었다. 그러나 난장판이 된 이런 분위기는 라스의 취향이 아니었다. 그는 자신이 진행하는 경매장이 마치 예배처럼 엄숙하고 품위가 있는 자리이길 바랐다.

"제 생각은 이래요. 우리가 얀을 그저 웃음거리로 삼기보다는 조금 진지하게 접근할 필요가 있다고 생각합니다." 라스가 말했다. "우리들 중 많은 사람이 그의 정신 나간 짓을 대수롭지 않게 받아들이거나, 심지어 어떤 사람들은 그를 황제라고 부르기도 하지만, 그건 절대 얀 씨를 돕는 게 아닙니다. 오히려 그 자신이 누구인지 현실을 똑똑히 깨닫게 해주는 게 더 나은 방법이라고 생각합니다. 물론 쉬운 일은 아니겠죠. 그러나 그가 일하던 농장의 오랜 주인으로서 얀 씨가 다시 일할 수 있도록 돕는 게 제 의무라고 생각합니다. 그렇지 않으면 그는 우리 교구가 짊어질 큰 짐이 될 것이 분명하지 않습니까?"

그 말을 끝으로 다시 경매가 시작되었다. 이번에는 아주 성대하게 경매가 진행되었다. 입찰은 끝을 모르고 치열하게 몰려들었고, 많은 물건이 높은 가격에 낙찰되었다. 집으로 돌아와 다음 날이 되었을 때, 라스는 아주 뿌듯했다. 얀이 작업복을 입고 도랑을 파고 있다는 소식을 전해 들었기 때문이었다.

"앞으로는 얀 씨가 지난날 했던 미친 짓들을 상기시키는 그 어떤 말도 하지 않는 게 좋을 거 같은데. 안 그래?" 라스가 농장 일꾼들에게 말했다. "그렇게 하면, 조금이라도 정신이 온전해질지도 모르지. 그 사람 정신상태가 예전부터 강하진 않았지만 말야."

36. 신앙문답

라스는 가죽 모자와 지팡이를 빼앗은 건 정말 기발하고 재치가 넘친 행동이었다고 자평했다. 게다가 뒤따른 결과도 무척이나 만족스러웠다. 얀의 미치광이 놀음도 함께 사라진 듯해 보였기 때문이다. 얀이 모욕을 당했던 경매가 끝나고 몇 주가 흘러, 팔라 마을에는 교회에서 주최하는 신앙문답 모임이 진행되었다. 참석한 마을 사람들 사이에 얀의 모습도 보였다. 그리고 놀랍게도 그의 정신 상태가 멀쩡해 보였다.

팔라 농장의 주택이 이날 행사의 장소로 이용되었는데, 아래층 넓은 거실에다 집에 있는 의자와 탁자는 모두 꺼내서 사람들이 촘촘하게 줄을 맞추어 앉을 수 있도록 준비를 해두었다. 얀 역시 사람들 틈에 앉아 있었지만, 자신에게 허락된 공간을 벗어나 앞으로 나아가려는 시도는 하지 않았다. 그저 차분하게 말없이 자신의 작은 자리를 지키고 있었다.

라스는 그런 얀의 모습을 줄곧 눈여겨보고 있었다. 정말로 그의 광기가 사라진 것일까? 라스는 그렇다고 단언했다. 그는 완전히 다른 사람이 되어 있었다. 얀은 말이 없었다. 가끔 이웃이 인사를 건네면, 간단히 짧게 목례만 할 뿐이었다. 그러나 그건 단순히 엄중한 분위기를 해치고 싶지 않아서일 수도 있었다.

 본격적인 문답이 시작되기 전에, 참석한 모든 사람의 이름을 확인하고 기록하는 절차가 진행되었다. 담당 목사가 얀 안델손의 이름을 불렀을 때, 얀은 조금의 망설임도 없이 '예'라고 대답했다. 그 짧고 명확한 대답은 마치 포르투갈 요하네스 황제는 단 한 번도 존재한 적이 없다는 듯이 들렸다.

 거실을 한눈에 바라볼 수 있는 곳에 탁자가 놓여 있었고, 그곳에 앉은 목사는 두꺼운 문서를 펼쳐서 바라보고 있었다. 그리고 라스가 옆에서 행사의 진행을 돕고 있었다. 목사는 지난 한 해 동안 이 교구로 이사 온 사람들, 이사를 떠난 사람들, 그리고 새로 결혼한 사람들에 대해 알려 주었다.

 이후 본격적으로 교리에 대해 묻고 답하는 시간이 시작되었고, 얀은 모든 질문에 또박또박 대답했다. 그때, 목사가 라스 쪽으로 몸을 돌려 귓속말로 무언가를 물었다.

 "생각하는 것보다 그렇게 심각한 상황은 아닙니다." 라스가 목사에게 대답했다. "제가 그것들을 모조리 빼앗았거든요. 심지어 제 농장에서 일도 시작했고요."

라스는 목사처럼 목소리를 낮춰 말할 줄을 몰랐다. 그가 지금 누구에 대해서 이야기하는지 모두가 알아챌 수 있었다. 사람들의 눈길은 모두 얀에게 향했다. 그러나 그는 그저 침착하게 앉아 있었다. 마치 아무런 말도 듣지 못했다는 표정이었다.

  다시 신앙문답이 시작되었다. 목사는 긴장하고 있는 젊은이들 중 한 명을 지명해, 다섯 번째 계명*을 읊어 보라고 말했다. 그날 저녁에 굳이 다섯 번째 계명을 선택한 건 단순한 우연이 아니었다. 목사가 앉아 있는 이 집은 교구에서 나름의 역사와 품위를 갖춘 안락한 집이었다. 창문 밑에는 아늑하고 튼튼한 벤치들이 놓여 있었고, 아름다운 전통 장식으로 집 안 곳곳이 꾸며져 있었다. 그의 시선이 닿는 곳마다 한 가문이 번영하며 만들어 낸 흔적들이 뚜렷이 남겨져 있었다. 이 교구에서 가장 좋은 본보기에 해당하는 훌륭한 집안의 모습이었다. 그렇기에 목사는 사람들에게 이런 가르침을 주고 싶었다. 집안의 어른은 자신의 힘이 다할 때까지 한 가정을 이끌고, 가족 구성원은 서로를 위하며 화합한다면, 남은 생을 평화롭고 명예롭게 살아갈 수 있다는 교훈이었다.

  목사는 부모를 공경하는 자식들에게 하나님께서 말씀하신 위대한 약속을 이제 막 설명하려던 참이었다. 그때 얀이 자

---

* 십계명 중 다섯 번째 계명은 '네 부모를 공경하라'이다.

리에서 일어났다.

"문밖에 누가 서 있는데요. 그런데 들어올 용기가 차마 없나 봅니다." 얀이 말했다.

"그래요? 그럼, 보리에 씨, 당신이 문 가까이에 앉아 있으니, 무슨 일인지 한번 확인해 줄 수 있을까요?" 목사가 부탁했다.

보리에가 자리에서 일어나 문을 열어 밖을 살폈다.

"음, 밖에 아무도 없는데요." 보리에가 문을 닫으며 말했다. "얀 씨가 뭔가 잘못 들은 모양입니다."

목사는 끊어졌던 말을 다시 이어 갔다.

"이 계명은 단순한 명령이 아닙니다. 그보다는 하나의 훌륭한 조언과도 같아서, 잘 실천하면 보다 나은 삶을 살 수 있거든요. 제가 비록 젊어 보여도, 지금까지 보고 듣고 경험한 것만으로도 충분히 여러분께 확신을 가지고 말해 줄 수 있어요. 자신의 부모님을 경멸하거나 가르침을 무시하고 따르지 않는다면, 그건 불행한 삶으로 향하는 확실한 지름길이라는 것을 여러분께 말씀드립니다."

목사가 이야기하는 동안, 얀은 계속해서 고개를 문 쪽으로 돌려 확인하길 반복했다. 그는 맨 뒷줄에 앉아 있던 카트리나에게 손짓을 보냈다. 그녀가 앉은 자리에서는 비교적 쉽게 사람들 틈을 비집고 나아가 문을 열 수 있는 위치였기 때문이었다. 카트리나는 잠시 머뭇거렸지만, 어떤 행동을 취하진 않았다. 그러나 얀이 계속 눈치를 주는 바람에 결국은 어쩔 수 없이 그의 요청을 따르기로 했다. 그녀가 문을 열었을 때, 보리에가 말했던 것처럼 현관 밖에는 아무도 없었다. 카트리나는 고개를 절레절레 흔들며 얀을 바라보았다. 그리고 원래 있던 자리로 돌아갔다.

목사는 카트리나의 움직임에 방해를 받지는 않았다. 그는 자신의 이야기에 몰입하고 있었다. 성경에 관한 질문을 던지는 본래 이 모임의 목적도 잊어버리는 바람에, 질문에 답해야 할 젊은이들은 안도하며 기뻐했다. 목사는 그의 마음속에서 끊임없이 떠오르는 아름다운 생각들을 사람들에게 들려주고 싶은 마음뿐이었다.

"생각해 보세요." 목사가 말했다. "각 가정마다 우리의 삶과 함께하는 어르신들이 있기 마련입니다. 그들을 존경하면서 잘 모시는 일이 얼마나 훌륭한 일입니까? 그들의 희생이 있었기에 지금의 우리가 있지 않겠습니까? 우리가 어릴 때, 어르신들이 굶주린 우리를 보살피고, 일용할 끼니를 마련해 주고, 지독한 추위를 막아 낼 수 있도록 도운 고마운 분들입니다. 그러니 젊은 부부가 노부모가 행복하고 만족스럽게 여생을 보낼 수 있도록 모셔야죠! 안 그렇습니까? 그것이 우리의 커다란 축복이요, 한 집안을 명예롭게 만드는 행동입니다."

목사의 연설이 길어지고 있던 바로 그 순간, 방 한쪽 구석에서 희미한 울음소리가 들렸다. 라스는 경건히 고개를 목사에게 숙이고는 자리에서 일어났다. 그리고 행사를 방해하지 않기 위해 까치발로 조심스럽게 걸어가더니, 자신의 장모님을 부축해 목사가 앉아 있는 탁자로 데려왔다. 그리고 그가 앉아 있었던 의자에 장모를 천천히 앉히곤, 자신은 그녀의 뒤에 섰다. 온화한 표정으로 장모를 내려다보던 라스는 고개를 돌려 아내에게 눈짓을 보내자, 앞으로 나와서 자신의 어머니 옆에 앉았다. 참 아름다운 모습이었다. 목사의 가르침을 라스는 직접 사람들에게 보여 주고 싶었다. 물론 사람들도 쉽게 그의 의도를 알아차렸다.

목사는 흐뭇한 표정으로 노모의 가족들을 바라보았다. 그러나 무언가 불편한 감정을 피할 수는 없었다. 이유를 정확히 알 수는 없었지만, 노모는 계속해서 울먹이고 있었다. 그의 신자들 중에 이렇게 깊게 감정을 자극하는 사람은 없었다.

"그렇습니다." 목사가 말을 이었다. "우리가 어릴 때, 즉 부모님의 영향 아래에서 자랄 때는, 다섯 번째 계명을 지키는 삶이 그렇게 어려운 일도 아니겠죠. 그러나 우리가 자라서 성인이 되면 이야기가 달라집니다. 이제 머리가 커졌다고 자만하게 되죠. 그렇게 부모님 못지않게 자신이 현명하다고 느낄 때가 되면…"

그때 얀이 목사의 연설을 방해했다. 그는 갑자기 자리에서 일어나더니 비좁게 앉아 있는 사람들을 헤집고 현관 쪽으로 나아가 문을 열었다. 이전에 문을 열어 확인했던 다른 두 사람에 비해 얀은 운이 좋았다. 사람들은 그가 문밖에 서 있는 누군가에게 '안녕하세요!'라고 인사하는 그의 목소리를 들을 수 있었다.

모두가 문을 향해 눈길을 돌렸다. 도대체 누가 문밖에 있는지, 그리고 신앙문답이 진행되는 내내 그곳에 서성이며 들어올 생각도 못 하고 망설이고 있는지 궁금했다. 얀은 문을 활짝 열어 어서 들어오라고 설득했다. 그러나 밖에 있던 사람은 여전히 주저하고 있었다. 마침내 얀은 현관문을 다시 닫고 홀로 거실로 들어왔다. 그러나 자신이 원래 앉아 있던 자리로 돌아가지 않고, 굳은 결심이라도 한 듯한 표정으로 목사가 있는 탁자 쪽으로 향했다.

"그래요, 얀 씨." 성급함이 느껴지는 목소리로 목사가 물었다. "저녁 내내 우리를 방해하고 있는 사람이 누구인지 알아냈소?"

"네, 팔라의 옛 주인이 와 있었습니다." 얀이 대답했다. 약간의 동요도 느껴지지 않는 차분한 목소리였다. "안으로 들어오고 싶지는 않다고 하시네요. 대신 라스에게 전해 달라는 말을 남겼습니다. 이번 미드썸머인 여름 축제가 지나고 돌아오는 첫 번째 일요일을 조심하라고 말씀하셨습니다."

얀이 무슨 말을 하는지 제대로 들은 사람은 많지 않았다. 뒷자리에 앉아 있던 사람들은 그의 목소리를 제대로 들을 수 없었지만, 목사가 움찔하며 놀라는 표정을 보고 얀이 무언가 놀랄 만한 이야기를 전하고 있다고 짐작했다. 궁금함을 이기지 못한 사람들은 웅성거리기 시작했고, 자리에서 벗어나 조금씩 앞으로 다가갔다. 그리고 얀이 대화를 나눈 사람이 누구인지 알아내기 위해 서로에게 귓속말로 묻기 시작했다.

"그렇지만, 얀 씨!" 목사가 엄중한 목소리로 외쳤다. "당신이 지금 무슨 말을 하고 있는지 알고나 하는 말이오?"

"그럼요. 확실합니다." 얀은 목사를 향해 확신에 찬 표정으로 고개를 끄덕였다. 그리고 말했다. "저는 그 사람의 말을 계속 듣고 있었습니다. 제가 그렇게 들어오라고 사정해도 사양을 하시네요. 그저 사위에게 안부나 전하면 족하다고 했습니다. 그 말을 남기곤 길을 떠났습니다. 그가 이렇게 말합디다. '내가 라스를 해치려고 이러는 것은 아니네. 비록 그놈이 나를 눈 속에 내버려두고 제때 구하러 달려오진 않았지만 말이네. 그러나 다섯 번째 계명은 엄격한 규율이지 않나. 사위에게 전해 주게나. 회개하고 고백하는 게 최선이라고! 미드썸머가 되려면 아직 시간이 남아 있으니'라고요."

믿기 어려운 이야기였지만, 얀의 목소리는 아주 또렷하고 침착했다. 순간적으로 목사를 비롯해 다른 사람들 모두가 그의 말이 사실일지도 모른다는 생각이 들 정도였다. 정말로 에릭이 문 앞까지 찾아와 얀과 대화를 나눈 것만 같았다. 사람들의 눈길은 무의식적으로 라스를 향했다. 그는 이 이야기를 어떻게 받아들일까?

그러나 라스는 서 있던 자리에서 실소만 터트렸다. "전 얀 씨 아저씨가 이제는 제정신으로 돌아왔다고 깜빡 믿고 말았네요." 그가 말했다. "그렇게 생각하지 않았다면, 여기에 오라고 하지도 않았겠죠. 여하튼, 목사님. 오늘 중요한 행사를 방해하게 된 점은 너그러이 용서해 주시길 바랍니다. 저 사람의 광기가 또 터졌나 봅니다."

"그렇군요!" 목사가 안도하며 이마의 식은땀을 닦으며 말했다. 그는 얀이 초자연적인 현상을 겪었다고 거의 믿을 뻔했다. 다행히도 그건 그저 한 광인의 망상일 뿐이었다.

"얀 씨가 저를 그다지 좋아하지 않는 것으로 보이네요. 목사님도 보셔서 아시겠지만요." 라스가 말했다. "저 사람이 그만 이성을 완전히 상실했나 봅니다. 그동안 꾹꾹 눌러 왔던 저에 대한 나쁜 감정을 오늘 완전히 쏟아붓고 있는 거 같네요. 이렇게 된 마당에 솔직히 말하자면, 아니 뭐… 굳이 따지자면… 얀 씨네 딸이 도시로 떠나 돈을 벌어야 했던 건 제 책임이 큽니다. 그게 바로 저 사람이 저를 용서할 수 없는 이유겠지요."

목사는 라스의 격한 목소리에 다소 놀랐다. 그는 파랗고 깊은 눈으로 라스를 비난하듯 날카롭게 바라보았다. 라스는 그런 목사를 정면으로 마주하지 못하고 시선을 옆으로 떨구었다. 그런 자신의 행동이 의심을 사기에 충분함을 깨달은 라스는 목사를 똑바로 바라보려 애썼지만 차마 그럴 용기가 없어. 그저 욕설을 내뱉으며 고개를 돌렸다.

"라스 군날손!" 목사가 큰 소리로 외쳤다. "도대체 왜 이러는 거요?"

목사의 꾸중에 라스는 정신을 차렸다.

"저 미치광이 노인을 어떻게 하면 좋을까요?" 라스는 비난의 대상은 자신이 아니라 얀이라는 걸 강조했다. "목사님을 비롯해 여기에 모인 모든 사람들이 저를 살인자로 바라보고 있습니다. 그게 다 저 사람 때문이에요. 저 정신 나간 사람이 자신의 오랜 원한 때문에 지금 아무 말이나 지껄이고 있지 않습니까? 저는 단지 저의 채무를 돌려받고, 깔끔하게 정리하고 싶었을 뿐입니다. 그런데 얀의 딸이 그 돈을 갚자고 집을 떠나서 불행을 겪게 될 줄 제가 어찌 짐작이나 했겠습니까? 그건 억지도 너무 심한 억지죠. 여기 누가 제발 좀 나서서 저 사람 좀 말려 주세요. 우리는 이 모임을 계속해야 하지 않겠소?"

목사는 이마를 손으로 쓸어 넘겼다. 그는 라스의 말이 상당히 불편했다. 그렇다고 자세한 내막도 모르면서 무턱대고 그를 나무랄 수도 없는 일이었다. 목사는 라스의 장모를 찾아 주위를 둘러보았으나, 그녀는 이미 슬그머니 자리를 뜨고 없었다. 시선을 돌려 마을 사람들을 바라보았지만, 그들에겐 아주 작은 진실의 실마리조차도 얻을 가능성이 없어 보였다. 목사는 이 자리에 있는 모든 사람들이 라스가 진정 장인을 죽음으로 몰고 간 장본인이 맞는지 아닌지를 알고 있을 것이라고 생각했다. 그러나 마을 사람들은 목사의 시선과 마주치길 꺼려 했다. 그들의 얼굴은 마치 감정의 문을 닫아 버린 것처럼 아무런 표정이 없었다.

카트리나가 앞으로 나와 얀의 팔을 잡았다. 그리고 노부부는 현관문 쪽으로 걸어갔다. 그러나 목사는 정신이 온전치 못한 사람과는 이야기를 나누고 싶은 마음이 없었다.

"오늘은 이쯤에서 마치겠습니다." 목사가 낮은 목소리로 말했다.

목사의 짧은 기도가 끝난 뒤, 사람들은 찬송가를 불렀다. 그리고 하나둘씩 자리를 뜨기 시작했다. 마지막까지 남아 있던 목사도 자리를 정리하고 문을 나섰고, 라스는 목사의 뒤를 따라 울타리까지 걸어갔다.

"미드썸머 축제가 끝나고 돌아오는 일요일을 각별히 조심하라는 말, 목사님도 들으셨죠?" 라스가 조금 전에 일어났던 일을 다시 꺼내 들었다. "얀 씨가 그렇게 말한 이유가 있습니다. 자기 딸이 생각나서 그렇게 말한 겁니다. 제가 얀 씨의 오두막 문제를 정리하려고 찾아갔던 날이 딱 그날이거든요. 작년 미드썸머 축제가 끝나고 돌아온 일요일이 바로 그날이었어요."

목사는 이 모든 설명을 듣고 더 불길한 느낌을 받았다. 목사는 무의식적으로 라스의 어깨에 손을 올렸다. 그리고 그의 얼굴을 조심스레 바라보았다.

"라스 군날손 씨!" 목사가 부드러운 목소리로 말했다. "저는 누군가를 심판할 자격이 없는 사람입니다. 그러나 명심하세요! 만에 하나라도 양심에 어긋나는 행동을 했다면, 언제든지 저를 찾아오세요. 주님의 교회는 언제나 열려 있습니다. 저 또한 당신을 기다릴 테고요. 너무 늦지 않기를 바랍니다."

37. 늙은 트롤 요정

클라라가 집을 떠난 후, 두 번째 겨울이 돌아왔다. 그 겨울 1월 말에는 극심한 추위가 찾아와 마을에 있는 작은 오두막들은 집 안의 온도를 따뜻하게 유지하기 위해 눈으로 지붕과 벽을 덮어야 했다. 소들도 밤마다 짚으로 충분히 덮어 주지 않으면 얼어 죽지 않을까 걱정이 될 정도였다.

추위가 얼마나 지독했던지, 빵도 치즈도 얼어 버렸고, 심지어 버터도 얼음처럼 단단하게 변했다. 추위가 절정에 달할 때는 난로도 별 소용이 없었다. 큼직한 장작을 난로 속에 집어넣어도, 온기는 좀처럼 주변으로 퍼져 나가지 않았다.

추위가 유난히도 혹독하게 느껴지던 어느 날이었다. 얀은 일을 하러 나가지 않았다. 대신 집에 남아서 카트리나를 도와 난롯불이 꺼지지 않도록 살폈다. 노부부는 이 추위에 밖으로 나갈 생각은 꿈에도 꾸지 않고 집 안에만 머물렀지만, 시간이 지날수록 몸은 더 얼어붙기만 했다. 오후 다섯 시가 되자 어둠이 깔리기 시작했다.

"그만 잠자리에 일찍 드는 게 좋겠어요. 더 오래 이렇게 있어 봤자, 우리끼리 고생만 할 뿐이에요." 카트리나가 말했다.

얀은 오후 내내 창문 밖을 내다보고 있었다. 유리창 대부분이 두꺼운 얼음꽃으로 덮여 있었지만, 한쪽 모서리에는 여전히 맑고 투명했다. 그곳을 통해 얀은 밖을 내다볼 수 있었다.

"그럼, 먼저 자러 가. 난 조금 더 깨어 있어야 할 것 같아." 얀이 말했다.

"아니, 도대체 뭐 하려고요? 왜 저랑 같이 안 가는 이유가 뭐예요?" 카트리나가 짜증 섞인 말투로 물었다.

얀은 잠시 시간을 두고 말했다. "거참, 이상하단 말야. 아그리파가 아직 지나가는 걸 못 봤어."

"아니, 그 사람은 왜 기다리고 있는 거예요?" 카트리나가 물었다. "그 사람이 당신을 잘 대해 준 적도 없잖아요. 그런 사람 때문에 이런 추운 밤에 깨어 있을 이유가 있긴 해요?"

얀은 양손을 허공에 권위 있게 들어 올렸다. 아직도 버리지 못한 황제 시절의 습관이었다.

"아그리파가 우리 오두막을 방문할 일은 없지만," 얀이 말했다. "얼마 전에 누가 그러더라고. 요 근처에 사는 어부가 그를 술자리에 초대했다는 거야. 그런데 이상하단 말야. 이 시간이 지나도록 아그리파가 지나가는 모습을 못 봤어."

"그야 뭐, 이 추위에 어디 돌아다니지 않고 집에 머무는 게 낫겠다고 판단한 모양이죠." 카트리나가 말했다.

밤이 깊어져 갈수록 추위는 점점 더 심해졌다. 집의 한쪽 구석에는 무언가가 부딪치는 소리가 들렸다. 마치 추위가 문을 두드리며 안으로 들어가도 되냐고 물어보는 것만 같았다. 밖의 모든 나무와 덤불은 두꺼운 눈으로 뒤덮여 있어, 원래의 형체를 가늠하기 어려울 정도였다. 저 나무들처럼, 얀과 카트리나도 추위에 맞서기 위해 구할 수 있는 모든 옷과 담요로 온몸을 꽁꽁 싸매고 있었다.

잠시 후, 카트리나가 입을 열었다. "시계를 보니 아직 다섯 시 반도 안 되었네요. 전 그럼 저녁으로 먹을 죽이나 끓일 테니, 당신은 자러 가든지 아니면 아그리파를 기다리든지 마음대로 하세요."

얀은 창문을 떠나지 못한 채 말했다. "그 사람이 여기를 지나갔다면, 내가 보지 못했을 리가 없는데. 거참 이상하네."

"그 사람이 오든 안 오든 그게 당신하고 도대체 무슨 상관이 있다고 그래요?" 같은 이야기를 계속해서 듣고 있는 게 지겨워진 카트리나가 날카로운 목소리로 말했다.

얀은 깊은 한숨을 내쉬었다. 카트리나도 내심 알고 있었다. 얀은 사실 그 늙은 아그리파가 지나가든 말든 별 신경도 쓰지 않았다. 그저 창가에 서 있을 핑곗거리가 필요했을 뿐이었다. 그렇기에 얀은 거짓을 말했고, 카트리나는 그 거짓말의 거짓에 대해 이미 알고 있었다.

라스가 황제의 권력과 영광을 빼앗아 간 날 이후로, 여황은 어떠한 신호나 소식도 전하지 않았다. 그런 영광은 여황의 허락 없이는 절대로 일어날 수 없음을 얀은 잘 알고 있었다. 분명 자신이 어떤 행동을 했고, 여황이 이를 언짢게 받아들인 모양이었다. 그러나 그것이 정확히 어떤 행동에서 기인했는지 도통 감이 잡히질 않았다. 이 생각은 겨울 내내 그를 따라다녔다. 이른 저녁부터 늦은 밤까지 이어지는 깊은 어둠의 시간에는 하염없이 이 생각에만 사로잡혔다. 겨울이 되면서 해가 떠 있는 시간은 점점 짧아졌다. 이른 오후에 어둠이 찾아왔으며, 아침 늦게까지 날은 어둑어둑했다. 얀은 팔라 농장에서 타작하던 순간에도, 그리고 큰 숲속에서 장작을 실어 나르던 때에도 어둠이 드리우기 시작하면, 그의 마음 끝은 같은 생각으로 향했다.

얀이 황제 행세를 하고 돌아다닌 것에 화가 났을까? 그럴 리는 없었다. 지난 석 달은 모든 일이 순조롭게 흘러갔다. 그는 꿈에서도 꿀 수 없었던 행복한 시간들을 보냈다. 가난하고 보잘것없는 자신에게 찾아온 영광의 시간이었다. 그런 일이 클라라의 반감을 샀을 리는 없었다.

그렇지만, 얀이 어떤 잘못을 저지른 것은 분명해 보였다. 그로 인해 여황의 마음이 틀어지고 말았다. 그렇기에 그에게 지금의 형벌이 내려진 것이다. 아무리 그렇다고 치더라도, 그녀가 이렇게 오래 화가 나 있다는 건 조금 말이 안 되었다. 다시는 용서할 마음이 없는 것처럼 행동한다는 것도 이해가 되지 않았다. 여황이 화가 난 그 진짜 이유가 무엇인지 그냥 알려 준다면, 얼마나 좋을까? 얀은 그녀를 달래기 위해 무엇이든 할 수 있었다. 그는 어떠한 어려움도 불평 없이 감내할 자신이 있었다. 그녀도 똑똑히 보지 않았나? 그녀가 황제놀이를 이제 그만두길 원한다는 것을 알아차린 순간부터, 그는 즉시 행동으로 보여 주었다. 다시 허름한 작업복을 입었고, 다시 허름한 일터로 돌아가지 않았던가?

얀은 이 문제에 대해서 카트리나는 물론이고, 그물 장인과도 이야기하고 싶지 않았다. 클라라로부터 어떤 신호를 받을 때까지, 인내하며 기다리기로 마음을 먹었다. 그 순간이 그리 멀지 않음을 알고 있었다. 마치 손을 뻗으면 닿을 만한 거리처럼, 곧 그 순간이 올 것이라고 믿었다.

얀이 하루 종일 눈과 추위 때문에 오두막 안에 갇혀 있던 이날, 클라라에게 새로운 소식이 곧 도착하리라 확신했다. 그가 유리창의 작은 모퉁이에 남겨진 맑고 투명한 부분을 통해 끊임없이 밖을 주시하고 있었던 것은 바로 이런 이유였다. 만약 그 소식이 조금 더 늦어진다면, 더 이상 삶을 견딜 수 없을 것만 같았다.

밖은 완벽한 어둠에 휩싸이기 시작했다. 근처 울타리도 보이지 않을 정도로 캄캄한 밤이 되었다. 이렇게 오늘 하루 종일 고대했던 희망도 끝을 향해 가고 있었다. 그도 이젠 잠자리에 들지 않을 이유가 없었다. 카트리나가 끓인 죽으로 저녁을 먹고, 여섯 시 십오 분이 되기 전에 노부부는 잠자리에 들었다.

자리에 누운 노부부는 금방 잠에 빠졌다. 그러나 벽시계가 겨우 여섯 시 반을 향해 가고 있을 때, 갑자기 얀이 벌떡 일어났다. 침대에서 뛰쳐나온 그는 서둘러 장작을 난로에 던져 넣었다. 잠시 후, 거의 꺼져 가던 불이 다시 활활 타오르기 시작했다.

그리고 얀은 옷을 챙겨 입었다. 최대한 조용히 걸으려고 했지만, 카트리나를 깨우고 말았다. 몸을 일으켜 앉은 카트리나가 물었다. "벌써 아침이 되었어요?"

"아냐. 아직 아침이 되려면 멀었어. 그런데 우리 어린 딸이 꿈속에 나타났어. 나보고 지금 당장 숲으로 달려오라고 명령하는 거야." 얀이 말했다.

카트리나는 긴 한숨을 내쉬었다. 한동안 잠잠하더니 다시 광기가 찾아온 모양이었다. 그러나 카트리나는 내심 언제든 이런 일이 다시 일어날 거라고 예상하고 있었다. 남편이 요즘 너무 우울하고 불안해 보였기 때문이다. 그녀는 얀을 집에 붙들어 두려는 어떤 시도도 하지 않았다. 대신, 그녀도 침대에서 일어나 옷을 챙겨 입었다.

"잠깐 기다려 봐요." 얀이 문 앞에 서서 막 오두막을 나서려던 참에, 카트리나가 말했다. "만약 당신이 지금 이 시간에 굳이 숲으로 가야 한다면, 그래요. 좋아요. 나도 같이 갑시다!"

카트리나는 남편이 자신의 제안을 반대할 거라고 예상했다. 그렇지만 그는 아무 말 없이 그저 문 앞에서 아내가 나갈 채비를 마칠 때까지 기다렸다. 무척 다급한 순간이었지만, 그의 표정은 의외로 침착해 보였다.

이런 날씨에 게다가 칠흑같이 어두운 밤에 밖으로 나간다는 건 정말 힘든 일이었다. 추위는 마치 작고 날카로운 유리 조각들로 만들어진 거대한 벽처럼 그들 앞으로 다가왔다. 피부가 따끔거렸고, 코는 얼굴에서 금방이라도 떨어져 나갈 것만 같았다. 손가락 끝은 화끈거렸으며, 발가락은 이미 떨어져 나가 버린 듯 아무런 감각도 느껴지지 않았다.

그러나 얀도 카트리나도 아무런 불평을 하지 않았다. 그들은 그저 걸음을 옮겨 앞으로 나아갔다. 마침내 언덕을 지나 겨울길로 접어들었다. 클라라를 데리고 처음으로 성탄절 예배에 참석하기 위해 교회로 향하던 바로 그 길이었다. 그때 노부부는 어린 딸을 소중히 안고 아침 길을 걸었다.

밤하늘은 맑았다. 서쪽에서 반짝이는 가늘고 새하얀 초승달이 노부부의 밤길을 비추고 있었다. 그러나 주변 모두가 너무 새하얗고, 깊이 쌓인 눈으로 형체가 뭉그러진 바람에 길을 찾기란 여간 어려운 일이 아니었다. 그들은 여러 번 길에서 벗어나길 반복했고, 눈더미 속에 빠지기도 여러 차례 반복했다.

노부부는 계속 걸었고, 마침내 거대한 바위 앞에 이르렀다. 아주 옛날, 거인이 스바트훼 호수 건너 교회를 향해 던졌다고 전해지는 그 바위였다. 얀은 바위를 지나쳤다. 그때, 뒤를 따르던 카트리나가 날카로운 비명을 질렀다.

"얀!" 카트리나가 외쳤다. 그녀가 이렇게 두려움에 휩싸인 비명을 지른 것은 라스가 오두막을 빼앗으러 왔던 그날 이후로 처음이었다. "저기, 저기… 안 보여요? 저기에 누군가 앉아 있어요!"

얀은 황급히 몸을 돌려 카트리나 쪽으로 향했다. 그리고 둘 다 소스라치게 놀라고 말았다. 아주 거대한 늙은 트롤이 바위에 기대어 앉아 있었다. 트롤은 새하얀 눈으로 뒤덮여 있었고, 마구잡이로 뻗은 거친 수염을 가지고 있었으며, 긴 코는 마치 코끼리의 코처럼 축 늘어져 있었다.

트롤은 아무런 미동도 없었다. 마치 이 엄동설한에 온몸이 꽁꽁 얼어 버린 듯해 보였다. 그래서 땅속 집으로 돌아가지 못하고 이렇게 얼어붙은 것이 아닐까?

"세상에나! 이런 게 세상에 진짜 있을 줄이야!" 카트리나가 말했다. "이야기는 수없이 들었지만, 살다가 정말로 트롤이 내 눈앞에 나타나는 꼴을 보게 될 줄은 정말 몰랐어요."

그들이 지금 눈으로 무엇을 보고 있는지 냉철하게 깨달은 사람은 카트리나가 아니라 바로 얀이었다.

"여보, 트롤이 아니야." 얀이 말했다. "세상에! 아그리파 프레스트베리야!"

"세상에! 지금 무슨 말을 하는 거예요?" 카트리나가 외쳤다. "그 사람이 저리 비슷하게 생기긴 했죠."

"아그리파가 여기서 그만 잠이 든 것 같은데… 설마 이미 숨이 끊어진 건 아니겠지?"

노부부는 아그리파의 이름을 부르며 그를 흔들어 깨우려 했다. 그러나 그는 여전히 같은 곳에 앉은 채로 움직임이 없었다.

"빨리 집으로 돌아가서 썰매를 가져와!" 얀이 말했다. "나는 여기 남아서 아그리파가 깨어날 때까지 눈으로 문질러 주고 있을 테니."

"그러다가 당신까지 봉변을 당하면 어쩌려고 그래요?" 카트리나가 말했다.

"사랑스러운 우리 아내." 얀이 말했다. "오늘 밤처럼 이런 따스함을 느껴 본 건 참 오랜만이야. 지금 내가 얼마나 행복한 줄 알아? 아직도 모르겠어? 이게 다 우리 딸 덕이야. 클라라가 우리를 여기로 보낸 거야. 온갖 거짓말로 자신을 음해하던 이 못된 늙은이마저도 불쌍히 여기고 얼어 죽을 위험에서 구해 내라고 우리를 여기로 보낸 거야. 세상에나. 이 얼마나 아름다운 마음이야. 안 그래?"

✥

그 일이 있고, 몇 주가 흘렀다. 얀은 농장 일을 마치고 집으로 돌아가던 길이었다. 그때 아그리파가 얀을 향해 다가왔다.

"얀, 덕분에 내가 완전히 회복되었다네." 아그리파가 말했다. "만약 자네 부부가 나를 구하러 오지 않았다면, 내가 이 세상에 없는 몸이 되었을 거란 걸 잘 알고 있네. 회복하면서 곰곰이 생각해 보았네. 어떻게 이 은혜를 보답할 수 있을지 말이야."

"그런 일이라면 전혀 신경 쓰지 않아도 돼요. 그렇게 말씀만 해주셔도 충분합니다." 얀이 손을 들어 만류하며 말했다.

"아냐, 좀 조용히 하고 내가 하는 말 들어봐!" 아그리파가 말했다. "그냥 빈말로 하는 말이 아니고 진심이야. 이미 준비까지 해두었다니까. 얼마 전에 상인을 만났지 뭐야. 그 상인, 자네 딸에게 붉은 드레스를 선물로 준 그 상인 말야."

"누굴 만났다고요?" 얀이 말했다. 그는 너무 격앙된 나머지 거친 숨을 몰아쉬기 시작했다.

"그 녀석 말이야. 왜, 자네 딸에게 드레스 만들어 입히라고 빨간 천을 준 사람 있잖아. 나중에 그리고 스톡홀름에서 클라라를 그 지경으로 만들어 놓은 그 장본인 말야. 어쨌든 내가 그놈을 아주 혼쭐을 내놓았어. 아주 죽지 않을 정도까지만 두들겨 패줬지. 자네 부부를 대신해서 말이지. 그리고 다음번에 이 근처에 다시 모습을 드러내면 아주 똑같이 두들겨 맞을 줄 알라고 호통을 쳤어."

얀은 자신이 지금 들은 말을 믿을 수가 없었다. "그래서, 그 사람이 뭐라고 하던가요? 클라라에 대해선 묻지 않으셨어요? 어떤 안부나 인사말도 없던가요?"

"그놈이 무슨 말을 할 입이라도 있겠어? 그냥 내가 두들겨 패니까 그냥 처맞고만 있었지. 엣헴. 그럼, 이만 난 자네에게 받은 은혜에 대한 보답은 이걸로 다 한 게야. 알겠지? 요한 우터 아그리파 프레스트베리는 빚지고는 못 사는 사람이니까."

말을 마친 아그리파는 방향을 돌려 사라졌다. 그러나 얀은 한 발짝도 움직일 수가 없었다. 홀로 남겨진 얀은 큰 소리로 탄식했다. '우리 아가는 어째? 우리 아가는 이제 어쩌누?' 클라라는 분명 그 상인을 통해 소식을 전하려고 했을 거라고 얀은 생각했다. 분명 상인은 딸의 소식을 들고 얀을 찾아오는 길이었을 것이다. 그러나 이제 모든 일은 허사가 되고 말았다. 아그리파가 그를 멀리 내쫓아 버렸으니까.

얀은 분노의 두 주먹을 꼭 움켜쥐었다. 울음을 쏟아 내진 않았지만, 그의 몸은 고통에 처절하게 뒤틀린 듯 부들거렸다. 이제야 얀은 딸의 의도를 눈치챌 수 있었다. 아그리파는 늘 이곳저곳을 떠돌아다니는 사내였다. 그랬기에 클라라는 아그리파가 상인에게서 소식을 전달받아서 그것을 다시 얀에게 전해 주길 원했던 것이다. 그러나 한 가지 간과한 게 있었다. 그건 바로 아그리파가 못된 성질머리를 가진 트롤과 크게 다를 바가 없다는 점이었다. 트롤이 어떤 놈들인가? 그들을 도와주건 못살게 굴건 상관이 없었다. 그들과 엮이면 불행만 돌아온다는 사실을 왜 깜빡 잊어버리고 말았을까?

38. 미드썸머 후의 일요일

미드썸머 축제가 끝나고 돌아오는 첫 번째 일요일, 그물 장인 올뱅차는 마을 사람들을 집으로 초대해 성대한 잔치를 열었다. 해마다 이맘때가 되면 그는 며느리와 함께 마을 잔치를 베풀었다. 물론 조금 이상한 일이었다. 그들의 집안 사정도 다른 사람들과 마찬가지로 가난하긴 매한가지인데 왜 이런 큰 잔치를 마을 단위로 여는지 의문이 드는 건 당연한 일이다. 그러나 그 뒷배경을 알고 있는 사람들은 이 잔치를 지극히 자연스럽게 받아들였다.

한때 꽤나 부유했던 그에게는 두 아들이 있었다. 아들이 성인이 되자, 올뱅차는 각 아들에게 농장을 한 개씩 물려주었다. 아버지를 쏙 빼닮은 맏아들은 재산을 모두 탕진하고 세상을 떠나고 말았다. 그러나 신중하고 철저한 성격을 가진 막내아들은 농장을 잘 운영했다. 시간이 조금 지나자 농장의 규모는 상당히 커졌고, 그에 따라 많은 재산을 모을 수 있었다.

그러나 막내아들이 현재 가지고 있는 돈은 올뱅차가 젊었을 적에 소유했던 돈과는 비교가 안 될 정도로 초라한 수준이었다. 만약 그가 지나친 낭비와 부주의로 재산을 허무하게 날려 버리지만 않았다면, 아들의 손에는 지금쯤 어마어마한 돈이 남아 있을지도 몰랐다. 만약 막내아들이 아버지를 대신해 애초부터 집안의 재산을 도맡아 관리했다면 어떻게 되었을까? 아마도 지금쯤 그는 상상하기 힘들 정도로 큰 부자가 되었을 것이다. 이 근처의 모든 숲과 농장을 소유하고, 브로비에 큰 상점도 열고, 증기선도 운영하는 회사까지 일궈 내지 않았을까? 어쩌면 에케비 영주 자리에도 가뿐히 올라설 수 있었을 것이다.

당연히 막내아들 닐스는 아버지의 방만한 재산 관리에 따른 처참한 결과를 용서하기 어려웠다. 그러나 부자간의 갈등으로 번지길 원하지 않았기에 늘 조심해서 자신의 감정을 억제해 왔다. 올뱅차가 완전히 파산했을 때, 많은 사람이 그렇듯 그도 막내아들의 도움을 기대했었다. 그러나 막내아들이 자신의 재산을 내놓아 아버지를 도와준다 한들 그게 다 무슨 소용이 있었겠는가? 그랬다면 아들의 재산 또한 고스란히 채권자 손으로 넘어가고 말았을 것이다. 막내아들은 이를 잘 알고 있었다. 그래서 자신이 물려받은 재산은 끝까지 굳건히 지켜 냈다. 집안이 완전히 몰락한 후에, 아버지가 기댈 수 있는 곳은 자신밖에 없음을 잘 알고 있었기 때문이다.

올뱅차는 이제 큰아들의 아내와 함께 지내며, 그물을 고치는 일을 하며 생계를 유지하고 있었다. 그러나 이 모든 것은 막내아들의 잘못이 아니었다. 그는 아버지에게 자신의 집으로 들어와 살라고 한두 번 말한 게 아니었다. 적어도 백 번은 넘게 부탁했을 것이다. 그렇지만 끝내 올뱅차는 큰 며느리에게 몸을 의탁했다. 그로 인해 막내아들은 마을 사람들 사이에서 좋지 않은 평판을 얻어야만 했다.

그렇다고 부자간의 불화가 생긴 적은 단 한 번도 없었다. 아들은 아버지에 대한 애정이 여전함을 보여 주기 위해 매 여름마다 온 가족을 데리고 먼 길도 마다하지 않고 달려와 이곳 작은 오두막에서 하루를 온전히 보내다 돌아갔다. 막내아들은 그 작고 허름하기 짝이 없는 오두막에서 사는 아버지를 볼 때마다 가슴이 얼마나 답답했는지 몰랐다. 곧 허물어져도 이상할 게 하나도 없는 초라한 창고 같은 집, 돌이 절반인 감자밭, 그리고 다 해진 옷을 입고 있는 형수와 아이들을 마주할 때마다 아들 내외는 가슴이 미어졌다. 만약 마을 사람들이 매년 이런 미안함과 고통을 견디며 아버지를 만나러 오는 아들의 마음을 이해했다면, 아버지에 대한 아들의 깊은 사랑을 조금이나마 이해할 수 있었을 것이다.

막내아들이 여전히 아버지를 이해할 수 없는 게 또 하나 있었다. 그건 아들 내외의 방문을 축하하기 위해 마을 사람들을 초대해 벌이는 성대한 잔치였다. 아들은 매번 집에 올 때마다 아버지에게 부탁했다. 제발 내년에는 이웃 사람들 모두 불러서 잔치를 여는 불필요한 일은 이제 그만해 달라고 빌다시피 간청했다. 그러나 올뱅차는 포기할 수 없었다. 잔치를 열 형편이 조금도 되지 않는다는 건 자신도 잘 알고 있었다. 나이가 들어 쇠약한 노인이 된 현재의 올뱅차 모습을 본다면, 그가 과거에 어떤 사람이었는지 쉽게 머릿속으로 그려지지 않는다. 그러나 젊었을 적부터 가지고 있던 잔치에 대한 열망은 늙지 않고 여전했다. 그 열망이 그를 파산에 이르게 했음에도, 버리지 못하는 버릇이었다.

아들은 소문으로 들어 이미 알고 있었고, 어렵지 않게 짐작할 수 있었다. 아들이 오는 경사스러운 날에 잔치를 열기 위해, 늙은 아버지와 형수가 일 년 내내 아껴서 돈을 모은다는 사실을 말이다. 잔치가 열리는 날에는 음식이 넘쳐났다. 아들이 마차에서 내리기도 전에 큰 식탁에는 커피와 다양한 다과가 준비되어 있었다. 그리고 저녁이 되면 초대된 마을 사람들에게 생선, 고기, 쌀과자, 여러 과일로 만든 잼, 그리고 수많은 종류의 술이 제공되었다. 눈앞에서 벌어지는 그 어이없는 광경을 지켜보는 것은 쉬운 일이 아니었다. 아들은 울고 싶을 정도로 안타까웠다. 아들 부부는 아버지의 이런 기이하기 짝이 없는 잔치를 부추기는 어떠한 행동도 하고 싶지 않았다. 아버지 집을 방문할 때면 부부는 늘 간소한 일상 음식을 따로 챙겨 갔다. 그러나 거대하게 치러지는 잔치를 피해 갈 수는 없었다.

결국 아버지를 찾아뵙는 일을 그만두는 수밖에 없다고, 아들 부부는 서로에게 말했다. 이러다 아버지는 또다시 파산할지도 몰랐다. 그러나 아버지가 그들의 진심을 곡해하진 않을까 걱정이 되어, 직접 말하진 못했다.

잔치에서 만나는 사람들은 또 어떤가? 초대된 이들은 늙은 대장장이, 어부 노인, 작은 오두막에 사는 아버지와 비슷한 처지의 이웃들이었다. 만약 팔라 농장 소유주 같은 훌륭한 사람들이 오지 않았다면, 아들 부부가 이런 자리에서 말을 섞을 사람은 단 한 명도 없었을 것이다. 당연하게도 올뱅차의 아들은 팔라의 옛 주인인 에릭을 가장 좋아했었다. 그러나 그가 가장 존경하는 인물은 바로 에릭의 사망 후 팔라 농장을 물려받은 라스 군날손이었다. 모두가 아는 사실이지만, 라스는 대단한 집안 출신이 아니었다. 그러나 현명한 판단으로 훌륭한 결혼을 했고, 스스로 노력하고 고군분투해서 재력과 명성을 모두 얻은 사람이라고 막내아들은 평가했다.

그렇기에 집에 도착하자마자, 라스가 이번 잔치에 오지 않는다는 사실을 전해 들은 막내아들은 크게 실망할 수밖에 없었다.

"그건 내 잘못이 아냐." 그물 장인, 올뱅차가 말했다. "내가 라스와 친분이 따로 있진 않지만, 어쨌든 네가 좋아하니까 농장으로 내 직접 찾아가서 초대까지 했다니까."

"혹시 이런 잔치에 신물이 난 게 아닐까요?" 아들이 말했다.

"그럴 리가." 노인이 말했다. "내 짐작건대, 라스는 당연히 오고 싶었을 거야. 그런데 뭔가 오지 못할 사정이 생긴 거 같아."

노인은 그게 무슨 말인지 더 이상 자세히 설명하진 않았다. 그러나 첫 번째 커피를 마시는 동안, 그는 다시 이야기를 꺼냈다.

"라스가 오늘 저녁에 오지 않는다고 너무 속상해하지 마." 노인이 말했다. "요즘 그 사람 꼴이 말이 아냐. 혹여나 잔치에 온다고 해도, 함께 즐거운 시간을 보내긴 어려울 거야. 근래에 많이 방탕해졌거든."

"혹시 술에 빠진 건 아니겠죠?" 아들이 물었다.

"음, 아주 빗나간 짐작은 아니긴 한데…" 노인이 말했다. "올봄부터 사람이 조금씩 변하기 시작하더니, 이번 미드썸머 이후로는 아예 맨정신이었던 적이 없었어."

아들의 방문은 늘 비슷한 일정으로 흘러갔다. 커피를 마시면 곧바로 부자는 낚싯대를 들고 근처 호숫가로 향했다. 물고기가 놀라서 도망가는 일이 없도록 노인은 최대한 말을 아끼며 낚시를 했다. 그러나 올해는 예외였다. 노인은 아들과 이야기를 이어 갔다. 대화는 평소와 다름없이 짧은 몇 마디의 물음과 대답이 느리게 이어졌지만, 노인은 그 어느 해보다 생기가 넘쳐 보였다.

노인은 특별히 하고 싶은 말이 있는 것처럼 느껴졌다. 혹은 아들에게서 듣고 싶은 대답이 있어 보이는 것도 같았다. 그는 마치 텅 빈 집 앞에서 소리치며 누군가 문을 열고 나와 주길 애타게 기다리는 사람처럼 행동했다. 그리고 쉽사리 물러설 마음도 없어 보였다. 그는 여러 차례 라스의 이야기로 되돌아갔다. 근래에 있었던 신앙문답 모임에 대한 이야기도 들려주었고, 에릭이 세상을 떠난 후 주변 마을에 퍼졌던 수많은 소문도 아들에게 들려주었다.

라스가 그렇게 정직한 사람이 아니라는 건 아들도 잘 알고 있었다. 그리고 라스가 술을 마시기 시작했다면, 그건 분명 좋지 않은 신호였다.

"그렇다니까. 정말 궁금해 죽겠어. 라스가 오늘을 어떻게 넘길 수 있을지." 노인이 말했다.

바로 그 순간, 아들의 낚싯대에서 물고기가 걸려들었다. 그 덕분에 아버지와의 대화를 잠시 피해 갈 수 있었다. 그러나 아들은 생각에 잠겼다. 아버지가 지금까지 들려준 이야기 속에는 뼈가 있었다. 그게 정확히 무엇인지 알아채지는 못했지만 말이다.

"오늘 밤이라도 라스가 목사님을 찾아가길 바랄 뿐이야." 노인이 말했다. "늘 용서는 존재하니까. 암 그렇고말고! 그놈이 용서를 구할 마음만 있다면야."

그 말을 끝으로 한동안 오랜 침묵이 흘렀다. 아들은 낚싯바늘에 미끼를 새로 갈아 끼우느라 대답할 생각조차 미처 하지 못했다. 그리고 딱히 대답이 필요한 말도 아니었다. 그러나 그때 늙은 아버지의 입에서 깊은 한숨이 흘러나왔고, 아들은 순간적으로 고개를 돌려 그를 바라보았다.

"아버지, 저것 좀 보세요. 아버지 낚싯대요." 아들이 말했다. "물고기가 물은 게 안 보이세요? 물고기가 낚싯대를 물고 사라지게 그냥 놔두실 작정이세요?"

노인은 깜짝 놀라서 몸을 움찔했다. 급히 낚싯대를 들어 올려 물고기를 떼어 냈지만, 어설프게 서두르다 그만 물속으로 떨어뜨리고 말았다.

"오늘은 날이 아닌가 보다. 아무리 내가 물고기를 잡고 싶다고 해도 일이 안 되려면 아무것도 안 되는 법이지!" 노인이 말했다.

그랬다. 노인은 무언가 아들에게서 듣고 싶은 말이 있는 게 분명했다. 그러나 아무리 그렇다고 쳐도, 자기 아들을 장인을 죽음으로 몰고 간 놈과 비교하기는 조금 꺼림칙하지 않은가? 노인은 낚싯바늘에 새 미끼를 끼우지 않았다. 대신 바위 위에 서서 두 손을 가지런히 모은 채 잔잔히 흐르는 물결을 텅 빈 눈으로 바라보고 있었다.

"암, 그렇고말고! 누구나 용서는 구할 수 있는 거야!" 노인이 주절거렸다. "세상 어떤 사람도 용서받지 못할 경우는 없지. 암, 물론이고말고! 추운 얼음덩어리 같은 땅 위에서 늙은이를 기다리다 얼어 죽게 만든 그런 사람 같지도 않은 놈도 용서를 구할 수 있다니까. 암, 그렇고말고! 근데 그것도 오늘까지만 유효해. 오늘이 지나면 다 끝이라고!"

이 말을 아들에게 한 것은 아닐 터였다. 여느 늙은이들이 그렇듯 그 또한 생각을 너무 깊이 하다 그만 혼잣말이 튀어나온 것이 아닐까? 그럼에도 아들은 대화의 주제를 바꾸고 싶었다.

"그나저나 지난가을부터 정신이 이상해진 그 아저씨는 어떻게 되었나요?" 아들이 물었다.

"아, 얀 씨 말야?" 노인이 말했다. "그 사람, 이번 겨울엔 내내 정신이 멀쩡했지. 얀 씨도 오늘 잔치에 못 온다고 그러더군. 뭐, 네가 그 사람을 만나고 싶어 할 일도 없을 테고, 그 또한 나같이 그저 허름한 오두막에 사는 뒷방 늙은이일 뿐이니…"

아버지의 말이 사실이었다. 다만, 아들은 라스에 대한 이야기를 벗어나서 그저 기쁠 뿐이었다. 그는 아버지에게 얀 씨 아저씨에게 어떤 큰 사건이 생겨서 정신이 온전하지 못하냐고 물었다.

"아, 그거? 집 떠난 딸이 그리워서 그만 마음의 병이 생긴 거지 뭐. 벌써 2년이 넘도록 소식 하나 없으니 그럴 만도 하지."

"그 딸이, 그 안타까운 일에 빠졌다는…"

"그래, 그 애야. 기억하고 있구나. 하지만 그것 때문에 얀 씨가 그 지경이 된 건 아냐. 아비로서 견딜 수가 없었던 거지. 그 깊고도 무거운 사랑이 없는 삶을 견딜 수가 없었던 거야."

오늘따라 이상하게도 아버지의 말수가 많아 아들은 조금 걱정이 되었다. 노인은 필요보다 훨씬 많은 말을 쏟아 내고 있었다.

"아버지, 저기 바깥쪽 가장 끝에 있는 바위를 살펴봐야겠어요." 아들이 말했다. "물고기들이 저 바위 주위에서 펄쩍 뛰는 게 보여요."

아들은 아버지의 목소리가 들리지 않는 곳으로 장소를 옮겼다. 그 이후로 오전 내내 더 이상의 대화는 없었다. 그러나 아들은 자신이 어디를 가든, 생기를 잃은 아버지의 눈동자가 자신을 따라오는 것을 느꼈다.

사람들이 속속히 도착하자, 올뱅차 노인은 진심으로 기뻐했다. 오두막 밖 마당에 잔칫상이 차려졌다. 노인이 자리에 앉았을 때, 그는 슬픈 가정과 걱정거리를 머릿속에서 떨쳐 버리려 노력했다. 그가 잔치의 주최자로서 손님들을 맞이하는 모습에는 자연스레 그의 옛 모습이 드러났다. 그때를 잘 살펴보면, 그가 예전에 어떤 사람이었는지 조금이나마 이해할 수 있었다.

팔라 농장에서 온 사람은 아무도 없었지만, 모두들 라스에 대해 궁금해하고 있었다. 놀랄 일도 아닌 것이, 오늘이 바로 경고의 마지막 날이기 때문이었다. 올뱅차의 아들은 이미 신앙문답 때 벌어진 이야기를 전해 들어서 무슨 속사정이 있는지 잘 알고 있었다. 그날 목사가 부모에 대한 자식들의 의무에 대해 설교하면서 벌어졌던 일들은 기묘하기 짝이 없었다. 잔치가 한창 벌어지고 있어도 아들의 얼굴은 즐거워 보이지 않았다. 아무 말도 없고 지루해하는 아들에게 올뱅차가 다가갔다.

"아들아, 넌 어떻게 생각하니? 왜 우리 주님께서는 부모가 자녀를 어떻게 길러야 하는지에 대해서는 계명에다 적어 놓지 않으셨는지 말이야. 네 생각은 어떠니? 꽤 이상하지 않아?" 올뱅차가 아들에게 물었다.

전혀 예상치 못한 갑작스러운 질문에, 아들은 당혹함을 감추지 못했다. 마치 범행 현장에서 딱 들켜 버린 사람처럼, 그는 자신의 얼굴이 붉어지는 것을 느꼈다.

"그렇지만, 사랑하는 아버지!" 아들이 말했다. "전 정말 한번도 그런 생각이나 말도…"

"그래, 네 말이 맞다." 올뱅차가 아들의 말을 끊고 큰 식탁에 앉아 식사를 즐기는 사람들을 보며 말했다. "나도 알아. 내가 무슨 말을 해도 믿기 어렵다는 것을 말이야. 우리 아들은 나에게 상처 주는 말을 한 적이 없지. 우리 막내며느리도 마찬가지고."

그 말은 특정 누구에게 한 것은 아니었다. 그리고 답을 듣고자 한 말도 아니었다.

"네가 지나온 시간들은 아주 고된 시련이었지." 올뱅차가 말을 이었다. "잃은 것도 참 많았고. 그때 내가 만약 정신 차리고 제대로만 살았다면, 넌 아마 지금쯤 어디 높은 자리에 앉아 있을 텐데. 그런데 넌 한 번도 나를 원망한 적이 없었어. 그뿐이야? 한 번도 빠지지 않고 매해 여름마다 온 가족을 데리고 나를 보러 오잖니, 나를 미워하지 않는다는 것을 보여 주려고 말이야."

올뱅차의 얼굴은 다시 생기를 잃어갔다. 목소리도 아주 작았다. 아들은 아버지의 의도를 알 수 없었다. 특별히 듣고 싶은 말이라도 있는 건지, 혹은 꼭 해야만 할 말이 따로 있는지 그 속내를 알 수 없었다.

"리사는 그렇지가 않아." 올뱅차가 옆에 있는 큰며느리를 가리키며 말했다. "이 애는 매일같이 으르릉대거든. 내가 전 재산을 아주 말아먹었다고 말야."

"아이고, 아버님은요!" 큰며느리 리사는 조금도 당황하지 않고, 그저 유쾌하게 웃으며 대답했다. "아버님도 저한테 잔소리 엄청 하시잖아요! 애들 옷에 난 구멍도 제대로 못 꿰맨다고요."

"그거야, 사실이니까 그렇지." 올뱅차가 말했다. "봐라. 우린 서로 부끄러울 게 없어. 그냥 솔직하게 할 말 다 하거든.

숨길 것도 없고, 못 할 말도 없어. 내가 가진 전부가 큰며느리 것이고, 또 큰며느리가 가진 게 내 것이나 다름이 없으니까. 그래서 요즘은 이 애야말로 내 진짜 자식이 아닌가 느껴질 지경이라니까."

아들은 다시금 당황했고 불안해졌다. 노인은 무슨 꿍꿍이가 있어 보였다. 그건 아마도 그가 듣고 싶은 어떤 대답이 아닐까? 그렇지만 이렇게 많은 낯선 사람들 앞에서 아들의 솔직한 대답을 기대하기는 무리였다.

바로 그때였다. 올뱅차의 아들이 고개를 들어 대문을 바라보았다. 라스 군날손과 그의 아내가 막 대문을 지나 들어오는 모습이 보였다. 아들은 아버지와의 대화를 피할 수 있어서 진심으로 안도했다. 그러나 라스 부부의 등장을 반가워한 건 올뱅차의 아들만이 아니었다. 잔치에 온 모든 사람이 부부를 반겼다. 사람들의 얼굴에는 각자 마음속으로 품고 있었던 어두운 의심들이 사라진 듯해 보였다.

라스 부부는 잔치에 늦어서 죄송하다고 몇 번이고 사과했다. 근래 라스는 심한 두통을 앓고 있어서, 참석이 어려울 거라 판단했다. 그런데 오늘 통증이 조금 가라앉아서 잔치에 한번 가보자고 마음을 고쳐먹었다. 혹시 사람들 틈에 있으면, 고통을 덜어 낼 수 있을 거라는 약간의 기대도 들었다.

라스의 눈은 움푹 파여 있었고, 관자놀이 주변 머리카락도 눈에 띄게 빠져 있었다. 그렇지만 올뱅차의 아들을 대하는 모습은 작년과 다름없이 밝고 다정다감했다. 겨우 음식 몇 조각을 먹을 짧은 시간이 지났을 뿐인데, 둘의 대화는 금세 열기를 더해 갔다. 최근에 라스가 숲을 판 일과 막대한 수익을 가져온 사업, 그리고 최근에 빌려 준 돈에 관한 이야기들은 올뱅차 아들의 관심을 사기에 충분했다.

주위에 앉아 있던 사람들은 라스의 대화에 등장하는 엄청난 금액에 그저 넋을 놓고 놀랄 뿐이었다. 아무도 말할 엄두를 못 내고 있을 때, 오직 올뱅차 노인만이 유일하게 나서서 말했다.

"돈 이야기가 나와서 말인데, 닐스야. 너 혹시 기억나? 내가 그 옛날에 듀브네스 공장주 영감에게 돈 17,000릭스달러 빌려 주고 받았던 어음 말이야. 넌 기억할 거야. 내가 가진 돈이 다 떨어져서 절박한 상황이었을 때, 그 어음을 찾지 못해서 안달이 났었잖아. 그래도 난 어쨌든 그 영감에게 편지를 써서 돈을 갚아 달라고 부탁했지. 그런데 그 영감 목숨이 오늘내일하는 중이라고 답장이 왔더라고. 그리고 얼마 지나지 않아서 그 영감이 결국 세상을 떴지. 그런데 뭐야, 상속 정리인들이 내 채권과 관련된 어떤 기록도 회계장부에서 찾을 수가 없다고 하더군. 거참, 결국 어음을 보여 줄 증서가 없으니 지급이 불가능하다고 말하더라고. 그때 내가 두 아들 데리고 그렇게 온 집 안을 뒤졌지만, 끝내 보이지 않던 일, 그거 기억나?"

"아버지, 설마… 그걸 지금 찾았다고 말하려는 건 아니죠?" 아들이 외쳤다.

"참으로 기이한 일이야." 올뱅차가 말했다. "어느 날 아침에 얀이 나를 찾아왔어. 그 친구가 말하길, 내 옷장 안 비밀 서랍에 그 어음이 있을 거라고 확신한다고 말이야. 자기가 꿈속에서 내가 그걸 꺼내는 걸 봤다나 뭐라나."

"아이고, 아버지! 그럼 이미 거기 찾아보신 거예요?"

"그럼, 당장 왼쪽 비밀 서랍을 뒤져서 찾아봤지. 그런데 얀이 그게 오른쪽에 있는 서랍이라고 말해 줬어. 그래서 이번엔 오른쪽을 살펴봤더니, 거기 진짜로 또 다른 비밀 서랍이 있더라고. 내 평생 한 번도 본 적이 없는 서랍이었어. 그리고 그 안에 바로 그 어음이 떡하니 있지 않겠어!"

"예전에 술 드시고 정신이 없을 때, 거기다 넣어 놓고 잊어 버리신 건 아닐까요?" 아들이 툭 내뱉었다.

"뭐, 아마도 그랬지 싶다." 노인이 순순히 인정했다.

아들은 잠시 칼과 포크를 내려놓았다 다시 집어 들었다. 아버지의 말 속에 뭔가 이상한 게 느껴졌다. 아마도 아버지가 지금 하는 말은 모두 꾸며 낸 게 아닐까?

"어쨌든 너무 오래된 거 아닐까요?" 아들이 물었다.

"그렇긴 하지." 노인이 말했다. "아마 다른 채무자의 어음이었다면 오래전에 쓸모가 없어졌을지도 모르는 일이지. 그렇지만 어음은 어음이니, 난 그걸 들고 듀브네스 공장을 물려받은 아들에게 찾아갔지. 그런데 웬걸 보자마자 망설임도 없이 진짜 어음이 맞다고 바로 인정하더구나. 그리고 '아버지가 지신 빚이라면 당연히 제가 갚아야죠. 올뱅차 어르신. 그런데 금액이 워낙 크니 제게 몇 주 정도는 시간적 여유를 주실 수 있겠습니까?'라고 말하더군."

"그분은 정말 신사다운 분이시군요." 아들이 말하며, 손을 무겁게 식탁 위에 얹었다. 여전히 뭔가 미덥지 못한 구석이 있었지만, 그래도 점점 그의 몸으로 퍼져 나가는 기쁨의 온기를 막을 수는 없었다. 그는 생각했다. '아버지가 이렇게까지 경사스러운 일을 아무 말도 못 하고 하루 종일 마음속에 품고만 계셨다니…'

"그래서 내가 새 공장주에게 말했단다. 돈은 지금 당장 돌려주지 않아도 된다고." 노인이 설명했다. "그보다는 새로 어음을 다시 써준다면, 돈은 그냥 그대로 맡겨 놓는 걸로 하겠다고 말이다."

"어찌 되었건 잘된 일이네요." 아들이 말했다. 침착을 유지하려는 그의 의도와는 상관없이, 목소리는 자꾸 들뜬 듯 높아졌다. 그러나 아들은 잘 알고 있었다. 아버지란 사람을 완전히 신뢰하기 어렵다는 사실을 말이다. 언제든 눈 깜빡할 사이에 태도가 돌변해 이 모든 게 꾸며 낸 농담이라고 말하고도 남을 사람이었다.

"너, 날 믿지 못하는 모양이구나!" 노인이 말했다. "직접 눈으로 확인하고 싶어? 리사야, 가서 그 어음 좀 가지고 오렴!"

곧이어, 아들의 눈앞에는 진짜 그 어음이 놓여 있었다. 그는 먼저 서명란을 살펴보았다. 그리고 뚜렷하고 명료한 필체로 사인이 되어 있는 것을 볼 수 있었다. 다음은 액수를 살펴보았다. 그것도 역시 아버지가 말한 금액과 동일했다. 아들은 맞은편에 앉아 있던 아내에게 고개를 끄떡여 진짜가 확실하다는 신호를 보내곤, 어음을 아내 쪽으로 건넸다. 그녀가 궁금해서 애를 태우고 있다는 걸 그도 잘 알고 있었다.

아들의 아내는 어음의 내용을 처음부터 끝까지 꼼꼼하게 읽어 내려갔다.

"그런데, 이건 뭐죠?" 그녀가 물었다. '벵트 올손의 과부 리사 펠스에게 이 금액을 지급한다'라고 적혀 있는데요? 그럼, 리사 형님이 돈을 가지는 거예요?"

"그래." 노인이 대답했다. "내가 이 돈을 리사에게 물려주기로 했다. 이 애가 내 진짜 자식이거든."

"그렇지만, 아버지! 이 돈이 모두 형수님에게 간다는 건, 다른 사람에겐 조금 부당하잖아요."

"아냐!" 노인이 조금 지친 목소리로 말했다. "부당하고 자시고 할 것도 없어. 나는 옳은 일을 했고, 그 누구에게도 빚을 진 게 없어. 뭐, 혹시 잊고 지낸 다른 채무자가 있을지도 몰라서, 다시 꼼꼼히 따져 봤는데 아무도 없어."

"그럼, 저는요?" 아들이 물었다. "저에 대한 생각은 한 번도…" 그러나 아들은 말을 끝맺지 못했다. 바로 그 순간, 식탁 너머에서 날카로운 비명소리가 들렸다.

 라스는 갑자기 독한 술병을 집어 들더니, 벌컥벌컥 마시기 시작했다. 겁에 질린 그의 아내가 소리를 지르며 술병을 낚아채려 했다. 그는 아내를 밀쳐 내며 술병의 절반을 내리 들이켜 마셨다. 그러고는 술병은 식탁 위에 다시 내려놓더니, 고개를 돌려 아내를 멀뚱히 바라보았다. 부리부리한 눈동자에, 주먹은 꽉 쥔 채로, 얼굴은 불그스름하게 상기되어 있었다.

 "못 들었어? 그 어음을 찾아낸 사람이 바로 얀이라고! 그가 꿈에 본 건 모두가 진짜일 거야. 너도 알다시피, 그 미치광이가 미래를 내다보는 능력이 있는 거 같아. 두고 봐, 오늘 나에게 어떤 불행이 닥칠지. 잘 두고 보라고!"

 "도대체 왜 이러는 거예요, 당신? 그 사람은 그저 당신더러 조심하라고 말했을 뿐이잖아요!"

 "당신이 애걸복걸했잖아! 여기 오면 오늘이 무슨 날인지 다 잊어버릴 거라고, 근데 이게 다 뭐야! 괜히 더 끔찍하게 그 사람의 말이 맞다는 것만 확인했잖아!"

 라스는 다시 술병을 집어 들어 남은 술을 마저 들이마셨고, 아내는 울부짖으며 그에게 달려가 붙들며 애원했다. 라스는 헛웃음을 치며 술병을 식탁 위에 내려놓았다.

 "그래, 가져가라. 가져가!" 라스가 말했다. 그리고 자리에서 벌떡 일어서더니 의자를 발로 걷어찼다. "잘 있으시오, 올뱅차 어른! 저는 이만 가봐야겠어요. 이거 참 실례가 이만저만이 아니네요. 오늘은 그냥, 조용히 술이나 마실 수 있는 그런 데로 가야겠어요."

그는 대문으로 걸어갔고, 그 뒤를 아내가 따랐다. 그러나 그가 대문을 막 나서려던 순간, 따라오던 아내를 순간적으로 밀쳐 냈다.

"도대체 뭘 더 원하는 거야? 난 이미 경고를 받았어. 파멸의 길로 가고 있을 뿐이야. 알겠어?"

39. 여름밤

올뱅차의 집에서 성대한 잔치가 벌어지고 있었던 그날, 얀은 오두막 안에서 꼼짝도 하지 않고 하루를 보냈다. 그러나 저녁이 되자, 밖으로 나와 문간 앞 바위에 앉았다. 어디 몸이 아픈 건 아니었지만, 무기력하고 기운이 없었다. 오두막은 하루 종일 내리쬔 햇볕에 후끈 달아올라 있어서 바깥의 신선한 공기를 쐬면 좋을 거라고 생각했다. 그러나 밖이라고 해서 그렇게 시원하지도 않았다. 그럼에도 앉은 자리를 떠나진 않았는데, 그날의 저녁 풍경이 평소와 달랐기 때문이었다.

그해 6월은 유난히 메마르고 더웠다. 건조한 날씨가 지속되는 여름에는 어김없이 산불이 번지곤 했는데, 올해도 이미 불이 숲으로 번지기 시작했다. 저 멀리 산에서 푸른빛을 띤 하얀 연기가 올라오고 있었다. 얀은 그 모습을 바라보고 있었다. 남쪽 하늘에서는 하얗게 빛나는 구름 같은 연기가 올라오는 모습도 보였다. 그가 스톨스니파가 있는 서쪽으로 고개를 돌리자, 그쪽 하늘에서도 큰 덩어리로 뭉친 연기가 높게 솟아오르고 있었다. 마치 온 세상이 불타고 있는 것만 같았다.

얀이 앉아 있던 곳에서는 불길이 직접 보이지는 않았지만, 고삐가 풀린 불길이 제멋대로 이곳저곳으로 번지며 연기를 만들어 내는 모습을 보는 것만으로도 공포에 휩싸였다. 그저 저 산불이 숲에만 머물다 지나가길 바랄 뿐이었다. 혹여나 오두막이나 밭과 농장까지 번지지는 않기를 바랐다.

숨을 제대로 쉬기가 어려웠다. 마치 대부분의 공기가 불에 타버려서, 이제 남은 것도 별로 없는 것처럼 느껴졌다. 코끝을 찌르는 듯한 역한 냄새가 짧은 간격을 두고 스멀스멀 다가왔다. 이웃집의 화덕에서 나오는 냄새는 분명 아니었다. 저 멀리 등선을 넘어 자라고 있는 소나무와 이끼, 덤불들을 태우고 있는 불길의 인사였다.

태양은 조금 전 노을 속으로 저물었지만, 온 하늘을 붉게 물들이고도 남을 충분한 색의 향연은 남겨 놓았다. 그러나 시간이 조금 흐르자, 해가 모습을 감춘 곳뿐만 아니라 여기저기서 밝게 발하던 노을은 점차 생기를 잃어 가기 시작했다.

곧, 듀브 호수의 깊은 물은 주변 산등선을 따라 어둠 속 거울처럼 변해 갔다. 그 수면 위로 붉은 피와 황금처럼 반짝이는 빛이 희미하게 하늘거렸다. 그날 밤의 대지는 철저하게 소외되었다. 이 세상에는 오직 하늘, 그리고 하늘을 담아내고 있는 호수만 존재하는 것처럼 보였다.

그 광경을 무심코 바라보던 얀은 문득 이상한 생각이 들었다. 도저히 가능한 일은 아니지만, 분명 하늘이 점점 대지를 향해 내려오고 있었다. 두 눈으로 똑똑히 목격했지만, 그건 평소의 하늘이 아니었다. 분명히 하늘은 눈에 띌 만큼 땅과 가까워지고 있었다.

분명 자신이 착각하거나 헛것을 본 게 아니라고 확신했다. 저 크고 불그스레한 하늘이 점점 대지를 향해 내려오고 있는 게 틀림없었다. 그와 동시에, 불쾌한 열기가 그를 덮치기 시작했다. 그는 몸이 타들어 갈 듯한 강렬한 열기를 느꼈다. 그 열기는 뜨거운 용광로 같은 하늘 돔에서 뿜어져 나오고 있었으며, 점점 자신을 향해 다가오고 있었다.

얀은 세상의 종말이 언젠가는 닥쳐올 것이란 이야기를 자주 듣곤 했었다. 그리고 만약 종말이 온다면 천둥과 번개가 내리꽂히고, 땅은 대지진으로 요동칠 것이며, 산은 깊은 바닷물 속으로 잠기고, 거친 물결이 광야를 집어삼키는 격렬한 파국이 될 것이라고 상상했었다. 그런 날이 오면, 이 땅 위의 모든 생명은 소멸하고 말 것이다. 그렇지만 지금 눈앞에서 벌어지는 종말은 그의 상상과는 너무 달랐다. 뜨겁게 달궈진 하늘이 대지를 집어삼키고, 사람들이 숨 막히는 열기에 죽어가는 종말이라니! 그가 듣고 상상해 온 그 어떤 재앙보다도 훨씬 더 끔찍했다.

얀은 아직 반도 피우지 못한 담배 파이프를 그만 내려놓고, 같은 자리에 아무런 움직임도 없이 앉아 있었다. 이것 말고 달리 그가 할 수 있는 일이 지금 있긴 하겠는가? 이건 인간이 막을 수도, 피할 수도 없는 일이었다. 또한 무기로도 싸울 수 없으며, 어디 깊은 곳으로 숨어 들어가 피할 수도 없는 노릇이었다. 만약 이 세상에 존재하는 모든 바닷물과 호숫물을 몽땅 쏟아부을 수 있다 한들, 저 하늘의 불꽃을 잠재우기란 역부족이었다. 만약 세상의 가장 높은 산을 뿌리째 뽑아서 하늘을 받치는 기둥으로 세울 수 있다 한들, 저 무거운 하늘 돔을 받쳐 낼 수는 없었다. 하늘은 이미 내려오기로 마음을 정했고, 이를 막을 수 있는 사람은 세상에 존재하지 않았다.

그런데 이상한 일이었다. 얀 말고는 왜 아무도 지금 벌어지고 있는 세상의 종말을 알아차리지 못하는 걸까? 그런데 보라! 저 멀리 산등선을 너머로 무언가 솟아오르고 있었다. 그건 수없이 많은 검은 점들이었는데, 연기구름이 발하는 빛에 반사되어 조금씩 형체를 드러내고 있었다. 그 검은 점들은 아주 빠른 속도로 서로 엇갈리며 솟구치고 있었는데, 사람의 눈에는 그저 짧은 선을 이루며 날아가는 벌떼처럼 보였다.

사실 그건 새 무리였다. 하지만 이상한 일이지 않은가? 나뭇가지 위에서 한창 잠들 시간인 이 한밤중에 새들이 일제히 솟구쳐 날아오르는 이유는 무엇일까? 인간이 모르는 뭔가를 새들은 알고 있는 게 분명했다. 뭔가 큰 일이 곧 벌어진다는 사실을 말이다.

밤이 깊어져도 평소처럼 열기가 식지는 않았다. 반대로 점점 더 뜨거워지고 있었다. 붉은 하늘은 이제 너무도 가까이 내려왔기 때문에 딴생각을 할 여유조차 없었다. 얀은 지금쯤이면 하늘이 스톨스니파 언덕의 꼭대기에는 도달했을 거라고 짐작했다.

종말이 이렇게 가까이 눈앞으로 다가왔지만, 클라라의 얼굴을 다시 보거나 소식을 들을 가망은 없어 보였다. 얀은 지구가 멸망하기 전에, 오직 한가지 은총을 바란다고 주님께 빌었다. 도대체 자신이 클라라에게 어떤 잘못을 저질렀는지 알고 싶었다. 그래야 속죄라도 할 수 있으니까. 이 땅 위의 모든 삶이 사라지기 전에, 자신의 잘못을 속죄할 기회를 달라고 빌었다. 어떤 큰 죄를 지었기에 클라라는 아버지를 용서하지 못하는 걸까? 어째서 황제의 보물들을 자신에게서 앗아 간 것일까?

이런 질문들이 머릿속을 헤집고 있는 동안, 땅에 떨어진 작은 금박 조각에 얀의 시선이 닿았다. 마치 얀의 시선을 끌고 싶은 듯 희미하게 반짝이고 있었지만, 이런 긴박하고 절망적인 상황 속에서 그런 종잇조각에 관심을 가질 여유는 없었다. 그건 분명 스톨 잉보리의 종이별 금박 장식이 분명했다. 그러나 그는 그런 헛된 장식에 대한 관심을 끊은 지 오래였다.

시간을 더할수록 열기는 점점 더 뜨거워지고 있었고, 더 숨쉬기가 어려워졌다. 만약 이렇게 끝날 거라면, 차라리 길게 끌지 않은 게 차라리 나을 수도 있었다. 얀이 주체할 수도 없이, 몸에서 모든 힘이 쭈욱 빠져나가는 느낌이었다. 아무런 기력이 남아 있지 않아 더 이상 똑바로 앉아 있을 힘조차 없었다. 돌 위에서 천천히 미끄러져 내려온 그의 몸은 그대로 땅 위에 닿았다. 그렇게 온몸이 쭉 퍼진 채로 쓰러졌다.

세상의 종말이 코앞으로 다가왔는데, 카트리나가 아무것도 모르고 있다는 사실은 어쩌면 그녀에게 부당한 일이었다. 그러나 얀도 어쩔 수가 없었다. 그녀는 아직 올뱅차 노인의 잔치에서 돌아오지 않았다. 얀에게 약간의 힘이라도 남아 있었더라면, 기꺼이 이 지친 몸을 끌고서라도 그곳까지 갔을 것이다. 아내에게 이 사실을 알리고, 올뱅차 노인에게도 마지막 인사를 전할 기회가 있었다면 얼마나 좋았을까?

바로 그 순간이었다. 카트리나가 올뱅차와 함께 오두막을 향해 걸어오고 있었다. 그 모습을 보자, 얀은 크게 기뻤다. 얀은 빨리 서두르라고 큰 소리로 외치고 싶었지만, 굳게 닫힌 입에서는 아무런 말도 나오지 않았다. 곧 두 사람은 곁으로 다가와 얀을 향해 몸을 숙여 바라보았다.

카트리나는 서둘러 물을 가져와 얀에게 건넸다. 그러자 얀은 잠시나마 기력을 되찾아, 최후의 심판이 도래했다고 전했다.

"내가 그럴 줄 알았어요!" 카트리나가 말했다. "최후의 심판 같은 소리 하고 자빠졌수? 하루 종일 그 더운 오두막 안에서 누워만 있더니, 결국 이렇게 헛소리나 할 줄, 내 알았다니까!"

얀은 고개를 돌려 올뱅차 노인을 바라보며 말했다. "당신도 보이지 않소, 올뱅차? 저 붉게 타오르는 하늘이 계속해서 땅으로 내려오고 있는 게 안 보이냐 말이오?"

노인은 아무런 대답도 하지 않았다. 대신, 고개를 돌려 카트리나를 보며 말했다. "이렇게는 안 될 거 같소. 내 생각엔, 좀 전에 같이 걸으면서 말했던 그 방법을 써보는 수밖에는 없는 거 같소. 상황이 이 지경이라면, 내 지금 당장 팔라 농장으로 달려가야지."

"그렇지만, 라스가 가만히 보고만 있을까요?" 카트리나가 말했다.

"자네도 알다시피, 라스는 술집에 갔잖소. 내 생각에는, 노모께서 용기 있는 결단을 내지…"

얀이 끼어들었다. 이런 긴박한 순간에 별 중요하지도 않은 말들이나 하고 있는 그들을 그냥 참고 볼 수는 없었다. "지금

이리 한가할 때가 아냐!" 얀이 말했다. "진짜 아무것도 안 보여? 진짜로 아무 소리도 안 들리는 거야? 저 심판의 나팔 소리가? 저 산꼭대기에서 울려 퍼지는 쩌렁쩌렁한 굉음이 안 들린다고?"

그들은 잠시 말을 멈추고 조용히 귀를 기울였다. 그러자 어디선가 알 수 없는 이상한 소리가 들렸다.

"저 숲 위쪽에서 뭔가 덜컹거리는 소리가 들리는 것 같은데요?" 카트리나가 말했다. "마차가 달리는 소리처럼 들리네요. 세상에 이게 무슨 일이죠?"

덜컹거리는 소리가 그들이 있는 쪽으로 다가왔다.

"오늘은 일요일이잖아요!" 카트리나가 말했다. "평일이라면 당연히 그럴 수도 있겠지만, 도대체 누가 이 일요일에, 그것도 밤늦은 시간에 마차를 끌고 숲길을 달리는 걸까요?"

카트리나는 말을 멈추고 다시 귀를 기울였다. 그러자 소리는 더 크고 거칠게 들렸다. 수레바퀴가 마치 돌을 갈아 내듯 거칠게 마찰하며 만들어 내는 소리와 말이 급경사를 미끄러지듯 달리는 소리가 들렸다.

"들려? 이제야 들려?" 얀이 물었다.

"예, 들리네요." 카트리나가 말했다. "그러나 그게 누구든, 무슨 일이든 제가 상관할 바는 아니죠. 우선 당신은 집 안으로 들어가서 안정을 취해야 할 것 같아요. 그게 지금 가장 급한 일이에요."

"난 팔라 농장으로 가겠소." 올뱅차가 말했다. "지금 무엇보다 중요한 일이니. 그럼, 이만."

올뱅차는 최대한 빠른 걸음으로 달리며 사라졌고, 카트리나는 얀이 누울 자리를 준비하기 위해 오두막으로 향했다. 그러나 그녀가 집 안으로 발걸음을 딛자마자, 마차 소리는 이젠 바로 코앞에서 들릴 정도로 바짝 다가와 있었다. 그 소리가 얼마나 우렁찬지 마치 전차가 달릴 때 만들어 내는 소음처럼 들렸고, 땅이 흔들릴 정도였다. 얀은 소리 높여 카트리나를 불렀다. 그 외침을 들은 그녀가 곧바로 얀이 있는 밖으로 달려 나왔다.

"여보, 너무 놀라지 말아요!" 카트리나가 달랬다. "저기, 마차가 보이네요. 팔라 농장의 그 늙은 노랭이 말이 끄는 마차예요. 당신도 일어나서 직접 보세요."

카트리나는 얀의 뒷목을 조심스럽게 받쳐 일으켜 세웠다. 이제야 말 한 마리가 그의 시야로 들어왔다. 그 말은 길을 따라서 자라는 덤불 사이를 바람같이 헤치며 달리고 있었다.

"이제 보이죠? 여보." 카트리나가 말했다. "라스 군날손이에요. 어디서 오지게 술 푸다가 이제 집으로 가는 모양인데, 술이 떡이 되어서 방향도 모르고 달리나 봐요."

카트리나가 그렇게 말하는 순간, 마차는 오두막 울타리 앞을 빠르게 지나쳐 갔다. 그러나 눈앞을 지나가는 마차는 텅텅 비어 있었다. 말을 잡고 모는 사람은 아무도 없었다. 그 순간, 카트리나는 날카로운 비명을 질렀다. 깜짝 놀라 얀을 부축하고 있던 팔에 힘이 풀려 버렸고, 얀은 그대로 털썩하고 땅바닥으로 넘어지고 말았다.

"세상에나! 하느님 저희를 구원해 주소서!" 카트리나가 말했다. "당신도 봤어요? 세상에, 이런 끔찍한 일이. 그 사람이 마차에 질질 끌려가고 있어요."

카트리나는 얀의 대답을 듣기도 전에, 마당을 가로질러 마차가 사라진 곳으로 달려갔다. 얀은 아내를 딱히 막지 않았다. 오히려 혼자 남게 되어 홀가분했을 뿐이었다. 그러나 그의 마음속은 여전히 풀리지 않은 의문으로 가득했다. 왜 여황은 그렇게 화가 난 것일까?

금박 종잇조각은 여전히 땅바닥에 놓여 반짝이고 있었다. 그 모습을 보자 선착장에서 떼를 쓰던 스톨 잉보리가 얀의 머리를 스쳐 지나갔다. 그 순간, 얀은 깨달았다. 왜 지난겨울 내내 여황이 그에게 화가 단단히 났는지 알 수 있었다. 그건 스톨 잉보리 때문이었다. 불쌍하기 짝이 없는 그 소녀를 얀은 너무 서운하게 대했다. 자신도 포르투갈로 데려가 달라는 그녀의 부탁을 그렇게 매몰차게 거절하는 게 아니었다. 얼마나 어리석은 행동이었는가? 그토록 위대하신 여황께서 왜 스톨 잉베리를 원하지 않을 거라고 오해했을까? 그녀야말로 온 가슴으로 품어야 하는 버림받은 존재가 아닌가? 그러니 여황이 크게 화를 내는 건 너무도 당연한 일이었다. 그걸 미리 헤아려야 했다. 그 불쌍하고 가난한 사람들이 바로 여황의 제국에서 환영받아 마땅하다는 사실을 말이다.

세상이 오늘 멸망하고 내일이 오지 않는다면, 지금 그가 할 수 있는 일은 많지 않았다. 그러나 만약 내일을 맞이하게 된다면, 지체하지 말고 스톨 잉베리를 찾아가겠다고 다짐했다. 그는 눈을 감은 채 두 손을 가지런히 모았다. 여황의 마음을 깨달은 순간, 그를 지배하던 모든 불안이 가라앉으면서 평온이 천천히 스며들었다. 얀은 이제 죽어도 여한이 없었다.

얼마나 시간이 흘렀는지 알 수 없었다. 그러다 문득, 바로 곁에서 카트리나의 목소리가 들렸다.

"여보, 정신 좀 차려 봐요! 설마 죽을 정도로 아픈 건 아니죠?"

너무나 걱정하는 아내의 목소리에, 얀은 어쩔 수 없이 눈을 떠야만 했다. 그리고 아내의 손에 들린 황제의 지팡이와 초록색 가죽으로 만든 모자를 보았다.

"제가 팔라 농장 주인 식구들에게 이것들을 가져다 우리 집 양반에게 줄 수 있게 해달라고 간청했어요. 제가 말했죠. 무슨 일이 있더라도 당신이 이걸 돌려받는 게 좋을 거 같다고요. 삶의 의욕을 완전히 잃게 두는 것보다는 훨씬 낫죠."

얀은 자신의 양손을 모아 쥐었다. 역시 위대한 성품을 가지신 여황이 아닌가! 얀이 자신의 잘못을 자각하고 속죄하자마자, 여황은 즉시 그에게 자비와 은총으로 보답해 주셨다. 그는 아주 깊은 안도감을 느꼈다. 마치 하늘이 다시 제자리를 찾아 올라가고, 뜨거운 열기가 식어 가고, 다시 신선한 공기가 온 세상에 퍼지는 느낌이었다. 그제야 얀은 몸을 일으켜 세우고 황제의 보물들을 손으로 조심스럽게 쓰다듬었다.

"그래요. 이젠 안심하고 가져도 돼요." 카트리나가 말했다. "이젠 어느 누구도 그것들을 빼앗아 가려고 하지 않을 거예요. 라스 군날손은 죽었으니까요."

40. 황제의 아내

카트리나는 실타래를 들고 뢰브달라 저택의 부엌을 찾았다. 릴리에크로나 중위의 부인이 직접 손으로 실타래를 들어서 살펴보았고, 곧 무게를 재어 솜씨에 칭찬하며 대금을 지불해 주었다.

"어쩜, 이리 손재주가 좋아?" 부인이 말했다. "이리 일을 깔끔하게 하니, 남편 대신 집안 생계도 도맡아 할 수 있고, 참 다행이네."

카트리나는 몸을 약간 곧추세웠다. 그녀의 날카로운 광대뼈 위로 홍조가 살짝 번졌다.

"우리 집 양반도 일은 하려고 해요." 카트리나가 말했다. "그렇지만 여느 남정네들처럼 힘이 세진 않으니까 문제죠."

"그런데 요즘은 아무 일도 하지 않는다면서?" 부인이 물었다. "어디서 전해 듣기론, 여기저기 돌아다니며 사람들에게 장식용 별이나 보여 주고 노래나 부른다고 그러던데?"

릴리에크로나 중위의 부인은 진지하고 성실한 사람이었다. 그녀는 카트리나처럼 부지런하고 성실히 일하는 사람들을 좋아했다. 그녀는 그저 카트리나가 안타까워 연민의 정을 전하려는 의도였다.

그렇지만 그런 말을 계속 듣고 있는 카트리나의 마음이 편할 리가 없었다. 그녀는 남편을 옹호하고 나섰다.

"그 양반도 이제 늙은 데다, 지난 몇 해 동안 마음의 병도 얻어서 고생도 많이 했죠. 뭐, 어쩌겠어요? 한평생 고된 일 하며 살아왔으니, 이제는 자기 편한 대로 조금 쉬어도 상관없어요."

"아이고 참, 그래, 얼마나 다행이야. 그런 불행을 겪어도 이리 차분할 수 있으니…" 부인이 약간 날카로운 어조로 말했다. "하지만 내 생각은 조금 달라. 그래도 자네라도 정신이 똑바르고 이성적이니까, 얀 씨에게 생긴 그 말도 안 되는 망상은 바로잡아야 되지 않을까? 두고 보라고, 내 말 안 듣고 그냥 저대로 놔두면 끝내는 정신병원에 보낼 수밖에 없는 상황이 올 테니까."

카트리나는 자리에서 일어섰다. 그녀의 얼굴은 모욕으로 일그러져 있었다.

"제 남편은 미친 게 아니에요." 카트리나가 말했다. "다만, 주님께서 그의 눈을 가려 주신 것일 뿐이에요. 남편이 도저히 받아들일 수 없는 현실을 보지 못하게 하시려고요. 그것에 우린 감사할 뿐입니다."

릴리에크로나 중위의 부인은 더 이상 카트리나를 자극하고 싶지 않았다. 그녀 또한 아내가 남편의 편을 드는 것은 바람직한 일이라고 생각했다.

"그래. 그럼 참 다행이지, 카트리나." 부인이 한결 부드러워진 목소리로 말했다. "그리고 자네가 깜빡할까 봐 노파심에서 이야기하는데, 여기 우리 집엔 자네가 할 일이 일 년 내내 있으니, 언제든 찾아와서 나 좀 도와주게!"

그 순간, 그녀는 카트리나의 늙고 경직된 얼굴의 근육이 서서히 풀리면서 한없이 무너져 내리는 모습을 지켜봤다. 힘을 주어 단단히 쥐고 있었던 모든 매듭이 한꺼번에 풀려서 흘러내리는 것처럼 보였다. 카트리나의 표정에서 슬픔과 불안, 그리고 사랑이 섞인 복잡한 감정들의 물꼬가 한꺼번에 터지기 시작했다. 그리고 곧 눈물이 그렁그렁 맺혔.

"제 아이의 애비를 위해서 애쓰는 게 저의 유일한 기쁨이에요." 카트리나가 말했다. "참 이상한 일이죠? 세월이 흐를수록 남편에 대한 사랑이 깊어져요. 그 사람이 평범할 때보다 지금처럼 이상한 사람이 된 그이를 더 아끼게 될 줄은 꿈에서도 몰랐어요. 하지만 동시에 불안도 커요. 결국 누군가 내게서 그이를 빼앗아 갈 것만 같은 불길한 기분이 들어서요."

4부

41. 환영식

    그녀가 돌아왔다. 그 작은 소녀가 마침내 집으로 돌아왔다. 이토록 특별한 순간을 제대로 설명할 수 있는 말이 당장 떠오르지 않을 정도였다.

    클라라는 깊어진 가을이 되어서야 집으로 돌아왔다. 그 무렵엔 이미 일반 여객선의 운행은 중단되었고, 일부 작은 화물용 증기선만 간간이 운행을 이어 가고 있었다. 그렇기에 클라라는 배를 타고 귀향하지 않고, 기차를 타고 아훼달라까지 온 후 다시 마차를 타는 여정을 택했다. 이런 이유로 매일 딸을 마중하러 선착장으로 나가는 얀은 그녀를 맞이할 수 없었다. 무려 15년이 흐른 오랜 기다림이었다. 얀이 오두막 지붕 아래에서 클라라를 품고 키워 낸 세월이 18년, 그러니 거의 비등하게 오랜 시간 동안 딸 없는 삶을 살아온 셈이었다.

하필 클라라가 집에 도착하는 순간에 얀은 오두막에 없었다. 그래서 딸을 직접 맞이하지는 못했다. 그 시간 얀은 팔라 농장의 노부인에게 안부 인사를 하러 나간 참이었다. 노부인은 이제 큰 저택에서 나와 방 한 칸을 얻어 홀로 지내고 있었다. 그녀 또한 포르투갈 황제가 간간이 찾아가 살펴야 하는 외로운 노인들 중 하나가 되어 있었다. 황제가 건네는 따뜻하고 친절한 말들이 고된 삶을 이겨 내는 작은 위로가 되었다.

딸을 집 문턱에서 맞이한 건 바로 카트리나였다. 하루 온종일 물레질을 하고, 잠시 쉬려던 찰나였다. 그 순간, 마차가 달리는 소리가 들렸다. 워낙 외진 곳이라 마차가 근처를 지나가는 일은 아주 드물었다. 궁금해진 카트리나는 조금 더 자세히 듣기 위해 문 근처로 다가섰다. 이상한 일이었다. 덜컹거리는 소리는 농가에서 주로 사용하는 그런 수레용 마차가 아니었다. 이 소리는 분명 소음이 적은 여객용 마차에서 들리는 소리였다. 그와 동시에 카트리나의 손이 떨리기 시작했다. 요즘 들어 놀라거나 감정이 격해지면 손이 떨리는 현상이 심해지고 있었다. 그런 손을 가지고도 일흔두 해 동안 부지런하고 성실하게 일해 왔다. 다만, 그녀가 불안해하는 것이 있었다. 바로 손떨림이 더 심해지면, 집안의 생계를 책임질 사람이 없다는 게 큰 걱정거리였다.

그 당시의 카트리나는 딸을 다시 볼 수 있다는 희망도 접어 가고 있을 무렵이었다. 게다가 하루 종일 바쁜 일상 속에서 딸을 떠올리지 않는 날도 많았다. 그러나 후에 카트리나는 그 순간을 회상하며 말했다. 마차가 달려오는 소리를 듣는 바로 그 순간, 어미는 누가 집으로 찾아왔는지 바로 알아챌 수 있었다고 말이다. 카트리나는 급히 서랍장으로 달려가 깨끗한 앞치마를 서둘러 꺼내려 했지만, 손이 떨리는 바람에 열쇠 구멍에 열쇠를 제대로 넣을 수조차 없었다. 결국 깔끔한 옷으로 갈아입지도 못한 채, 문밖으로 나가 딸을 맞이할 수밖에 없었다.

딸이 타고 온 마차는 황금마차가 아니었다. 심지어 마차 안에 타고 있지도 못하고, 두 발로 걸어서 오두막 앞으로 다가오고 있었다. 아훼달라나로 향하는 길은 과거와 크게 달라진 게 없이 여전히 험했다. 에릭이 생전 자신의 아내와 함께 클라라의 세례식을 위해 마차를 끌고 교회로 향하던 그 돌부리 가득한 울퉁불퉁한 길 그대로였다. 그 길을 지금은 클라라가 마부와 함께 마차의 양쪽에 서서 걸어오고 있었다. 그들은 마차 뒷좌석에 놓아둔 두 개의 커다란 트렁크가 흔들려서 도랑으로 떨어지지 않도록 마차를 조심스레 받치며 걸었다. 딸의 귀향은 성대한 행차와는 거리가 멀었다.

카트리나가 막 현관문을 열어젖힌 바로 그 순간, 마차가 오두막 앞에 멈춰 섰다. 당연히 한걸음에 달려가 대문을 열어 줘야 했지만, 카트리나는 그러지 못했다. 갑자기 가슴을 짓누르는 묵직한 중압감이 그녀를 덮치는 바람에, 한 발짝도 옮기지 못한 채 그 자리에서 얼어붙어 버렸다.

정말 클라라가 맞았다. 딸은 더 이상 예전의 모습처럼 작은 소녀가 아니었지만, 카트리나는 한눈에 알아볼 수 있었다. 클라라는 이제 귀부인이 되어 있었다. 화려한 깃털과 꽃장식이 달린 모자를 쓰고, 고급 천으로 만든 옷을 걸치고 있었다. 그럼에도 불구하고, 여전히 그들의 작은 딸이 분명했다.

딸은 재촉하는 걸음으로 마당을 지나 두 손을 활짝 벌린 채 어머니를 향했다. 그럼에도 카트리나는 두 눈을 꼭 감고는 움직이지 못하고 서 있기만 했다. 이해할 수는 없었지만, 마음속 깊은 곳에서 쓰디쓴 감정이 울컥 솟아올랐다. 노부모가 그렇게 오랜 시간을 간절히 기다렸다는 걸 잘 알고 있는 딸이 어떻게 이토록 멀쩡한 모습으로 불쑥 나타날 수 있단 말인가? 카트리나는 그런 딸을 용서할 수 있을지 의문이었다. 그 기다림이 무의미했다면, 차라리 집으로 영영 돌아오지 않는 편이 더 나았을지도 몰랐다.

그런 복잡한 표정을 짓고 있는 카트리나가 몹시 병약해 보였는지, 클라라는 황급히 달려와 두 팔로 어머니를 부축해 오두막 안으로 들어갔다.

"엄마, 너무 놀라지 마세요." 클라라가 말했다. "절 못 알아보겠어요?"

카트리나는 두 눈을 부릅뜨고 딸을 유심히 바라보았다. 카트리나는 이성적인 사람이었다. 15년이나 집을 떠나 있었던 딸이 예전 집을 떠날 때의 모습 그대로일 거라고는 기대하지 않았다. 그럼에도 불구하고, 눈앞에서 보이는 딸의 모습에 놀라지 않을 수가 없었다.

클라라는 이제 서른을 조금 넘겼을 뿐인데도 나이에 비해 훨씬 늙어 보였다. 카트리나가 놀란 것은 딸의 관자놀이 주변에 흰머리가 있다거나 이마에 퍼진 잔주름 때문이 아니었다. 딸은 누가 봐도 이제는 보기 흉한 얼굴을 하고 있었다. 얼굴 피부색은 이상할 정도로 어둡고 누렇게 떠 있었다. 입 주변은 두껍고 거칠어졌으며, 눈 흰자 위는 잿빛으로 탁한 데다 선명한 핏줄로 가득했다. 또한 눈 밑의 피부는 축 늘어져 커다란 주머니가 매달려 있는 것만 같았다.

카트리나는 조용히 의자에 앉았다. 그리고 주체할 수 없이 떨리는 손에 힘을 주어 꽉 쥐고선 가지런히 무릎 위에 올려놓았다. 그녀는 붉은 드레스를 입은 딸의 빛나던 열여덟 살의 모습을 떠올렸다. 그 선명한 모습이 지금까지 카트리나의 머릿속에 남아 있던 딸에 대한 기억이었다. 딸이 돌아와서 정말로 기쁜 걸까? 혹은 그런 시절로 돌아가지 못해서 슬픈 걸까? 스스로 의문이 들었다.

"편지 한 통 보내는 게 그렇게 어려웠어?" 카트리나가 말했다. "하다못해 짧은 안부라도 전해 줬더라면, 적어도 네가 어디서 살아는 있다는 걸 알 수 있었을 거 아니냐."

"네, 저도 잘 알고 있어요." 클라라가 말했다. 밝고 쾌활한 딸의 목소리는 예전과 다르지 않았다. "그런데, 처음엔… 좀 많이 힘든 일이 있었어요. 그 이야긴… 들으셨는지 모르겠네요."

"그래, 그 소식은 들어서 알고 있다." 카트리나가 말하며 긴 한숨을 내쉬었다.

"그래서 편지를 보내지 못했던 거예요." 클라라가 말했다. 그러고는 잠시 웃음을 터트렸다. 그녀에게서 예전의 강인하고 곧게 자란 소녀의 모습을 더는 찾아볼 수 없었다. 후회나 자기반성으로 자신의 잘못을 고치려는 사람이 더는 아니었다.

"그 이야기는 이제 그만해요, 엄마!" 카트리나의 긴 침묵을 깨고, 클라라가 말했다. "지금은 저, 정말 괜찮게 지내고 있어요. 요즘은 말뫼와 뤼벡을 오가는 큰 증기선에서 일해요. 거기서 식당 일을 맡아서 하고 있어요. 올가을에는 말뫼에 방도 하나 얻었고요. 가끔 편지를 쓸까 생각도 해봤지만, 그러기가 쉽지 않았어요. 차라리 엄마랑 아빠를 모셔 올 준비가 될 때까지 그냥 이대로 두는 게 낫겠다는 생각을 했어요. 이제 모든 일이 다 잘 풀렸어요. 이젠 두 분을 모실 여력이 있으니… 그래서 편지를 쓰는 것보다는 차라리 직접 모시러 와야겠다고 생각했던 거고요."

"그런데… 우리 소식은 전혀 들은 게 없었니?" 카트리나가 물었다. 방금 들은 딸의 이야기는 분명 기쁜 소식이었다. 그러나 그녀의 마음 한구석은 여전히 무거웠다.

"아뇨." 클라라가 대답했다. 그리고 변명하듯 말을 이었다. "너무 힘들어지면 그땐 누군가에게 도움을 받으실 수 있을 거라고 생각했어요."

그제야 클라라는 카트리나의 손이 부들부들 떨리고 있음을 알아챘다. 그걸 감추기 위해 애써 두 손을 꽉 쥐고 있었지만 소용이 없었다. 그녀는 부모님의 삶이 생각했던 것보다 훨씬 힘들었음을 짐작했다. 그리고 자신을 변명하려 했다. "다른 사람들처럼 작은 돈이나마 보낼 생각은 하지 않았어요. 제대로 된 집을 장만하자. 그 순간까지는 바득바득 돈을 모으자. 모든 게 다 준비가 되면, 그때 부모님을 모셔 오자. 이렇게 생각했던 거예요."

"우린 돈을 원했던 게 아냐." 카트리나가 말했다. "그저 네가 편지라도 써서 작은 소식이라도 전했다면, 그걸로 충분했을 거야."

클라라는 예전에 그랬던 것처럼, 슬픔에 잠긴 어머니의 마음을 달래 보려고 애썼다.

"이렇게 즐겁게 다시 만났는데, 이런 순간을 망치진 말아요. 엄마!" 클라라가 말했다. "그래서 제가 이렇게 다시 돌아왔잖아요. 그러니 이제 마음 푸세요. 얼른 제가 들고 온 짐부터 같이 풀어요. 먹을거리도 많이 챙겨서 왔어요. 아빠가 집에 돌아오실 때까지, 우리 잔칫상이나 준비하자고요!"

클라라는 마차에서 짐을 내리기 위해 밖으로 나갔다. 그러나 카트리나는 그런 딸을 뒤따르지 않았다. 딸은 끝내 아버지의 안부를 따로 묻지 않았다. 그저 예전과 다름없이 팔라 농장에서 일하고 있을 거라 생각했기 때문이었다. 물론 카트리나는 딸에게 그동안 아버지에게 무슨 일이 있었는지 이야기해 줘야 한다는 걸 잘 알고 있었다. 그러나 계속 망설이기만 하다, 말할 순간을 놓치고 말았다. 마침내 딸이 집으로 돌아와 이제 한숨 돌릴 수 있게 되었는데, 굳이 그 기쁜 순간에 찬물을 끼얹을 수는 없었다.

클라라가 마부를 도와 짐을 내리고 있을 때, 대여섯 명의 동네 꼬마들이 울타리 쪽으로 다가와 마당 안을 슬그머니 들여다보고 있었다. 수군거리던 꼬마들이 클라라를 향해 손가락질하며 웃고는 곧장 달아났다. 그러나 잠시 뒤 꼬마들은 다시 모습을 드러냈다. 그런데 이번엔 그들 무리 속에 한 작은 노인이 섞여 있었다. 누렇게 뜬 얼굴과 잔뜩 쪼그라든 몸을 가진 노인이었다. 그렇지만 그는 마치 군인이 힘차게 행군하듯 걸어왔다. 약간 뒤로 젖혀진 머리는 정면을 향하고 있었고, 꼿꼿하게 세운 몸으로 이어지는 발은 세차게 땅을 내딛고 있었다.

"참, 행색이 이상한 사람이네요." 클라라가 마부에게 말했다. 노인과 아이들이 이제 막 오두막 대문 앞으로 다가오고 있었다. 클라라는 그가 누구인지 전혀 알아보지 못했다. 그렇지만 노인의 이상한 옷차림은 그녀의 시선을 끌기에 충분했다. 머리에는 높은 가죽 모자를 쓰고 있었고, 딱딱한 금박 종이로 만든 별과 십자가를 엮은 목걸이는 마치 황금처럼 반짝이며 가슴 아래까지 늘어져 있었다.

꼬마들은 더 이상 조용히 있지 않았다. 오히려 목청껏 소리쳤다. "여황이다! 여황이 나타났다!" 그런 모습을 바라보던 초라한 행색의 노인은 아이들을 말리지 않았다. 오히려 버릇없이 소리치고 웃어 대는 무리가 자신의 명예스러운 경호대인 양 함께 앞으로 나아갔다. 그리고 무리가 오두막 바로 현관문 앞까지 다가오자, 클라라는 깜짝 놀라 비명을 지르며 카트리나에게 달려갔다.

"누구예요?" 완전히 겁에 질린 표정으로 클라라가 말했다. "설마, 아빠? 아버지가… 정신이 나가신 거예요?"

"그래." 카트리나가 말했다. 그녀는 복받쳐 오르는 감정을 추스르지 못하고 흘러내리는 눈물을 연신 앞치마로 닦았다.

"저 때문에 이렇게 되신 거예요?"

"다 주님의 자비로운 결정이다." 카트리나가 말했다. "주님은 다 아셨던 게야. 저 양반이 견딜 수 없다는 걸 말야."

카트리나는 계속해서 설명을 이어 갈 수 없었다. 바로 그 순간, 얀이 집 문턱까지 와서 서 있었고, 그 뒤로 동네 아이들 무리도 덩달아 몰려와 있었기 때문이었다. 아이들은 수없이 반복해서 들었던 그 황제와 여황의 재회 장면이 실제로 어떻게 이루어질지 보고 싶었다.

포르투갈 황제는 딸에게 바로 달려가지 않았다. 대신, 문 앞에 서서 자신만의 방식으로 환영의 인사를 했다.

"환영합니다. 환영합니다. 친애하는 클라라 피나 굴레보리 여황께 경의를 표합니다."

얀은 품격과 위엄을 담아 말했다. 동시에 그의 눈에는 기쁨의 눈물이 흐르고 있었고, 북받치는 감정 때문에 떨리는 목소리를 감출 수도 없었다. 정중한 환영의 인사가 끝나자, 황제는 그의 지팡이를 들어 바닥에 세 차례 힘차게 내리쳤다. 모두가 이제 침묵하고 주목을 해달라는 요구였다. 그리고 가늘고 구슬픈 목소리로 노래를 부르기 시작했다.

클라라는 카트리나 뒤로 바짝 붙어서 몸을 웅크려 숨었다. 아무런 말도 못 하다, 얀이 목소리를 높여 노래를 부르기 시작하자 너무 놀란 나머지 비명을 지르며 그의 노래를 중단시키려 했다.

그런 딸을 카트리나는 손으로 꽉 붙잡아 말렸다. "그냥 놔두거라! 네가 우리 곁을 떠난 후로 내내 이 노래를 너에게 들려줄 날이 오기만 기다렸던 사람이다."

그런 어머니의 말에 클라라는 어쩔 수 없이 얀이 노래를 부르도록 내버려두었다.

여황의 아버지는
가슴 깊이 기뻐하네

신문이 전한 소식과 같이

오스트리아, 포르투갈, 메츠, 일본이 그랬던 것처럼

붐, 붐, 붐, 굴러가네.

붐, 붐.

그러나 클라라는 더 이상 참을 수 없었다. 그녀는 급히 앞으로 달려가 아이들을 모두 다 내쫓아 내고 대문을 닫아 버렸다. 그러고 나선, 아버지를 향해 돌아섰다. 심지어 발을 동동 구르며 화를 삭이지 못했다.

"제발 좀 조용히 하세요!" 클라라가 말했다. "지금 저를 동네 우스갯거리로 만들 작정이세요? 여황이라니요?"

얀은 잠시 어리둥절한 표정을 지었으나, 곧 안정을 되찾았다. 위대한 여황의 엄중한 말이 아닌가? 그녀가 행하는 모든 일은 옳아야 했고, 그녀가 하는 모든 말은 꿀과 향유처럼 달콤해야 했다. 얀은 여황의 귀환에 너무 감격한 나머지 그녀가 황금 왕관도 머리에 쓰지 않았고, 황금으로 만든 왕좌에 앉아 있지도 않았으며, 황금 갑옷으로 치장한 장군들의 호위도 없이 돌아왔다는 사실조차 까마득하게 잊고 있었다. 설사 그가 이런 사실을 알아챘다고 하더라도 큰 문제가 될 리는 없었다. 만약 여황이 이리 볼품없는 모습으로 돌아오고자 했다면, 그건 그 나름대로 깊은 뜻이 있다고 믿었기 때문이다. 어쨌든 클라라가 돌아왔다는 사실만으로도 얀은 충분히 기뻤다.

42. 도주

클라라가 집으로 돌아온 지 여덟 날이 흘렀다. 클라라와 카트리나는 이곳을 영영 떠날 준비를 마친 채, 아침 일찍 보리 선착장에 서 있었다. 카트리나는 머리에 장식이 달린 모자를 쓰고, 값비싼 외투까지 걸치고 있었다. 그녀는 큰 도시에서 새로운 삶을 시작하기 위해, 딸을 따라서 말뫼로 이사 가기로 결정했다. 이제는 그저 입에 풀칠이나 하려고 고된 노동을 하던 자신의 일상으로 다시 돌아갈 필요가 없었다. 앞으로는 다소곳이 소파에 앉아서 우아한 삶을 살 작정이었다. 얼마 남지도 않은 자신의 여생을 어떤 걱정도 없는 평온한 날들로 채우고 싶었다.

이 모든 좋은 일이 당장 눈앞에서 벌어지고 있음에도 불구하고, 선착장에서 배를 기다리는 동안 카트리나는 한 번도 겪어 보지 못한 깊은 절망에 사로잡혀 있었다. 카트리나의 어두운 얼굴을 보고 클라라는 아마도 어머니가 생전 처음으로 배를 타고 바다로 나가는 게 무서워서 그럴 거라고 짐작했다. 그녀는 어머니를 안정시키기 위해 자신의 지식과 경험을 말해 주었다.

"엄마, 바다가 무서운 건 아니죠? 사람이 서 있기도 힘들 정도로 이렇게 바람이 심하게 불어도 위험할 거 하나도 없어요." 클라라가 말했다. 목소리에는 바다에 익숙한 뱃사람 특유의 자신감이 느껴졌다. "저렇게 넘실거리는 하얀 게 보여도, 사실 저걸 파도라고 부르기도 힘들어요. 아주 옛날에는 통나무배로도 거뜬히 먼 바다를 건너다녔는데, 요즘같이 발달된 배는 더 안전하죠."

클라라는 거칠게 불어 대는 강풍에 개의치 않고 선착장에 그대로 서 있었다. 그러나 카트리나는 바람에 휩쓸릴 것만 같아 근처 커다란 물류창고 안으로 몸을 피했다. 그리고 창고 안에 쌓아 둔 짐 상자 뒤로 몸을 숨겼다. 배가 도착할 때까지 이 구석지고 어두운 곳에서 기다릴 작정이었다. 그녀는 혹시나 마을 사람들을 마주칠까 두려웠다. 자신이 지금 하려는 이 일이 분명히 옳지 않다는 건 카트리나도 잘 알고 있었다. 그리고 이토록 사람들 눈을 피하고 싶은 스스로가 한없이 부끄러웠다.

그러나 카트리나에게는 한 가지 확고한 변명이 있었다. 안락한 삶을 꿈꾸고자 딸을 따라나선 게 아니었다. 그보다는 그녀의 손이 더 이상 말을 듣지 않는다는 이유가 컸다. 실타래를 돌릴 때 실을 제대로 잡지도 못하는 떨리는 손을 가지고 무엇을 더 할 수 있단 말인가? 그게 카트리나가 가진 유일한 두려움이자 변명이었다.

그때, 카트리나는 종지기 스밧틀링 씨가 창고 안으로 들어오는 모습을 보았다. 그리고 주님께 간절히 요청했다. '제발, 제발 주님! 그가 나를 보지 않게 해주세요. 저에게 다가와 도대체 어디로 갈 작정이냐고 묻지 않게 해주세요.' 그녀가 어떻게 종지기와 이야기를 나눌 수 있겠는가? 그 모든 시간을 함께한 남편을 오두막에 홀로 내버려두고 멀리 떠나는 이 모습을 어떤 말로 설명할 수 있단 말인가?

카트리나라고 처음부터 이러고 싶지는 않았다. 남편과 함께 남은 여생을 같이할 수 있는 방법을 모색해 보았다. 만약에 딸이 매달 작은 돈, 그러니까 한 10릭스달러 정도만 보내줘도 노부부는 그럭저럭 살아갈 형편이 된다고 클라라를 설득해 보았다. 그러나 그런 이야기는 딸에게 통하지 않았다. 자신을 따라 말뫼로 오지 않는다면, 단 한 푼도 줄 수 없다고 딱 잘라 말했을 뿐이었다.

카트리나도 딸의 사정을 이해 못 하는 건 아니었다. 클라라가 악한 의도를 가지고 어머니의 제안을 거절한 것은 아니었다. 딸은 열심히 일해서 돈을 모았고, 마침내 두 노부모를 모셔 올 방 한 칸을 어렵게 얻었다. 그리고 이제 막 집으로 돌아와 부모님께 자신이 얼마나 힘들게 노력했는지, 그리고 얼마나 부모를 생각해 왔는지 보여 줄 순간이었다. 그러나 딸이 마주한 현실은 계획과는 달라도 너무 달랐다. 클라라는 두 부모를 모실 수 없다면, 한 분이라도 데려가고 싶었다. 그것이 그동안 자신이 쏟아부었던 노고에 대한 약간의 보상이 될 것이라 믿었다.

　부모를 위해 장만한 집을 꾸밀 때, 딸이 가장 많이 생각한 사람은 아버지인 얀이었다. 예전 그들의 관계는 무엇보다 좋았다. 세상에서 떼어 놓을 수 없는 둘도 없는 친구 같았다. 그렇지만 딸은 아버지의 현재 상태를 끝내 받아들일 수 없었다.

　모든 불행의 시작은 이랬다. 클라라는 아버지에게 엄청난 반감을 가지게 되었다. 아버지와 한순간도 함께 있을 수가 없었다. 그런 딸 앞에서 얀은 포르투갈에 대한 이야기는 물론이거니와, 여황의 재산과 권력에 대해 말하는 게 용납될 리 없었다. 물론 두 사람 간의 대화만 문제가 되는 것이 아니었다. 클라라는 아버지가 황제 복장을 하고 여기저기 돌아다니는 모습을 보는 것도 견딜 수 없었다. 얀은 그런 딸의 거부에도 개의치 않고 딸의 얼굴을 보는 것만으로도 기뻐했으며, 조금이라도 곁에서 떨어지길 원치 않았다. 그렇지만 딸은 아버지를 멀리 피하기만 했다. 이게 바로 딸이 집으로 돌아온 지 겨우 일주일 만에 다시 짐을 싼 이유라고 카트리나는 확신했다.

　잠시 후, 클라라도 창고 안으로 들어왔다. 그러나 그녀는 종지기 스밧틀링과 마주하길 두려워하지 않았다. 오히려 곧장 그에게 다가가 말을 붙였다. "이제 집으로 돌아가려고요. 물론 어머님도 저를 따라 같이 가십니다."

종지기의 반응은 예상대로였다. "아버지는 뭐라고 하던가요?"

클라라는 마치 남의 일이라도 이야기하듯 차분하게 대답했다. "아버지 일은 제가 미리 손을 써두었어요. 이제 리사 아주머니 집에서 함께 지내게 되실 거예요. 올뱅차 영감님이 돌아가시고 새집을 지었는데, 그 집에 비어 있는 방 하나를 세주고 빌렸죠. 그 방에서 잘 지내실 거예요."

종지기는 평소 자신의 생각이 얼굴 표정에 묻어나지 않도록 주의했다. 클라라와 대화를 나누던 이 순간에도 그의 표정에는 아무런 변화가 없었다. 그러나 카트리나는 그가 무슨 생각을 하고 있는지 어렵지 않게 짐작할 수 있었다. '왜 그 늙은 노인이 남의 집에 얹혀서 살아야 하지? 아내와 딸이 멀쩡히 살아 있는데도? 리사 아주머니야 물론 좋은 사람임에 틀림이 없지만, 그녀가 피붙이도 아닌 얀 씨를 돌볼 인내심이 있을까?' 카트리나의 짐작이 맞았다. 종지기 스밧틀링은 정확히 같은 생각을 하고 있었다.

카트리나는 불쑥 자신의 손을 꺼내서 자세히 내려다보았다. 어쩌면 스스로를 기만했던 것일지도 몰랐다. 이 손이 훌륭한 핑곗거리라고 생각했던 것일까? 그저 자신의 손이 이제는 아무런 일도 할 수 없을 만큼 약해졌다고 스스로를 설득하고 속인 것은 아니었을까? 이게 과연 남편을 혼자 남겨두고 떠날 대단한 이유가 될 수 있을까? 딸이라는 존재가 뭐 그렇게 대단하다고, 왜 당당하게 맞서서 할 말도 제대로 하지 못했을까?

 클라라는 여전히 종지기와 대화를 이어 가고 있었다. 아버지가 자신들이 떠나는 걸 알지 못하도록, 어떻게 몰래 집에서 도망쳐 나왔는지 이야기했다. 이 부분이 카트리나에겐 가장 잔인한 순간이었다. 도주를 계획했던 날, 클라라는 아버지를 멀리 떨어진 브로 마을로 보냈다. 그곳에 있는 한 상점에 심부름을 보낸 것이었다. 얀이 집을 나서자마자, 딸과 어머니는 서둘러 짐을 싸서 오두막을 나섰다. 도둑처럼 물건을 마구잡이로 가방에 집어넣는 순간에, 카트리나는 자신이 마치 씻을 수 없는 죄를 지은 사람처럼 느껴졌다. 이렇게 남몰래 오두막을 도망쳐 나오면서, 클라라는 이 모든 일이 어쩔 수 없는 일이라고 어머니를 다독였다. 클라라는 자신들이 떠난다는 걸 아버지가 조금이라도 눈치챘다면, 달리는 수레바퀴 아래라도 뛰어들어 막아섰을 거라고 단언했다. 얀이 집으로 돌아오면, 리사가 그를 잘 보살펴 줄 것이다. 착한 성품을 가진 리사가 아버지의 아픈 마음을 잘 다독여 줄 것이라 믿어 의심치 않았다. 그러나 아내와 딸이 자신을 버리고 떠났다는 그 잔혹한 사실은 어떻게 치유할 수 있을까?

 종지기 스밧틀링은 말없이 조용히 클라라의 말을 듣고 있었다. 카트리나는 딸의 설명을 그가 어떻게 받아들일지 궁금했다. 그때, 그가 불쑥 손을 내밀어 클라라의 손을 잡고 엄숙한 표정으로 말했다.

"그런 일이 있었구나. 한때 너를 가르쳤던 오래된 스승으로서 내 생각을 솔직하게 말해 줄게. 너는 지금 한 사람의 딸로서 주어진 의무와 책임에서 벗어나려고 도망치는 거야. 그게 반드시 성공할 거란 기대는 하지 말거라. 그렇게 비슷한 일을 저지른 사람들을 한두 번 본 게 아니란다. 하지만 결국엔, 자신들이 했던 그 모든 일들이 그대로 되돌아오는 걸 여러 번 지켜봤단다."

카트리나는 몸을 일으키며 안도의 한숨을 내쉬었다. 지금 들은 말은 정확히 그녀가 자신의 딸에게 해주고 싶었던 말이었다.

클라라는 상당히 조용해진 말투로, 달리 다른 방도를 찾을 수 없었다고 대답했다. 정신이 온전치 못한 아버지를 낯선 대도시로 데려갈 수도 없는 일이고, 그렇다고 자신이 이 시골 마을에 남을 수는 더더욱 없었다. 이 모든 건 아버지가 자초한 일이었다. 길을 지나가기만 해도 동네 아이들이 모조리 달려와 '여황이다! 와, 여황이 나타났다!'라고 외쳐 대질 않는가! 지난 일요일 교회에서는 또 어땠는가? 사람들은 클라라를 보려고 안달이 나서 그녀 주위로 갑자기 몰려드는 바람에 하마터면 넘어질 뻔했다. 그동안 그녀가 겪은 자초지종을 그에게 모두 털어놓았다.

그러나 종지기 스밧틀링은 자신의 생각을 굽히지 않았다.

"그게 어려운 일이라는 건 나도 잘 이해해." 그가 말했다. "하지만 너와 네 아버지 사이에는 남들이 가지지 못한 깊은 유대가 있잖아. 그걸 그렇게 쉽게 끊어 낼 수 있을 거라고 생각하진 말거라."

그 말을 끝으로, 두 사람은 창고 밖으로 나갔다. 카트리나도 그들의 뒤를 따랐다. 그녀는 마음이 바뀌어 이제는 종지기와 꼭 이야기를 나누고 싶었다. 그에게 다가가기 전에, 잠시 언덕 위를 올려다보았다. 이상하게도 곧 저 언덕 위로 얀이 모습을 드러낼 것만 같은 강한 예감이 들었다.

"아빠가 올까 봐 무서우신 거예요?" 클라라가 카트리나에게 다가와 물었다.

"무섭다니!" 카트리나가 말했다. "난 그저 주님께 바랄 뿐이다. 우리가 떠나기 전에 그 불쌍한 양반이 우리를 찾아오길 바랄 뿐이야!" 그리고 남아 있는 모든 용기를 끄집어내 말을 이었다. "너도 알잖아? 응? 내가 마치 무슨 씻지 못할 죄를 짓고 있는 것만 같은 느낌이 들어서 그래. 이 일 때문에… 결국 난 죽을 때까지 평생 죗값을 치르며 살게 될 거 같단 말이다."

"그건 엄마가 너무 오랜 세월 동안 어둠과 고통 속에서 살아오셨기 때문에 하시는 말씀이에요." 클라라가 말했다. "여길 떠나면 모든 게 달라질 거예요. 그리고 아빤 우리가 떠났다는 걸 모르잖아요. 여기로 나타나실 일은 절대 없어요."

"그건 그렇게 단정 짓지 마라." 카트리나가 말했다. "그 양반이 그렇게 어리숙해 보여도, 자기가 알아야 할 일은 귀신같이 알아차리는 능력이 있어. 네가 우리 곁을 떠난 뒤부터 말로 설명하기 어려운 그 심령술 같은 게 생기더니, 해가 갈수록 더 심오해졌다니까. 우리 주님이 그 양반 이성을 가져가신 대신에 다른 방식의 빛을 주신 걸지도 몰라. 스스로 비추어 주변을 살필 수 있는 빛을 말이야."

카트리나는 그동안 있었던 일들을 간략하게 클라라에게 들려주었다. 라스 군날손의 죽음을 비롯해 지난 몇 해 동안 일어났던 몇 가지 사건들을 말이다. 이 모든 이야기를 듣고, 얀이 남들이 보지 못하는 것들을 보는 특별한 능력이 있음을 알아주길 바랐다. 클라라는 어머니가 들려주는 이야기에 매우 놀랐다. 그러나 카트리나가 얀이 어떻게 가난하고 불쌍한 노인들을 도와왔는지, 그리고 그 따뜻한 마음 씀씀이에 대해 말하려고 하자, 클라라는 더 이상은 듣고 싶어 하지 않았다.

그러나 카트리나의 이야기는 확실히 클라라의 마음을 움직인 듯했다. 그 모습을 보고 카트리나는 희미한 희망이라도 품게 되었다. 아마도 얀에 대한 마음을 지금이라도 바꾸지 않을까? 혹은 아예 오두막으로 돌아가서 모두 없던 일로 하자고 하지는 않을까? 그런 바람들이 조심스럽게 마음 한편에서 움트고 있었다.

카트리나의 희망은 그리 오래가지 못했다. "엄마, 저기 배가 오고 있어요." 클라라가 기쁜 목소리로 말했다. "모든 일이 순조롭게 잘 풀리네요. 이제 곧 떠날 수 있겠어요."

증기선이 선착장에 닿는 모습을 바라보는 카트리나의 눈에는 눈물이 고였다. 그녀는 종지기 스밧틀링에게 부탁할 요령이었다. 자신과 남편이 예전 집에 머물 수 있게끔 클라라를 설득해 달라고 말이다. 하지만 이제 그럴 시간이 없었다. 이 도주를 막을 방법이 더는 없어 보였다.

배는 예정된 시간보다 늦게 도착했다. 그런 이유로 선착장에 아주 잠깐만 멈추고, 다시 출항하기 위해 급히 움직였다. 얼마나 바빴던지 탑승용 다리조차 펼칠 시간이 없었다. 하선하려던 불쌍한 승객 몇 명은 선원들에게 떠밀려 선착장으로 내던져질 정도였다. 클라라는 서둘러 어머니의 팔을 부여잡고 배 위로 안내했고, 어떤 남성이 모녀를 도와 배 위로 잡아당겼다. 카트리나는 눈물을 흘리며 고개를 돌려 보았지만, 누구도 그녀를 동정하는 사람은 없었다.

모녀는 갑판 위로 무사히 올랐다. 그 순간, 클라라는 마치 부축이라도 하듯 어머니를 감싸안았다. "우리 저기 반대편으로 가요!" 클라라가 말했다.

그러나 이미 늦었다. 늙은 카트리나는 언덕 아래로 달려 내려오는 한 남성의 모습을 보았다. 그가 누구인지 두 번 생각할 필요도 없었다. "저기 봐라. 그 양반이 왔어. 세상에나. 이제 어떡하냐!" 카트리나가 외쳤다.

얀은 선착장 끝자락에 멈춰 섰다. 그 작고 초라한 모습으로 그 자리에 얼어붙어 있었다. 그는 멀어져 가는 배 위에 서 있는 클라라를 그저 망연자실한 모습으로 바라만 보고 있었다. 그 지치고 늙은 얼굴에는 지금 그가 느끼는 깊은 절망과 통한의 아픔을 모두 담아낼 수 없었다.

얀이 달려온 모습을 보자, 카트리나는 마음 한구석에서 지금이 아니면 필요가 없을 용기가 솟구쳐 올랐다. 더 이상 남편에게 잔인할 수 없었다. 지금이라도 딸에게 맞서야 했다. "너라도 가거라. 그냥 너만 가거라." 카트리나가 말했다. "난 다음 정착지에서 그만 내려야겠다. 난 집으로 돌아가련다."

"엄마가 정 그러길 원하시면 그렇게 하세요." 클라라가 잔뜩 풀이 죽은 목소리로 말했다. 그녀 역시도 이젠 이 일을 막을 방법이 없다는 걸 잘 알고 있는 듯해 보였다. 어쩌면 클라라도 자신의 아버지에게 너무 모질었다고 후회하고 있을지도 몰랐다.

그러나 그들에게는 잘못을 바로 고쳐잡을 약간의 시간도 주어지지 않았다. 얀의 인생에 딱 두 번의 기적이 찾아왔다. 한 번은 딸이 처음으로 얀의 가슴에 안겼던 날이었다. 그리고 두 번째는 딸이 고향집으로 돌아오던 날이었다. 어린 딸을 떠나보내고, 얼마나 오랜 시간 동안 상실의 슬픔 속에서 살아왔던가? 그런 그가 두 번째로 찾아온 기적과도 같은 기쁨이 눈앞에서 떠나가는 모습을 그냥 지켜볼 리 없었다. 그는 선착장에서 힘껏 허공을 향해 몸을 날렸다. 그리고 깊은 호숫물 속으로 뛰어들었다.

어쩌면 그는 온 힘을 다해서 증기선까지 헤엄쳐 가려는 의도로 그랬을 수도 있었다. 혹은 이대로는 더 이상 삶을 살아갈 이유가 없다고 느꼈을지도 모르겠다.

선착장에 서 있던 사람들의 다급한 고함소리가 사방으로 크게 울려 퍼졌다. 부두에서는 재빠르게 작은 배 한 척이 구조에 나섰다. 증기선도 멈춰 서서, 소형 구조 보트를 물 위로 떨어뜨렸다. 그러나 얀은 바로 물속으로 가라앉았다. 그리고 다시는 수면 위로 떠오르지 않았다.

황제의 지팡이와 초록색 가죽 모자만 물 위에 떠 있었다. 그러나 정작 황제의 모습은 어디에서도 찾아볼 수 없었다. 그는 아주 조용히, 그리고 어떠한 흔적도 남기지 않고 사라졌다. 만약 이 유품들이 없었다면, 그가 사라지고 없다는 사실조차도 믿기 어려울 정도였다.

43. 남겨진 사람

사람들은 이상한 일이라고 여겼다. 왜 클라라는 날마다 보리 부두에 나와서 돌아오지 않을 사람을 기다리는지 말이다.

그녀는 화창한 여름날만 골라서 부두에 서 있었던 것은 아니었다. 어두컴컴하고 폭풍이 몰아치는 11월의 날에도, 어둠이 더 짙게 깔리고 추위가 기승을 부리는 12월에도 변함없이 같은 자리를 지켰다. 그녀가 기다리는 건 먼 여행을 마치고 화려하게 귀향하는 누군가가 아니었다. 클라라의 시선은 그저 작은 배 한 척에 머물러 있었는데, 하루 종일 앞뒤로 노를 저으며 갈퀴로 호수 바닥을 긁으면서 익사자를 수색하는 배였다. 처음 호수 바닥을 긁기 시작했을 때, 그녀가 찾는 사람은 금방 모습을 드러낼 거라고 믿었다. 그러나 예상은 빗나갔다. 인내심이 깊은 늙은 어부들이 매일 수색 작업을 이어 갔지만, 아무것도 발견하지 못했다.

사람들은 보리 선착장 근처 호수 바닥에는 깊은 구덩이가 몇 개가 있다고 했다. 얀이 그중 하나에 빠진 게 분명하다고 믿는 사람이 꽤 있었다. 또 어떤 사람들은 곶 근처에서 시작해 만 안쪽으로 이어지는 강한 물살에 휩쓸려 갔을지도 모른다고도 했다. 클라라는 호수 바닥의 가장 깊은 곳에도 닿을 수 있도록 갈퀴 밧줄을 더 길게 해달라고 부탁했고, 만 안쪽도 빠짐없이 구석구석 갈퀴로 훑도록 요청했다. 그러나 모든 노력에도 불구하고 아버지를 다시 햇빛 밖으로 끌어올리는 데 성공하지 못했다.

사고가 일어난 바로 다음 날, 클라라는 관을 주문했다. 시신이 발견되는 즉시 관에다 안치할 수 있도록, 완성된 관은 곧장 부둣가로 옮겨졌다. 관은 항상 부두 밖에 그대로 놓여 있었다. 화물 창고 안에 넣어서 보관할 수도 있었지만, 클라라는 이를 거절했다. 관리인의 일이 끝나면 창고를 잠가야 했기 때문이었다. 그녀는 언제든 손에 닿는 곳에 관이 준비되어 있기를 바랐다. 오랫동안 추운 곳에서 기다린 아버지를 또다시 기다리게 할 수는 없는 노릇이었다.

늙은 황제가 부두에서 기다릴 때에는 항상 좋은 벗들이 그의 곁에 있었다. 그들 덕에 기다리는 시간의 무료함을 달랠 수 있었다. 그러나 클라라는 대부분의 시간을 홀로 부두에서 기다렸다. 그녀는 아무에게도 말을 걸지 않았고, 사람들도 그녀를 조용히 내버려두었다. 아버지를 죽음으로 몰고 간 클라라를 바라보는 사람들의 시선에는 말로 표현하기 힘든 서늘한 기운이 느껴졌다.

12월이 되자 모든 종류의 증기선 운항이 중단되었다. 그때부터 클라라는 부두를 온전히 혼자 차지하게 되었다. 그 누구도 그녀를 방해하는 이가 없었다. 수색을 맡았던 어부들조차도 이제는 너무 지치고 날씨까지 추워지고 있었기 때문에, 이 끝이 없는 작업을 그만두고 싶어 했다. 그 사실을 알고 클라라는 절망에 빠지지 않을 수 없었다. 죽은 아버지라도 발견하는 것이 그녀의 유일한 희망이자 속죄였기 때문이었다. 호수가 얼지 않는 한 수색을 계속해 달라는 부탁을 받은 늙은 어부들은 근처 해안의 곳에서, 스톨빅 해안, 그리고 뢰벤 앞바다 지역까지 모두 샅샅이 뒤져야 했다.

주검이라도 찾아야 한다는 클라라의 조급한 불안은 날이

갈수록 더 심해졌다. 그녀는 근처 한 소작농의 집에서 방 한 칸을 빌려 지냈다. 수색 초반기에는 그래도 하루 중 잠깐이라도 방 안에서 머물며 휴식을 취하곤 했지만, 시간이 흘러 후반기로 갈수록 엄청난 불안증을 보이기 시작했다. 나중에는 먹거나 자는 일도, 그리고 쉬는 일도 등한시했다. 그녀는 늘 부두에 서서 기다리길 반복했다. 짧은 낮 시간뿐만 아니라, 끝없이 길게 이어지는 저녁 시간에도 잠들기 전에는 그 자리를 변함없이 지켰다.

얀이 죽고 이틀 동안은 늙은 카트리나도 클라라의 곁에서 수색 현장을 지켜보았다. 그러나 그 후엔 자신의 오두막으로 돌아갔다. 그녀가 집으로 돌아간 건 무관심에서 비롯된 행동은 아니었다. 다만, 딸과 단둘이만 남아서 딸이 아버지에 대해 이야기하는 것을 더 이상 들을 수 없었기 때문이었다. 클라라는 자신이 지금 느끼는 감정을 숨기지 않고 고스란히 카트리나에게 말해 주었다. 클라라가 얀의 유해를 교회 앞마당 묘지에 안장하려 그토록 안달이 난 이유는 아버지를 향한 따스한 애틋함이나 죄책감 때문이 아니었다. 그녀는 두려움에 사로잡혀 있었을 뿐이다. 그게 아버지의 시신을 찾고 싶은 가장 큰 이유였다. 제 아버지의 죽음에 책임이 있는 사람으로서, 시신이 차가운 호수 바닥을 유영하고 있다는 사실이 그녀를 통제할 수 없는 두려움으로 몰아넣고 있었다. 만약 아버지의 시신을 교회 묘지에 묻을 수만 있다면, 어둠을 떠도는 얀의 영혼이 더는 그녀를 해치지 않을 거라고 생각했다. 그렇기에 얀의 주검이 발견되지 않는 한, 클라라는 형언할 수 없는 공포에서 벗어날 수 없었다. 언젠가는 아버지가 자신을 찾아와 벌을 내릴 것이라는 두려움을 떨쳐 버릴 수 없었다.

(✤)

클라라는 보리 부두에 서서 호수를 내려다보았다. 잿빛의 수면은 거칠게 술렁이고 있었다. 그녀의 시선이 물의 표면보다 더 깊이 들어갈 수 없음에도 불구하고, 왠지 눈 아래로 광활하게 펼쳐진 호수의 밑바닥을 보고 있는 듯한 착각이 들었다. 저 깊은 바다 근처에 포르투갈 황제가 보이는 것만 같았다. 그는 돌 위에 잔뜩 몸을 웅크린 채 앉아서, 두 팔로 무릎을 감싸안고, 회녹색의 깊은 물결을 통해 들어오는 희미한 빛줄기를 응시하고 있었다. 클라라가 자신을 찾아 내려올 순간만을 기다리고 있는 사람 같았다.

얀은 황제의 모든 위엄을 현실 세계에 내버려두고 내려와 있었다. 지팡이와 가죽 모자는 자신이 있는 깊은 물 속까지 따라 내려오지 못했고, 종이로 된 별들은 모두 호숫물에 녹아서 사라져 버렸다. 그저 닳고 낡아서 반질반질해진 허름한 외투를 입고, 두 손에는 아무것도 남겨진 게 없는 채로 그렇게 돌 위에 앉아 있었다. 하지만 그 대신, 이제 얀에게는 더 이상의 거짓도 우스꽝스러운 모습도 남아 있지 않았다. 지금의 얀은 압도적으로 두려움을 자아내는 존재가 되어 있었다.

그가 자신을 스스로 황제라고 칭한 건 결코 부당한 일이 아니었다. 생각을 달리해 보면, 얀에겐 그럴 만한 자격이 있었다. 살아생전, 막강한 힘을 가진 얀이 아니었던가? 그를 적대시했던 모든 적은 쓰러져 사라졌지만, 반대로 그의 벗들은 구원을 받지 않았던가? 그 힘은 아직도 그와 함께하고 있었다. 그는 죽은 몸이 되었지만, 그 힘을 버리지는 않았다.

얀을 해치려 한 이는 단 두 사람뿐이었다. 그중 한 사람에겐 이미 복수를 마쳤다. 그리고 나머지 한 사람, 그의 딸은 처음엔 그를 광인으로 만들더니 나중에는 아예 죽음으로 내몰았다. 얀은 그 깊은 물 속에서 딸을 기다리고 있었다. 딸을 향한 사랑은 이제 완전히 끝나 버렸다. 이제 그녀에게 줄 사랑이나 애정 따위는 남아 있지 않았다. 딸이 자신에게 저지른 모든 죗값에 대한 대가로 얀은 그녀를 깊고 어두운 죽음의 세계로 끌고 내려가려 하고 있었다.

(✣)

클라라는 무언가가 자신을 끌어당기는 강한 유혹을 느꼈다. 그녀는 커다랗고 무거운 관의 뚜껑은 열어서 버리고, 나머지 관은 마치 배처럼 호숫물에 띄워서 떠내려 보내고 싶었다. 자신이 직접 관에 올라타 육지의 땅을 밀쳐 내고 싶었다. 그리고 저 멀리 사람들이 보이지 않는 곳으로 나아간 뒤, 관 속에 깔린 부드러운 톱밥 위로 조용히 몸을 눕히고 싶었다. 클라라는 궁금했다. 아버지가 언제 자신을 데리러 올까? 곧장 가라앉게 만들까? 아니면 한동안 호수를 떠돌게 만들까? 언젠가 파도치는 물결이 그녀가 탄 부유하는 관 속으로 서서히 스며들어 올 것이다. 천천히 침범하는 차가운 물은 점점 무거워질 것이고, 끝내 깊은 심연의 어둠 속으로 그녀를 안내할 것이다.

클라라는 이런 생각도 들었다. 어쩌면 자신의 몸을 실은 관은 아예 가라앉지 않을 수도 있었다. 하염없이 떠돌기만 하다가 언젠가 호숫가를 감싸고 자라는 오리나무가 우거진 곳까지 밀려와 닿을 수도 있었다.

이런 시도를 해보고 싶다는 강렬한 유혹에 휩싸였다. 클라라는 관 속에서 조금도 움직이지 않고 가만히 누워만 있을 작정이었다. 또한 손으로 물을 저어 앞으로 나아가는 행동도 하지 않을 생각이었다. 그저 자신의 운명을 오로지 심판자의 손에 맡기고 싶었다. 아버지는 자신을 끌어당겨서 자신이 있는 곳으로 데려갈까? 아니면, 그냥 흘러가도록 내버려둘까? 아버지는 어떤 걸 원할까?

그렇게 온전히 아버지의 뜻에 자신의 운명을 맡긴다면, 그의 위대한 사랑이 다시 한번 말을 걸어올지도 모르는 일이었다. 어쩌면 딸을 불쌍히 여기고, 용서를 해주지 않을까?

그러나 클라라의 두려움은 너무 컸다. 그녀는 아버지의 사랑을 더 이상 믿을 수 없었다. 그 검은 관을 호수에 띄울 용기를 결코 가지지 못했다.

(✥)

오래 알고 지낸 친구 한 명이 클라라를 찾아 부두로 왔다. 그의 이름은 오구스트로, 여전히 부모님 집에서 살고 있는 오래된 학교 친구였다. 그는 차분한 성격에 생각이 깊은 사내였다. 클라라는 그와 이야기를 나누면 기분이 조금 나아졌다.

"이제 그만 너의 길을 찾아서 떠나는 게 좋지 않을까? 죽은 이를 기다리며 이렇게 외로운 부두에서 한없이 기다릴 순 없잖아? 그건 너에게도 결코 좋은 일이 아니야." 오구스트가 말했다.

"아빠가 교회 묘지에 묻히는 모습을 보기 전에는 떠날 수 없어." 클라라가 말했다.

처음 오구스트의 설득은 전혀 먹히지 않았다. 그러나 다음번에 그가 클라라를 찾아왔을 때는 그의 조언을 따르겠다고 약속했다. 오구스트는 다시 한번 확답을 들은 후에 그곳을 떠났다. 그리고 다음 날, 그는 자신의 말을 직접 끌고 와 클라라를 직접 기차역까지 데려다주기로 약속했다.

약속의 날이 되었다. 그날 오구스트가 직접 왔더라면 모든 일은 순조롭게 풀렸을지도 몰랐다. 그러나 그에게 급한 일이 생기는 바람에 직접 부두로 오지 못했다. 대신 자신의 집에서 일하는 청년을 마차와 함께 보냈다. 그럼에도 클라라는 마차에 올라탔고, 길을 나서기로 했다. 기차역으로 향하던 길에 청년은 마차를 몰면서 이런저런 이야기를 하기 시작했다. 그러던 중 대화는 클라라의 아버지, 얀에 대한 이야기로 자연스럽게 흘러갔다. 청년은 얀의 예지력에 대해 많은 관심을 가지고 있었다. 클라라는 그에게 그동안 얀이 일으킨 기적과도 같은 일들에 대해 자세히 말해 달라고 부탁했다. 그러자 청년은 카트리나에게 들었던 것보다 훨씬 더 많은 이야기를 들려주었다.

청년의 이야기를 조용히 듣고만 있던 클라라는 갑자기 마차를 돌려 달라고 부탁했다. 그녀는 감당할 수 없는 공포에 사로잡혀 버렸고, 더는 여행을 계속할 용기를 내지 못했다. 포르투갈 황제는 자신이 생각했던 것보다 훨씬 강력한 힘을 가졌던 존재였다. 교회 묘지에 묻히지 못하고 떠도는 영혼들이 자신의 원한을 갚고자 원수를 찾아 끝없이 쫓아다닌다는 이야기는, 그녀도 전해 내려오는 이야기를 통해 잘 알고 있었다. 무슨 일이 있더라도 아버지의 시신을 호수에서 건져 올려야만 했다. 그를 관에 눕힌 뒤, 하나님의 말씀으로 영혼을 위로해야만 한다고 생각했다. 그렇지 않고는 단 한 순간도 마음의 평안을 얻을 수 없었다.

44. 작별의 언어

크리스마스가 다가올 무렵, 클라라는 어머니의 임종이 가까워지고 있다는 소식을 접하게 되었다. 이 소식은 마침내 클라라를 부두에서 내려오게 했다.

그녀는 걸어서 집으로 돌아갔다. 그것이 마을로 가는 가장 알맞은 이동 수단이었기 때문이다. 클라라는 어릴 적 아버지와 함께 걷던 익숙한 길을 택했다. 로빈 마을을 지나고, 다시 큰 숲을 가로지르고, 스톨스니파 언덕을 넘어가는 길이었다.

클라라가 로빈 마을을 걸어가고 있을 때, 한때 비욘 힌드릭손이 살았던 저택의 마당을 지나쳤다. 그때 듬직하고 진중한 인상을 가진 한 사내가 길가에서 울타리를 손질하고 있는 모습이 눈에 띄었다. 그는 클라라를 향해 고개를 짧게 끄떡여 인사를 했고, 그렇게 그녀는 그를 지나쳐 가던 길을 계속 걸었다. 사내는 잠시 그녀의 뒷모습을 바라보다, 결국은 발걸음을 재촉해 클라라에게 다가갔다.

"저기, 혹시 스크롤리카에 사시는 클라라 씨 맞으시죠?" 그가 물었다. "맞다면, 당신께 한두 마디 꼭 전해드릴 게 있습니다. 저는 린날트라고 합니다. 비욘 힌드릭손의 아들이죠."

"제가 지금 급하게 서둘러 집으로 돌아가는 길이라서요." 클라라가 말했다. "혹시 다른 날로 미뤄도 될까요? 어머니께서 오늘내일하시는 중이라는 전갈을 받고 가는 길이거든요."

린날트는 그럼 자신이 그녀를 따라 길을 걸으면서 잠깐 동행해도 되겠냐고 제안했다. 사실 그는 여러 차례 부두로 내려가 그녀를 만나려 했었다. 이렇게 찾아온 좋은 기회를 놓칠 수 없었다. 그는 클라라에게 반드시 들려줘야 할 말이 있었고, 그 이야기를 지금 꼭 전하지 않으면 언제 다시 기회가 올지 몰랐다.

클라라는 더 이상 거부할 이유를 찾지 못했다. 그녀는 린날트가 말을 꺼내길 상당히 조심스러워하고 있다는 것을 눈치챘다. 그런 사내의 모습을 보니 그리 좋은 소식은 아닐 거라 짐작했다. 사내는 몇 차례의 헛기침으로 목을 가다듬으며 적당한 말을 찾으려 애썼다.

"당신은 아마 모르실 거예요. 제가 당신의 아버지, 그러니까 우리가 황제라고 불렀던 그분과 마지막으로 대화를 나눈 사람입니다."

클라라는 그 사실을 전혀 모르고 있었다고 대답했다. 그와 동시에 발걸음을 재촉하기 시작했다. 이 대화에는 뭔가 그녀가 듣고 싶지 않은 이야기가 담겨 있을 거라는 강한 확신이 들었고, 되도록이면 이를 피하고 싶었다.

"지난가을에 있었던 일이에요. 제가 마당에서 말을 마차에 매고 있었어요. 시장에 볼일이 있어, 집을 나서려던 참이었죠." 린날트가 말을 이었다. "그런데 그때, 황제가 길을 따라서 막 달려오는 게 아니겠어요? 뭔가 진짜 급해 보였죠. 그 바쁜 와중에도 저를 보자, 잠시 멈춰서 물어보더군요. 여황이 혹시 이 길로 지나갔냐고요. 거짓말을 할 수 없어서, 그렇다고 말했죠. 그랬더니 황제가 그 자리에서 눈물을 왈칵 쏟지 않겠어요? 아저씨는 브로 마을에 있는 상점으로 가는 길이라고 했어요. 그런데 불길한 예감이 들어서 가던 길을 멈추고 다시 집으로 돌아왔다고 했죠. 그래 집에 와보니 오두막은 텅텅 비어 있더래요. 카트리나 아주머니도 어디로 사라지고 없고요. 두 사람이 증기선을 타고 떠난 게 분명하다고 하더군요. 그래서 어떻게든 보리 선착장으로 지금 달려가야 한다고요. 증기선이 떠나기 전에 도착할 수 있을지 모르겠다고 걱정하셨어요."

클라라는 걸음을 멈추었다. "그럼, 혹시 당신이 마차를 태워다 제 아버지를 데려다주셨나요?" 그녀가 물었다.

"네 맞아요." 사내가 말했다. "예전에 얀 아저씨는 저에게 큰 은혜를 베푼 적이 있어서, 오래된 빚을 갚을 수 있는 좋은 기회라고 생각했죠. 그런데 지금 와서 생각해 보니, 그때 제가 아저씨를 돕지 않았더라면 더 좋지 않았을까 생각이 들더군요."

"아니에요. 그런 말 마세요. 모든 잘못의 시작은 저에게 있으니까요." 클라라가 말했다. "처음부터 아버지를 버리고 떠나는 게 아니었는데, 모두 제 잘못으로 벌어진 일인 걸요."

"아저씨는 부두로 가는 내내 어린아이처럼 흐느껴 울기만 했어요." 린날트가 말했다. "도무지 어떤 말로 위로해야 할지 몰라 그저 침묵만 지킬 수밖에 없었습니다. 결국 나중에는 '늦지 않게 도착할 수 있을 거예요. 너무 슬퍼하지 마세요. 얀 아저씨. 가을에 다니는 화물용 배들은 크기가 작아서 그렇게 빠르지도 않으니까요'라고 말해 주었죠. 그런데 제가 말을 마치기도 전에, 제 팔에 손을 얹더니 이렇게 묻는 거예요. '내가 걱정이 돼서 그래. 저 사람들 말이야. 그 여황을 납치해 간 사람들, 그놈들이 우리 여황을 너무 못살게 굴진 않을까?'"

"나를 납치한 사람들이라고 금방 말씀하셨어요?" 클라라가 그의 말을 되뇌며 물었다. 그녀의 목소리에는 놀라움과 혼란스러운 감정이 그대로 드러났다.

"당신이 놀란 만큼이나 저도 깜짝 놀랐답니다. 그래서 제가 물어봤어요. 도대체 누구를 말하는 거냐고요. 그랬더니 아저씨가 대답하길, 그 사람들은 여황이 집으로 돌아왔을 때부터 이미 주변에 숨어서 때를 기다리고 있었다고 하더군요. 그들은 클라라 여황을 해치려는 적들로, 당신이 그들을 너무 두려워한 나머지 황금 왕관도 쓰지 못했고, 포르투갈에 대해선 입에 담지도 못하게 했다고요. 그렇지만 결국 그놈들이 여황을 납치하는 데 성공했다고 말하더군요."

"세상에나. 그런 일이 있었군요." 클라라가 말했다.

"네, 맞습니다. 클라라 씨." 린날트는 목소리에 힘을 실어 말했다. "당신 아버지가 눈물을 흘린 건, 혼자 남겨진 슬픔의 눈물이 아니었어요. 그저 당신이 걱정되어 그랬던 거예요. 큰 위험에 처했다고 믿었기 때문이죠."

린날트는 말을 마치는 데 상당한 어려움을 느꼈다. 마치 목에 무언가 묵직한 게 걸려 있는 것만 같았다. 그 순간 그는 아버지 비욘을 생각하고 있었다. 그들 부자만의 애틋한 추억이 떠올랐다. 린날트는 변함없이 한 곳으로 향하는 사랑이 얼마나 위대한지 그의 아버지를 통해 잘 알고 있었다.

그러나 클라라는 여전히 린날트가 전해 준 말의 의미를 이해하지 못했다. 그들이 오두막 근처로 도착했을 무렵, 그녀의 머릿속에는 아버지에 대한 혐오와 두려움으로 가득했을 뿐이었다.

"세상에 그런 괴짜 같은 사람이 또 있을까?" 클라라가 중얼거렸다.

그녀의 말을 들은 린날트는 가슴에 상처를 받았다. "전 얀 아저씨가 미친 사람이라고 생각하지 않아요." 그가 조심스럽게 말을 꺼냈다. "제가 아저씨께 말했죠. 클라라 씨 주변을 맴도는 수상한 사람을 한 번도 본 적이 없다고요. 그랬더니 아저씨가 이렇게 말하더군요. '린날트야! 정말로 못 봤어? 여황이 이 길을 지나쳐 갈 때, 주변 어둠 속에 스며들어 그녀를 노리는 자들을? 그것은 바로 오만과 냉혹함이자, 탐욕과 욕망이야. 포르투갈 제국에서 여황이 끝없이 싸워야 할 존재들이지.'"

클라라는 잠시 걸음을 멈추고, 그를 향해 몸을 돌려 짧게 말했다. "그래서요?"

"저도 그 적들을 봤다고 말했죠." 린날트가 단호한 어조로 말했다.

클라라는 터져 나오는 웃음을 참지 못했다.

"그렇지만 그 말을 한 것을 바로 후회했어요." 린날트가 말을 이어 갔다. "제 말을 듣자마자 얀 아저씨는 엄청난 공포에 휩싸인 얼굴로 눈물을 쏟아 내기 시작했거든요. 그러더니 이렇게 말씀하셨어요. '오, 세상에! 우리 착한 린날트야. 너도 하나님께 기도를 드리면 안 될까? 우리 딸아이가 악당의 구렁텅이에서 빠져나올 수 있도록 말야! 내 늙은 몸이야 어찌 되든 상관할 바도 아냐. 그저 내 딸이, 구원받을 수 있기를 바랄 뿐이야.'"

클라라는 아무런 대답도 없이 발걸음을 재촉했다. 무언가 그녀의 가슴을 갈기갈기 찢고 있었지만, 그 요동치는 감정들을 억눌러야만 했다. 소용돌이치는 이 주체할 수 없는 감정들이 조금이라도 몸 밖으로 새어 나온다면, 그녀는 속수무책으로 무너지고 말 것만 같았다.

"그게 얀 아저씨가 남긴 마지막 인사였던 셈입니다." 린날트가 말했다. "그리고 부두에 도착하자마자 아저씨는 자신의 말에 거짓이 없었음을 몸소 우리에게 보여 주셨죠. 믿기 힘들겠지만, 얀 아저씨가 호숫물로 뛰어든 건 자신의 슬픔에서 도망치기 위해서가 아니었어요. 그건 당신을 악한 무리로부터 구하기 위해 몸을 던지셨던 겁니다."

클라라의 발걸음은 조금 더 빠르게, 그리고 더욱 거세게 앞으로 나아갔다. 딸을 향한 아버지의 사랑이 처음부터 마지막 모습까지 그녀의 눈앞에 펼쳐졌다. 그러나 그녀는 그저 도망치고 싶었다. 그가 들려준 모든 진실의 무게를 감당할 길이 없었다.

"이 마을에 사는 사람들은 서로의 삶을 돌보기도 하고, 지켜보기도 하면서 살아가지요." 린날트는 클라라의 빠른 발걸음을 따라가며 말했다. "황제가 그렇게 세상을 떠난 뒤, 많은 사람이 클라라 씨에 대한 큰 반감을 가지고 있었던 건 이미 눈치채서 알고 있을 거라 믿어요. 솔직히 말해서, 저도 다른 사람들과 크게 다르지 않았고요. 그래서 당신이 얀 아저씨가 마지막으로 했던 말과 생각들을 들을 자격이 없다고 생각했죠. 그런데 지금은 마음이 변했어요. 저를 포함해 이 마을 사람들 모두가 당신이 저 아래 부두에 홀로 서서 아저씨를 기다리는 모습에 감동했거든요."

클라라는 걸음을 멈추고 섰다. 그녀의 뺨은 붉게 상기되어 있었고, 눈빛은 분노로 가득했다. "제가 부두에 서 있는 건,

그냥 제 아버지가 무섭고 두렵기 때문일 뿐이에요." 클라라가 말했다.

"당신은 결코 거짓으로 더 나은 사람인 양 행동한 적이 없죠. 당신이 왜 부두에서 하염없이 얀 아저씨를 기다리고 있는지, 우리도 잘 알고 있습니다. 어쩌면 우리가 당신보다 더 당신을 잘 이해하고 있을지도 몰라요. 우리 모두에게도 각자의 부모가 있었습니다. 그리고 우리 역시도 그들에게 마땅히 해야 할 일을 다 하지 못한 존재들이니까요."

클라라는 솟구치는 화를 감당할 수 없어, 욕설이라도 마구 쏟아 내고 싶었다. 그러나 분노는 말이 되어 입 밖으로 나오지 못했다. 그의 발이라도 밟아서 입을 다물게 하고 싶었지만, 그마저의 용기도 내지 못했다. 이러지도 저러지도 못하자, 클라라는 결국 몸을 돌려 아무런 인사도 없이 그 자리에서 달아났다.

뜀박질로 멀어져 가는 그녀를 린날트는 쫓지 않았다. 그는 말하고 싶었던 모든 이야기를 그녀에게 들려주었다는 사실에 만족했다. 충분히 의미 있는 시간으로 채워진 오전이었다.

45. 카트리나의 죽음

클라라가 작은 오두막 안으로 들어섰을 때, 카트리나는 침대에 누워 있었다. 그녀의 얼굴은 창백하기 짝이 없었고, 감긴 두 눈은 이미 생기를 잃은 모습이었다. 누가 보더라도, 카트리나의 죽음이 멀지 않았음을 짐작게 했다.

그러나 클라라가 곁에 서서 그녀의 손을 조심스럽게 쓸어내리자, 카트리나는 입을 열어 말하기 시작했다.

"그 양반이 나를 데려가길 원하는 모양이야." 카트리나가 마지막 기운을 쥐어짜듯 힘겹게 말했다. "내가 그 불쌍한 양반을 혼자 내버려두고 떠났는데, 그래도 날 조금도 비난할 마음이 없나 봐…"

클라라는 한기를 느끼듯 몸을 떨었다. 이제야 그녀는 어머니가 왜 이렇게 세상을 떠나려고만 하는지 이해할 수 있었다. 평생을 한결같이 남편 곁을 지켰던 어머니였다. 그런 그녀가 마지막 순간에 남편을 저버리고 말았다. 괴로움과 자책은 어머니의 몸과 영혼을 잠식해 죽음으로 안내하고 있었.

"그 일이라면 걱정 마세요. 엄마 잘못은 전혀 없잖아요." 클라라가 말했다. "엄마를 아빠로부터 떼어 놓고 떠나라고 부추긴 건 바로 저니까요."

"그렇지만 그 일만 생각하면 가슴이 미어질 듯 아파." 카트리나가 말했다. "이제 모든 게 제자리를 찾아가는구나. 그 양반과 나는 다시 예전으로 돌아갈 수 있을 거야."

다시 눈을 감은 카트리나는 아무런 미동도 없이 누워 있었다. 그녀의 지친 얼굴 위로 희미한 기쁨의 빛이 서서히 번져

가고 있었다. 하지만 얼마 지나지 않아 다시 입을 열었다. 꼭 전할 말이 있었기 때문이었다. 그 말을 마무리 짓기 전에는 눈을 감을 수 없었다.

"그 양반 말이다. 너를 따라 물속으로 뛰어든 걸 너무 원망하지 마. 그저 너 위한다고 한 일이니까. 그이랑 너랑 그렇게 생이별한 이후로 모든 일이 어긋나기 시작했던 거야. 너도 많이 힘들었지? 그 양반도 잘 알고 있었어. 받아들일 순 없었지만. 너희 두 사람은 그냥 각자의 길에서 길을 잃었던 것뿐이야."

클라라는 카트리나가 무슨 말을 하고 싶어 하는지 이미 알고 있었다. 그래서 처음부터 마음을 단단히 다잡고 있었지만, 막상 어머니의 말은 예상보다 훨씬 깊이 그녀의 마음을 움직였다. 클라라는 어머니가 듣기 좋은 대답을 해주려 애썼다.

"아버지를 생각할게요. 옛날 모습 그대로요." 클라라가 말했다. "기억하시죠? 아버지와 저, 세상에 둘도 없는 단짝이었잖아요."

카트리나는 딸의 대답에 만족한 듯 보였고, 평온한 표정을 지었다. 더는 할 말이 없었던 것처럼 보였지만, 불현듯 딸을 향해 사랑스러운 눈빛이 담긴 미소를 지어 보였다.

"정말 기쁘구나. 내 딸아." 카트리나가 말했다. "너 다시 아름다워졌구나."

그 미소와 그 말 한마디에 클라라는 그동안 억눌러 왔던 감정들이 무너져 내리는 것을 느꼈다. 그녀는 낮은 침대 옆에서 무릎을 꿇고는 솟구치는 울음이 넘쳐 나오도록 내버려 두었다. 고향으로 돌아오고 처음으로 쏟아 내는 눈물이었다.

"엄마는 어떻게 이래요? 다 내 잘못이잖아요. 엄마도 이렇게 만들고, 아빠도 저렇게 세상 등지게 만든 것도 모두 저 때문인데, 그런 딸인데도 어떻게 이리 따뜻하게 대해 줄 수가 있어요?"

카트리나는 희미한 미소를 지으며, 손을 뻗어 딸의 손등을 조심스레 다독였다.

"이런 나에게 어떻게 아직도 다정하게 대할 수 있어요?" 클라라가 흐느끼며 말했다. "엄마는 어떻게 변함없이 따뜻할 수가 있어요?"

카트리나는 딸의 손을 힘주어 잡아서, 힘겹게 몸을 일으켜 세웠다. 마지막으로 전하고 싶은 말이 있었다. "내 안에 있는 모든 좋은 것들⋯ 그건 말이다, 전부 다 네 아버지에게서 배운 거란다."

그 말을 마지막으로 카트리나는 다시 침대에 몸을 누웠다. 그 뒤로는 더는 알아들을 수 있는 말이 없었다. 그녀는 삶의 마지막 여정을 준비하고 있었다. 다음 날 아침 카트리나는 눈을 감았다.

어머니의 임종을 지켜보는 내내, 클라라는 침대 옆 바닥에 엎드린 채 눈물을 흘렸다. 불안과 고통, 열병과 같았던 꿈들,

그리고 죄책감의 무게를 눈물 속에 하나씩 씻어 내고 있었다. 그녀의 눈물은 좀처럼 끝이 보이지 않았다.

46. 황제의 마지막 여정

크리스마스를 바로 며칠 앞둔 일요일, 카트리나가 교회 묘지에 묻혔다. 보통 이맘때는 성탄절 예배에 맞춰 교회를 찾기 때문에, 장례식에 많은 사람이 모이진 않았다.

그러나 그날은 달랐다. 조촐한 운구행렬이 교회 언덕길로 올라섰을 때, 몰려든 사람들을 보고 놀라지 않을 수가 없었다. 이렇게 많은 사람이 교회로 모이는 경우는 상당히 드물었다. 가장 존경받는 원로 목사가 일 년에 딱 한 번 설교하러 교회를 방문하는 날이거나, 목사를 뽑는 선거가 있는 그런 특별한 날이 아니라면 보기 힘든 광경이었다.

운구를 옮기던 사람들은 이렇게 많은 수가 교회로 모여든 이유가 단순히 카트리나의 장례식을 위해서만은 아닐 거라고 생각했다. 당연히 자신들이 모르는 다른 행사가 있어서라고 짐작했다. 가령 유명한 인사가 교회를 방문하든지, 특별 초청된 목사님이 오늘 예배를 진행하든지, 뭐 그런 비슷한 특별한 일이 있는 것이 분명하다고 생각했다. 그들 모두 큰 도로에서 멀리 떨어진 외딴 오두막에서 살기에, 지금 세상이 어떻게 돌아가는지 제때 알기 어려운 사람들이었다.

평소처럼 교회 회관으로 운구마차가 도착했다. 그곳도 교회 언덕길과 마찬가지로 사람들로 북적였지만, 그 외엔 딱히 특별해 보이는 것은 없었다. 운구마차에서 내린 사람들은 당황스럽고 궁금할 수밖에 없었다. 무슨 일인지 직접 물어보고 싶었으나 그럴 수도 없었다. 운구행렬을 도와주는 사람들은 관을 옮기는 일에만 집중해야 했다. 또한 슬픔에 빠진 유가족을 두고 다른 사람과 함부로 말을 섞는 건 예의에 한참 어긋나는 행동이었다.

관은 든 사람들은 조심스럽게 교회 회관 앞으로 이동했다. 그곳 건물 앞에 놓인 검은 받침대 위로 관을 올려놓을 예정이었다. 그리고 종이 울리고 준비를 마친 목사와 종지기가 묘지로 안내할 때까지, 그곳에 서서 조용히 기다리기만 하면 되었다.

그날따라 비가 무섭게 내렸다. 장대비는 채찍이 허공에서 춤을 추듯 퍼부으며 관 뚜껑을 쉼 없이 때리고 있었다. 이렇게 많은 사람이 이곳으로 몰려든 건, 아름다운 날씨 때문이 아니라는 점은 분명한 사실이었다. 그러나 거센 비바람도 사람들의 발길을 돌려세우진 못했다. 비를 피하려고 교회 안이나 부속 회관 안으로 들어가는 사람도 없었다. 그들 모두 거센 비바람도 아랑곳하지 않고 밖에서 무언가를 기다리고 있었다.

그때 여섯 명의 운구자와 카트리나의 장례식에 온 사람들은 오늘이 다른 날과 다르다는 것을 눈치챘다. 카트리나의 관을 놓을 검은 받침대 옆에 다른 받침대가 하나 더 놓여 있었기 때문이었다. 그것은 또 다른 장례식이 예정되어 있다는 뜻이었다. 그러나 이와 관련된 소식을 전해 들은 사람은 아무도 없었다. 그리고 다른 운구행렬이 도착하는 기척도 느끼지 못했다. 시간은 이미 충분히 지났기에, 다른 장례가 있다면 운구가 벌써 도착해서 받침대 위에 놓여 있어야 할 시간이었다.

오전 열 시가 되기 십 분 전이었다. 이제 곧 교회 마당 묘지로 이동할 시간이었다. 카트리나의 장례식에 참석한 사람들은 뭔가 이상한 움직임을 감지했다. 교회에 몰려든 많은 사람이 모두 델놀 농장을 향해 이동하고 있었다. 그곳은 교회에서 걸어가면 겨우 십 분 정도 걸리는 가까운 거리였다.

이제야 그들은 미처 보지 못했던 모습에 눈길이 갔다. 교회 회관에서 델놀 농장으로 향하는 길에는 짙은 녹색의 솔잎이 길게 깔려 있었다. 그리고 농장 저택 입구 양옆으로 전나무 가지가 세워져 있었다. 이 집에서 누군가 세상을 떠난 사람이 있다는 말이었다. 그렇지만 이런 대규모의 농장에서 사람이 죽었는데, 소문도 나지 않은 건 이상한 일이었다. 더구나 상갓집이라면 창문에 반드시 걸어 두는 하얀 천 조각도 보이지 않았다.

그 순간, 농장 입구의 문이 활짝 열리면서, 또 하나의 운구 행렬이 모습을 드러냈다. 맨 앞에는 오구스트 델놀이 지팡이를 손에 쥔 채 앞장을 섰고, 그의 뒤로 운구자들이 관을 들고 경건하게 따라오고 있었다. 그때 교회 앞에 모여 기다리던 그 많은 사람이 운구행렬에 자연스럽게 합류하는 게 아닌가! 결국 이 모든 인파가 한꺼번에 몰려든 이유는 모두 델놀 농장의 장례를 위한 것이었다.

그들은 교회 회관 앞으로 조심스레 관을 옮겨와 검은 받침대 위에 놓았다. 그 옆에는 이미 카트리나의 관이 놓여 있었다. 오구스트는 받침대를 조금 옮겨 두 개의 관이 완벽하게 나란히 놓일 수 있도록 정돈했다.

이상하게도 이제 막 안치된 관은 카트리나의 관처럼 새로 짠 관으로 보이지 않았다. 이미 여러 차례 비를 맞아 생긴 얼룩이 군데군데 있었고, 조심스럽게 다루지 않았는지 여기저기 긁힌 자국도 보였다. 모서리에는 찍힌 자국도 여럿 보였다.

카트리나의 장례식에 온 사람들은 일제히 깊은숨을 들이켰다. 이제야 이 모든 상황이 이해되었다. 그 관 속에 누워 있는 사람은 델놀 농장의 친인척이 아니었다. 또한 이 많은 인파를 교회로 몰려들게 만든 고인도 이름이 널리 알려진 인사가 아니었다.

모든 사람의 시선이 클라라에게 쏠렸다. 그들이 이해한 상황을 클라라도 이해했는지 궁금했기 때문이었다. 그녀의 표정은 말이 없었지만, 그렇다고 말하고 있었다.

창백한 얼굴을 한 클라라는 눈물로 얼룩진 얼굴로 줄곧 어머니의 관 옆을 지키고 있었다. 그러나 델놀 농장에서 온 두 번째 관의 주인이 누구인지 알아본 그녀의 얼굴에는 기쁨의 표정이 서렸다. 그건 마치 오랫동안 염원해 왔던 꿈을 이룬 사람의 얼굴과도 같았다. 하지만 그녀는 곧바로 자신의 감정을 다잡았다. 그리고 옅은 미소를 띤 얼굴을 한 채, 어머니의 관뚜껑을 조심스럽게 쓰다듬었다. 그녀의 표정은 '이제 모든 게 어머니가 바라는 대로 되었네요.'라고 속삭이고 있는 것만 같았다.

오구스트가 클라라에게 다가와 그녀의 손을 다정히 잡았다. "클라라야. 우리가 이렇게 준비한 게 불편한 건 아니지?" 그가 말했다. "지난 금요일에 발견했어. 이렇게 하는 게 너를 편하게 하는 방법이라고 생각했거든."

클라라는 떨리는 입술로 조심스럽게 딱 한마디만 내뱉었다. "고마워. 이게 가장 좋은 방법이야. 나도 잘 알고 있거든. 아버지는 나에게 오는 게 아니라, 어머니에게 가는 길이니까."

"당연히 아저씨는 두 사람 모두에게 닿을 거야. 너도 그 사실을 곧 알게 될 거야." 오구스트가 말했다.

팔라 농장의 노모가 카트리나의 장례식에 참석하기 위해 교회에 들어섰다. 여든이 넘은 그녀의 등은 갖은 풍파의 슬품으로 굽어 있었다. 노모는 오랜 세월 믿음직한 일꾼이자 친구였던 카트리나에게 마지막 작별 인사를 하고 싶었다. 그녀의 손에는 황제의 지팡이와 모자가 들려 있었다. 노모는 그것들을 카트리나의 무덤 속에 함께 넣어 주고 싶었다. 카트리나가 얀을 떠올릴 만한 물건들을 가지고 저세상으로 가면 좋겠다고 생각했던 모양이다.

클라라가 노모의 모습을 발견하곤, 그녀에게 다가가 모자와 지팡이를 건네받을 수 있을지 정중히 물었다. 그러고는 얀의 관으로 가서 지팡이를 비스듬히 세워 두곤, 그 위로 모자를 살며시 걸쳐 두었다. 그 모습을 지켜보던 사람들은 클라라가 귀향한 후 아버지의 황제 행세를 못 하게 막았던 지난날을 회상하고 있을 거라고 짐작했다. 그리고 그것이 세상을 떠난 아버지를 위해 지금 할 수 있는 딸의 작은 보상이자 사랑이라고 생각했다.

지팡이가 막 얀의 관 옆에 세워지자마자, 교회 종탑에서 종소리가 울렸다. 그와 동시에 목사와 종지기, 그리고 교회 관리인이 제의실에서 나와 장례행렬의 선두에 섰다. 그때, 끝없이 쏟아붓던 비가 기적처럼 멈추었다. 사람들은 두 노인의 마지막 길을 배웅하러 다 같이 교회 묘지를 향해 걸었다.

긴 행렬 속에 서 있던 사람들의 표정은 장례식에 걸맞은 어둡고 침울한 얼굴이 아니었다. 그들은 특별히 슬퍼 보이지도 않았고, 또한 죽은 이를 기리려는 의도도 없어 보였다. 다만, 이 특별한 순간을 놓치고 싶지 않았을 뿐이었다. 얀의 시신이 너무 늦지 않게 수습되어, 카트리나와 함께 매장할 수 있다는 소문이 동네에 퍼졌을 때, 동네 사람 모두가 이건 정말 아름답고 신비로운 일이라고 생각했다. 그들이 이곳으로 모인 이유는 죽음으로 재회한 노부부의 마지막 순간을 함께 하고 싶었기 때문이었다.

그러나 아무도 예상하지 못한 일이었다. 어떻게 이토록 많은 사람이 같은 생각을 했을까? 왜 사람들은 세상에서 가장 가난하고, 가장 평범했던 두 사람의 죽음에 이토록 큰 관심을 가지는 걸까? 마을 사람들은 서로의 눈빛이 마주치면 살짝 쑥스러운 듯 고개를 숙였다. 그렇지만 이왕 장례식에 온 이상, 묵묵히 장례행렬을 따라 묘지까지 따라가는 것 외엔 다른 선택이 없었다.

오늘 일어난 모든 일들을 만약 포르투갈 황제가 봤다면 어땠을까? 사람들은 그가 무척이나 마음에 들었을 거라는 생각이 들자, 자신도 모르게 미소를 지었다. 교구 사람들 대부분이 모여서 두 개의 관을 뒤따르고 있었다. 만약 황제가 이 모든 것을 직접 준비했더라도, 이보다 더 나을 수는 없었을 테다.

혹시 이 모든 일을 얀은 미리 알았던 것은 아닐까? 그래서 미리 준비했던 게 아닐까? 그렇지 않다고 단정 짓기 어려운 일이었다. 황제는 죽어서 더 특별한 힘을 가진 존재가 되었다. 어쩌면 자신의 딸을 그토록 오래 기다리게 만든 것도 다 그의 뜻일지도 모를 일이었다. 그렇게 난데없이 사라지더니, 어느 순간 그 깊고 어두운 곳에서 갑자기 떠올라 아내와 함께 묻히겠다는 것도 모두 그의 의도가 아닐까? 황제는 정말 이 모든 것을 알고 있었던 것일까? 확신할 순 없었지만, 사람들은 이미 그렇다고 믿었다.

모든 사람이 묘지에 도착하자, 두 개의 관은 땅속으로 내려졌다. 그리고 종지기의 노래가 울려 퍼졌다.

"이제 나는 죽음을 향해 가네…"

종지기 스밧틀링도 이젠 늙은 노인이 되어 있었다. 그의 목소리는 한때 클라라가 듣기를 거부했던 한 늙은이의 노래를 떠올리게 만들었다. 그 기억은 그녀에게 큰 고통으로 다가왔다. 가슴 밑바닥에서 솟구치는 고통이 올라오지 못하도록 클라라는 힘을 가득 실은 두 손으로 가슴을 꼭꼭 눌러야만 했다.

그렇게 눈을 감은 채 서 있는 동안, 아버지가 젊은 시절의 모습 그대로 클라라의 눈앞에 나타났다. 한때 둘도 없는 친구처럼 다정했던 그때의 모습 그대로였다. 단번에 그 얼굴을 알아보았다. 오래전 밤새 눈이 내렸던 날, 세상의 모든 길이 눈에 덮여 사라진 날이었다. 그때 아버지는 자신을 품에 소중히, 그리고 따뜻하게 안고 교회까지 데려다주었다. 바로 그때의 아버지 얼굴이었다.

다른 표정의 아버지 얼굴도 보였다. 그날, 클라라는 빨간 드레스를 입고 가족들과 함께 교회로 향하던 길이었다. 그때 아버지의 표정을 떠올렸다. 세상에서 이렇게 선하고 행복한 사람의 얼굴을 가진 사람이 또 있을까? 그렇게 세상에서 가장 행복했던 사람이 바로 아버지였다.

 그 뒤로 얀이 행복해할 일은 더 이상 없었고, 클라라 역시 진정한 평온을 찾지 못했다.

 클라라는 아버지의 행복으로 가득한 얼굴들을 놓치지 않으려고 안간힘을 썼다. 그 얼굴을 바라만 보고 있어도 마음의 평온이 찾아왔다. 오랜 시간 잊고 지냈던 아버지의 진짜 얼굴이 깊은 감정의 골을 따라 모습을 드러내고 있었다. 그 얼굴은 오직 그녀가 행복하길 바라는 아버지의 마음이었다. 그 속에서는 아무것도 두려워할 필요가 없었다.

 왜 몰랐을까? 왜 달리 보았을까? 클라라는 생각했다. 아버지의 얼굴은 그저 온순한 노인, 전혀 해가 될 리가 없는 사람의 얼굴이었다. 아버지는 결코 딸을 심판하려 하지 않았다. 세상에 단 하나뿐인 딸의 불행을 바라거나, 혹은 벌을 내리려는 뜻은 더더욱 없었다.

 클라라는 마음 깊은 곳에서 서서히 퍼지는 평온한 감정을 느꼈다. 예전의 아버지 모습 그대로 바라볼 수 있게 된 지금, 그녀는 사랑이 넘치는 세계로 발을 내딛고 있었다. 왜 오해했을까? 왜 아버지가 자신을 증오한다고 생각했을까? 그는 처음부터, 오직 용서만 하고자 했을 뿐이었다. 자신이 어디를 가든, 어디에 서 있든, 아버지는 그저 딸의 곁에 머물며 지켜 주고 싶었을 뿐이었다. 그것이 얀이 바란 전부였다.

다시 한번 가슴 깊은 곳에서 거대한 파도처럼 밀려오는 그 따뜻한 애정이 그녀의 온몸을 휘감고 있음을 느꼈다. 바로 그 순간, 이제 모든 게 다시 좋아졌다는 걸 깨달았다. 다시 딸과 아버지는 예전에 그랬듯 하나가 되었다. 딸이 아버지를 사랑한다면, 더 이상 화해할 일도 없었다. 더 이상 풀어야 할 오해도 없었다.

클라라는 마치 긴 꿈에서 깨어나듯 조용히 현실의 세계로 돌아왔다. 그녀가 아버지의 따뜻한 얼굴을 회상하고 있는 동안, 목사는 장례의식을 마치고 참석한 사람들과 인사를 나누며 감사의 뜻을 전하고 있었다.

"오늘 이곳에 영면하신 두 분은 신분이 높거나 이름을 널리 알린 분들은 아닙니다. 그렇지만 세상에서 가장 따뜻하고 풍요로운 마음을 가지고 사셨던 부부였다는 건 의심의 여지가 없지요." 목사가 말했다.

목사의 말이 끝나자, 사람들은 서로의 얼굴을 다시 쳐다보았다. 그들의 얼굴에는 무언가 만족한 듯 잔잔한 미소가 번지고 있었다. 목사의 말이 맞았다. 이 많은 사람이 굳이 오늘 이곳을 찾은 이유는 바로 그 이유였다.

목사는 몸을 돌려 클라라에게 몇 마디의 말을 건넸다. "네가 부모님께 받은 사랑은 내가 아는 이 세상 어떤 사람의 사랑보다 위대했단다. 그렇게 받은 사랑은 반드시 축복이 되어 돌아올 게야."

　목사의 말을 들은 사람들은 클라라를 바라보았다. 그리고 곧 그들은 그녀의 얼굴을 보고 깜짝 놀랄 수밖에 없었다. 목사의 말은 이미 현실이 되어 있었다. 클라라 피나 굴레보리, '눈부신 태양'에서 따온 이름이었다. 부모님의 무덤 옆에 서 있는 그녀는 마치 태양처럼 밝게 빛나고 있었다. 그뿐만이 아니었다. 오래전 빨간 드레스를 입고 교회로 향하던 그날만큼이나 아름다웠다. 아니, 그보다 더 아름답게 빛나고 있었다.

❖ 옮긴이의 말

　스웨덴 문학에 대해 별로 아는 게 없었던 시절, 나는 여느 이민자들처럼 스웨덴어를 배우고 있었다. 학생의 반 이상이 시리아 난민을 비롯한 무슬림이었고, 동양에서 온 사람은 내가 유일했다. 스웨덴어 선생님 마쿠스는 어느 날 자신이 가장 좋아하는 책을 도서관에서 빌려 와 내게 건넸다. 그 책이 바로, 셀마 라겔뢰프의 『포르투갈 황제』였다. 이 책을 읽고, 난 스웨덴을 보는 또 다른 눈을 얻었다. 그 후로 다른 스웨덴 작가가 쓴 책을 구해서 읽기 시작했다. 그렇게 스웨덴 문학에 애정이 생겼다.

　스웨덴 사람은 한국인과 비슷한 점이 있다. 흥이 많고 감수성이 풍부하다는 점에서 그렇다. 스웨덴 가수 아바(ABBA)와 디제이 아비치(Avicii)가 전 세계인의 사랑을 받은 건 우연의 결과물이 아니다. 그 밑바탕에는 문학의 힘이 있었다.

　『포르투갈 황제』 소설을 간단히 요약하면, 〈딸을 향한 사랑이 너무 커서 고장 나 버린 아비의 이야기〉 정도로 압축할 수 있다. 그러나 그렇게 말하기엔 부족함이 크다. 작가가 숨겨 놓은 수많은 장치와 상징을 발견하는 재미로 가득한 소설이기 때문이다.

셀마 라겔뢰프가 살던 그 당시의 스웨덴은 격동의 시기였다. 새로운 기계들이 쉼 없이 돌아갔으며, 사람들이 끊임없이 도시로 몰려들었다. 여성의 인권이 긴 잠에서 깨어나 운동의 시작을 알렸고, 새로운 가능성으로 미래를 개척하려는 사람들로 가득했다. 동시에 제1차 세계대전의 발발로 평화에 대한 갈망이 높았던 시대였다.

1909년, 스웨덴 최초이자, 세계 최초로 노벨 문학상을 받는 여성 작가가 탄생했다. 스웨덴에서 여성 참정권이 주어진 1919년보다 무려 10년이나 앞선 시점이었다. 그 당시, 여성은 성인과 아동의 중간에 위치한 열등한 존재로, 미성숙하고 의존적인 사람으로 취급받았다. 그런 시절에 한 여성 스타 작가가 탄생했다. 이 소설이 왜 페미니스트적인가? 그럴 수밖에 없는 시절에 탄생했기 때문이다. 카리스마로 가득한 한 독신 여성 작가에 의해서 말이다.

『포르투갈 황제』는 작가의 황금기에 발표되었다. 이미 전 세계적으로 이름을 알린 작가였고, 인세와 노벨 문학상 상금으로 금전적으로 풍족했던 시기였다. 셀마 라겔뢰프는 가세가 기울어져 가는 집안에서 태어났는데, 성인이 된 후에는 집안이 완전히 망해 소유했던 농장도 타인에게 넘겨야 했다. 그 농장이 있던 곳이 바로 밤란드(Värmland), 포르투갈 황제의 배경이 되었다. 우연이었을까? 물론 아니다. 이 소설 속 주인공 클라라는 작가와 많은 점에서 닮았다. 작가는 얀의 작은 딸에게 자신의 모습을 투영했던 것으로 보인다. 셀마 라겔뢰프는 후에 돈이 생기자 자신의 고향으로 돌아와 가족이 잃었던 농장을 다시 사들였고, 도시를 떠나 고향에 정착했다. 클라라의 모습과 비슷하지 않은가?

소설 속의 아버지와 딸의 관계도 주목해 볼 필요가 있다. 실제 작가의 아버지는 보수적인 인물로 딸에게 스톡홀름에서 하는 공부를 접고 집으로 돌아오길 강하게 요구했다. 그러나 작가는 아버지가 죽을 때까지 고향으로 돌아오지 않았다. 그런 아버지에 대한 원망과 미안함도 소설 속 주인공에게 투영된 것으로 보인다.

왜 얀은 하필 포르투갈의 황제가 되려 했을까? 그 당시의 스웨덴을 조금이라고 알고 있다면 어렵지 않게 유추할 수 있다. 스웨덴이 소위 잘사는 복지국가가 된 것은 그리 오래전의 일이 아니다. 스웨덴은 다른 서유럽 국가에 비해 상당히 가난한 나라였다. 셀마 라겔뢰프가 살던 시절은 스웨덴이 유럽에서 중간 정도로 잘살던 위치에 겨우 올라온 시기였다. 도시는 발전했지만, 농부들은 여전히 가난해 미국으로 대거 이주하던 시절이었다. 포르투갈은 스웨덴에서 가장 멀리 떨어진 유럽의 땅으로, 스웨덴 사람들에겐 미지의 나라였다. 전 세계에 식민지를 두고 대항해 시대를 주도했던 황제의 나라에 대한 막연한 동경, 그리고 가난을 벗어나기 위해 향하는 미지의 제국, 풍요와 약속이 가득한 그곳이 포르투갈로 설정된 이유였을 것이다.

카트리나가 죽으면서 딸에게 했던 말이 있다. "너 다시 아름다워졌구나." 아름답다는 말은 외모가 아니라 마음씨를 말하는 것인가?라는 의문이 드는 문장이다. 개인적으로 작가가 인간애를 표현한 방식이라고 생각한다. '후회나 자기반성으로 자신의 잘못을 고치려는 사람'이 아닌 타락한 딸에 대한 용서이자, 소설의 주된 맥락인 도덕에 대한 이야기이기도 하다. 부끄러움, 후회, 반성과 속죄로 다시 아름다운 인간으로 태어나는 내용은 성경 속 이야기와 맞닿아 있다. 그렇지 못한 사람으로, 라스 군날손이나 올뱅차의 작은아들이 반대의 인물로 그려지고 있다.

이 밖에도 소설은 많은 생각의 거리를 전해 준다. 권력의 관계, 타락의 전조를 알리는 빨간 드레스와 사과, 죽음의 상징성(별의 완성, 이야기의 전환), 호수의 상징성(떠남과 기다림), 에릭 유산의 상징성 등이 그러하다. 소설은 마치 동화의 뼈대 속에 촘촘하게 설정된 작가의 현명한 상징들로 가득하다.

이 소설을 더 압축하면, 결국 '사랑'이라는 단어만 남을 것이다. 결국 사랑이다. 우리의 삶에서 사랑이 없다면, 얀처럼 고동치는 심장을 가지고 있지 않다면 진정한 사람이라고 할 수 있을까?

>2025년 10월, 스웨덴 헤슬레홀름에서
>안종현